Éloges pour *Pulsation*

« *Pulsation* crée un avenir dans lequel la technologie règne en maître sur notre monde — où les gens portent leur tablette comme si elle faisait partie de leur corps. La pulsation, c'est le pouvoir qu'ont certains adolescents de se servir de leur esprit pour faire bouger les objets. *Pulsation* est bourré d'action, une aventure palpitante avec de grands personnages et d'intéressantes relations entre eux. Votre pouls s'accélérera à chaque page de cette vision novatrice et unique du futur. Je suis impatiente de lire le tome 2 de cette nouvelle trilogie de science-fiction ! »

— BECKY ANDERSON, ANDERSON'S BOOKSHOPS, NAPERVILLE, ILLINOIS

« L'histoire électrisante de Carman sur un monde futuriste dans *Pulsation* attirera les lecteurs comme un aimant attire le fer — passionnant ! Les amateurs de *The Hunger Games* le dévoreront. »

— LILLY-ANNE WILDER, A BOOK FOR ALL SEASONS, LEAVENWORTH, WASHINGTON

« Invasions de zombies, destructions apocalyptiques, dictatures dystopiques — *Pulsation* ne contient rien de tout cela et trace pourtant le portrait d'un avenir encore plus effrayant. Patrick Carman a créé un avenir que vous pouvez voir se dévoiler lentement alors que la technologie actuelle s'impose insidieusement. Inventif, envoûtant et poignant, *Pulse* est le premier tome d'une trilogie palpitante (et parfois déchirante). »

— ROSEMARY PUGLIESE, QUAIL RIDGE BOOKS & MUSIC, RALEIGH, CAROLINE DU NORD

« *Pulsation* de Patrick Car[...] [c]ombinaison de suspense, de mystère et d'[...] [...]s dans l'avenir, au sein d'un monde doté [...] où l'approvisionnement en énergie diminue et ou [...] [envir]onnementale est imminente, *Pulsation* raconte l'histoire d'une [adolesce]nte indépendante dont la vie chavire lorsqu'elle découvre qu'elle peut déplacer des objets par la pensée. En même temps qu'elle doit changer complètement sa vision de ce qui est possible et de ce qui ne l'est pas, elle se retrouve au centre d'intérêts conflictuels et de complots secrets et se voit confrontée à un terrible danger. Peut-elle maîtriser ses nouveaux pouvoirs à temps pour se sauver ainsi que ses amis de ceux qui leur veulent du mal ? Le début remarquable d'une nouvelle série époustouflante qui laissera les lecteurs impatients de voir paraître le prochain livre. »

— Peter Glassman, Books of Wonder,
New York, New York

« L'aspect le plus effrayant du roman de Carman, c'est sa grande crédibilité : dans *Pulsation*, les personnages utilisent des tablettes qui constituent la seule source d'information, de socialisation, de communication et, en fin de compte, de pouvoir. Des humains dotés de la seconde pulsation qui les rend quasi invincibles, et un sous-groupe particulier d'Intels produisent des situations d'une formidable intensité au sein d'une clique d'étudiants du secondaire. Quand Carman y ajoute pour faire bonne mesure un petit triangle amoureux, les éléments d'une catastrophe imminente sont rassemblés, mais heureusement, il y a de l'espoir grâce au personnage principal. Cette nouvelle série palpitante de Patrick Carman nous conduit à l'orée d'un monde futuriste qui n'est qu'à quelques progrès technologiques de distance. »

— Sally Oddi, Cover to Cover Bookstore,
Columbus, Ohio

« *Pulsation* nous transporte dans un avenir proche tellement ancré dans l'évolution actuelle de la société que nous pouvons presque entendre dans ses pages l'écho de nos propres pas qui approchent. Supposons que la seule façon d'éviter une catastrophe environnementale soit de déplacer la population humaine dans des États compacts à l'abri des gaz à effet de serre où la combinaison de la densité de population et des médias de masse empêche l'individualisation de tous sauf d'un minuscule groupe d'êtres surpuissants ? Qu'arriverait-il si le prix de la liberté personnelle devenait inabordable ? La population décroissante qui se trouve toujours hors des lumières et du confort des États partage ces questions avec nous. Bourré de personnages qui s'en soucient et de questions que nous ne pouvons nous permettre d'ignorer, *Pulsation* constitue une expérience de lecture exceptionnelle, une œuvre étonnamment émouvante pour le cœur, l'esprit et les nerfs. »

— Kenny Brechner , DDG Booksellers,
Farmington, Maine

PULSATION

PULSATION

Patrick Carman

Traduit de l'anglais par
Guy Rivest

ADA
éditions

Éditeur : François Doucet
Traduction : Guy Rivest
Révision linguistique : Féminin pluriel
Correction d'épreuves : Nancy Coulombe, Catherine Vallée-Dumas
Conception de la couverture : Matthieu Fortin
Illustration de la couverture : © 2013 vimark/Max Mitenkov
Mise en pages : Sébastien Michaud
ISBN papier 978-2-89752-338-1
ISBN PDF numérique 978-2-89752-339-8
ISBN ePub 978-2-89752-340-4
Première impression : 2015
Dépôt légal : 2015
Bibliothèque et Archives nationales du Québec
Bibliothèque Nationale du Canada

Éditions AdA Inc.
1385, boul. Lionel-Boulet
Varennes, Québec, Canada, J3X 1P7
Téléphone : 450-929-0296
Télécopieur : 450-929-0220
www.ada-inc.com
info@ada-inc.com

Diffusion
Canada :   Éditions AdA Inc.
France :   D.G. Diffusion
                    Z.I. des Bogues
                    31750 Escalquens — France
                    Téléphone : 05.61.00.09.99
Suisse :   Transat — 23.42.77.40
Belgique :   D.G. Diffusion — 05.61.00.09.99

Imprimé au Canada

Participation de la SODEC.
Nous reconnaissons l'aide financière du gouvernement du Canada par l'entremise du Fonds du livre du Canada (FLC)
pour nos activités d'édition.
Gouvernement du Québec — Programme de crédit d'impôt pour l'édition de livres — Gestion SODEC.

**Catalogage avant publication de Bibliothèque et Archives nationales du Québec et Bibliothèque
et Archives Canada**

Carman, Patrick

    [Pulse. Français]
    Pulsation
    (Pulsation ; 1)
    Traduction de : Pulse
    Pour les jeunes de 13 ans et plus.
    ISBN 978-2-89752-338-1
    I. Rivest, Guy. II. Titre. III. Titre : Pulse. Français.

PZ23.C37Pu 2015   j813'.6   C2014-942487-6

Les gens abandonneront leur liberté
pour se mettre à l'abri d'un certain type de menace.
— A. Q.

Table des matières

Première partie

OLD

PARK

HILL

Chapitre 1

Nous y voilà

Faith Daniels dormait profondément, quand plusieurs objets se mirent à bouger dans sa chambre. C'était une fille élancée, avec de longues jambes qui dépassaient du lit dans l'air froid de la pièce. Le premier objet à se mouvoir fut sa couverture. Elle recouvrit lentement ses pieds qui s'en étaient libérés pendant la nuit. Il y avait derrière sa porte ouverte un corridor sombre, et même s'il ne s'y trouvait personne, elle se referma lentement en émettant un bruit étouffé. Faith remua, mais ne se réveilla pas. Une ombre s'étira au-dessus du lit, bloquant le clair de lune qui filtrait à travers la fenêtre.

Sur sa table de chevet, la Tablette réglementaire de Faith était mince, avec une surface luisante de la taille d'une feuille de papier d'impression. Pendant qu'elle dormait, la Tablette s'éleva dans les airs et dériva au-dessus de son corps. Elle s'arrêta brusquement devant son visage, puis ses mouvements devinrent plus agités tandis qu'elle se balançait d'avant en arrière en descendant vers la jeune fille endormie, comme s'il s'agissait d'un animal qui prenait la mesure de sa proie. La douce respiration de Faith imprima une buée sur le verre.

Elle ne bougea toujours pas.

La Tablette s'envola tout à coup à travers la pièce à la vitesse de la lumière. Elle s'arrêta à quelques centimètres de la fenêtre, tourna sur elle-même et se positionna devant l'obscurité à l'extérieur. L'écran s'alluma, et les pieds de Faith Daniels se libérèrent à nouveau des couvertures. Elle n'était pas le type de fille à aimer avoir les orteils au chaud au milieu de la nuit.

Comme tout le monde, Faith avait un mot de passe, mais quelle que fût la présence fantomatique qui avait fait se mouvoir la Tablette, elle avait aussi le pouvoir d'en déverrouiller le contenu. Pendant l'heure qui suivit, cette chose entreprit d'explorer la Tablette. Elle regarda les chansons, les histoires, les émissions de télé et les films que Faith avait choisis, les mots qu'elle avait écrits.

À deux heures onze, la Tablette s'éteignit et elle retourna à sa place près du lit de Faith. La porte de sa chambre se rouvrit, mais les couvertures demeurèrent en place.

Derrière la fenêtre, il y eut un mouvement rapide et silencieux. Un fantôme ou autre chose avait trouvé ce qu'il était venu chercher et était disparu en un clin d'œil.

⊙ ⊙ ⊙

La première journée d'école à Old Park Hill, Faith traversa ce qui avait été une avenue marchande à ciel ouvert. Elle tourna du côté des décombres et se fraya un chemin à travers des ruines modernes de béton et d'armatures d'acier. Faith n'avait jamais connu cet endroit en tant que destination commerciale. Elle faisait tous ses achats sur sa Tablette qui reposait confortablement dans sa poche arrière. Elle l'en retira et la tint par le coin inférieur droit et le coin supérieur gauche avec ses pouces et ses index. Elle appliqua une légère pression, entendit un bruit familier et, tenant les deux extrémités de l'appareil, elle le sentit s'étirer comme du caramel mou. La Tablette, maintenant beaucoup plus large, de nouveau rigide et prête à être utilisée, émit encore un bruit. Faith pianota sur le clavier, lut un message de sa mère, jeta un coup d'œil à son horaire de la journée, puis envoya un mot à une amie. Après avoir acheté plusieurs émissions qu'elle voulait voir au cours de sa journée, elle ramena la Tablette à sa taille normale et la remit dans sa poche.

Pour Faith, l'idée même du magasinage se trouvait incarnée au sein du monde numérique dans lequel tout lui était aussi familier que l'air qu'elle respirait, un objet tant personnel que collectif. Des chansons, des émissions télévisées, des livres — c'étaient là les choses pour lesquelles elle déboursait son argent; c'était *ça*, le magasinage. Ces choses faisaient partie de son nuage de connaissances. Et il s'y trouvait des jeans, des t-shirts moulants et du maquillage, tout comme il y en avait toujours eu — mais les véritables articles étaient très chers, et il était rare qu'on les achète.

Il y avait partout, semblait-il à Faith, des espaces vides rendus encore plus vides par ce qui les *remplissait* : un regret honteux, la sensation brûlante, étrangère à l'Amérique, de l'échec. Les gens avaient simplement commencé à déménager, la plupart d'entre eux dans l'un des deux États, et ils ne revenaient pas. Depuis longtemps, Faith avait décidé que la chose lui convenait tout à fait. Il y avait dans la ville abandonnée une solitude frappante, un vaste espace qui correspondait à sa personnalité. Elle aimait l'idée de faire partie d'un petit groupe plutôt que d'une masse de gens. Pourtant, l'endroit semblait parfois hanté, comme s'il rôdait dans l'air autour d'elle l'âme d'une chose invisible. Comme si quelque chose essayait de remplir l'espace vide.

Les adultes autour d'elle attribuaient constamment plusieurs raisons à l'abandon de la ville, des raisons qui n'intéressaient pas Faith. Parce qu'elle n'en avait pas souvenir, elle n'éprouvait aucune nostalgie pour une époque passée où le monde était différent. Malgré toute sa désolation, l'époque et le monde actuels étaient les siens, et Faith Daniels les aimait. La façon dont ce monde était devenu ce qu'il était ou le moment auquel il avait changé n'avaient pour elle aucun intérêt. Elle n'était pas non plus tentée de déménager dans un des États où cent millions de personnes vivaient empilées les unes sur les autres. Ce qui l'intéressait, c'était sa Tablette, sa musique, son art, sa taille. Les garçons.

Faith aimait s'asseoir sur les marches de ce qui avait été une boutique Old Navy, comme elle le faisait maintenant, et acheter une chanson. Les chansons ne coûtaient pratiquement rien ; une seule Pièce lui en procurait des dizaines. Faith avait déjà des milliers de chansons. Elles lui faisaient éprouver des sentiments, et c'était une chose qui la réjouissait. D'une manière ou d'une autre, elle se sentait toujours bien lorsqu'elle faisait ses achats installée dans les décombres des magasins de détail tout autour d'elle. Deux semaines plus tôt, elle s'était assise exactement au même endroit et avait acheté quelque chose de très dispendieux, une chose pour laquelle elle avait économisé beaucoup de Pièces. C'était l'expédition du produit qui coûtait une petite fortune. La distance entre elle et l'État le plus proche où était fabriqué ce qu'elle voulait était si grande qu'il était difficile de s'y brancher.

Quatre-vingt-seize Pièces pour le jean qu'elle portait, un jean suffisamment long pour ses jambes exceptionnellement longues.

Quand elle eut acheté sa chanson et qu'elle se mit à l'écouter, Faith se leva dans son jean neuf et passa devant un magasin inoccupé — Macy's, d'après l'enseigne —, puis tourna brusquement et sortit du stationnement vide. Son ancienne école située à un peu plus d'un kilomètre dans la direction opposée avait été fermée un mois plus tôt parce que les inscriptions avaient chuté en dessous de la centaine. Elle avait déjà changé d'école trois fois au cours des deux dernières années, alors elle y était habituée, mais c'était la première fois qu'elle faisait partie d'une fusion entre deux écoles moribondes si proches l'une de l'autre. Elle avait aussi quitté deux fois des villes éloignées d'où la dépopulation avait chassé sa famille. Ses parents demeuraient toujours aussi longtemps que possible au même endroit, mais ils finissaient chaque fois par déménager plus près de l'État de l'Ouest dont la population croissait sans cesse.

Elle s'efforçait même d'oublier les noms des écoles abandonnées, les amis qu'elle avait perdus, le fait d'ignorer qui disparaîtrait du jour au lendemain. C'était là sa réalité : les choses changeaient, les gens disparaissaient, et tout devenait plus petit et plus vide et, un jour, quand il ne resterait plus personne, elle aussi serait obligée d'emménager dans un État, et son style de vie s'en trouverait irrémédiablement modifié. La fin était proche ; elle pouvait presque étendre le bras et la toucher. Elle n'en ressentait pas de la tristesse, mais éprouvait plutôt le sentiment de devoir faire beaucoup en peu de temps.

Elle pouvait maintenant apercevoir l'école qui, du haut de la colline, lui faisait face à travers une brume matinale encore accrochée aux arbres. Elle se sentit serrée dans son jean et sourit à la perspective de rencontrer davantage de garçons plutôt que moins, parce que le fait de tomber en amour se trouvait au tout début de la liste des choses qu'elle devait faire en peu de temps.

— Quand allons-nous ravoir cette voiture ? Il *faut* que ça s'arrête.

Liz Brinn approchait sur le trottoir en regardant Faith puis sa Tablette, laquelle avait repris son petit format. Elle la tenait d'une main en écrivant avec son pouce un message sur le petit écran.

— À moins que tu aies à peu près un million de Pièces cachées dans ta Tablette, je crois que nous allons demeurer à pied pendant le reste de notre vie, répondit Faith. Ce n'est pas si mal. La journée est belle. Et tu devrais regarder devant toi quand tu marches.

Liz, qui était plus petite que Faith d'une bonne tête, leva les yeux de sa Tablette et jeta un coup d'œil derrière elle.

— C'était un long trajet jusqu'ici, plus long que jusqu'au dernier endroit où nous sommes allées à l'école.

— Peut-être que tu devrais acheter un vélo, suggéra Faith.

Liz et Faith étaient devenues inséparables depuis que le petit ami de Liz, Noah, était soudainement parti dans l'État de l'Ouest. Son départ avait dévasté Liz, l'avait laissée déso-rientée et fragile. Après Noah, il n'y avait plus qu'elles deux — Faith et Liz — s'accrochant l'une à l'autre sans lâcher prise. À mesure qu'elles regardaient partir de plus en plus de gens, elles avaient renouvelé une promesse : « Nous allons passer à travers ça ensemble et ne laisserons personne d'autre se joindre à nous. Trop risqué, trop douloureux. Mieux vaut l'expulser de nos entrailles et nous cramponner l'une à l'autre. » Là, devant une nouvelle école remplie de gens qui partiraient bientôt, Faith regarda Liz et se demanda si le jour viendrait où elle se retrouverait seule, sans son unique amie.

— Ensemble jusqu'au bout, comme nous en avons parlé, dit Liz en affichant un sourire en coin et en fronçant ses sourcils noirs. Peut-être que nous allons te trouver un petit ami à court terme, juste pour le plaisir.

Faith se sentit frémir devant cette perspective. Ces derniers temps, elle était devenue obsédée à l'idée d'avoir un petit ami, une chose qu'elle n'avait pas connue depuis un peu trop longtemps. Elle en attribuait la cause au fait qu'elle était grande et efflanquée comme une cigogne et qu'aucun garçon ne voulait fréquenter une fille plus grande que lui. Il y avait aussi la malheureuse question du manque de choix : les garçons suffisamment grands étaient si peu nombreux qu'elle pouvait à peine les compter sur les doigts de la main.

Liz se pencha et regarda les fesses de Faith.

— Beau jean ; ça va t'aider. Il te reste des Pièces ou il t'a lessivée ?

— Lessivée, avoua Faith.

— Ça en valait la peine, dit Liz, puis elle claqua les fesses de Faith et rit assez bruyamment pour attirer l'attention du directeur qui se tenait à l'entrée principale en serrant la main des nouveaux étudiants à mesure qu'ils arrivaient.

Faith et Liz s'arrêtèrent devant le grand campus de l'école secondaire. Il avait été construit en 1975, il y avait soixante-seize ans, mais il paraissait plus que centenaire. Il y avait un panneau au sommet d'un poteau blanc à la peinture écaillée sur lequel on pouvait lire :

BIENVENUE AUX NOUVEAUX ÉLÈVES.
NOUS SOMMES HEUREUX DE VOUS ACCUEILLIR.

Liz regarda le panneau en secouant la tête.

— Je parie qu'ils le sont, fit-elle d'un ton sarcastique.

Elles saluèrent mollement quelques élèves de leur ancienne école qui entraient dans l'immeuble principal. Les autres élèves paraissaient sous le choc à la perspective de commencer à fréquenter une nouvelle école et à celle de devoir serrer la main froide et molle du directeur. En atteignant la porte, Faith regarda pour la première fois M. Reichert et se trouva immédiatement inquiète. Sa peau avait la texture pâle d'une personne qui a été ravagée par l'acné durant son adolescence. Il se coupait lui-même les cheveux ou avait embauché un tondeur de pelouse pour le faire à sa place. Ceux-ci ressemblaient à un dôme noir sur sa tête ovale, droits et parsemés de pellicules. Il fit un large sourire, exposant des dents blanches qu'il était manifestement fier de montrer.

— Bienvenue, les filles, nous sommes heureux de vous accueillir, dit-il.

Il tenait la porte ouverte avec son épaule tandis qu'il tendait la main. Liz regarda Faith comme si elle venait de sentir un verre de lait suri. Faith inclina la tête et sourit, puis passa devant M. Reichert sans dire un mot et sans serrer sa main molle.

— Restez sur la droite, le long du corridor, dit-il en affichant de nouveau ce sourire. Vous allez trouver votre chemin. Et ne franchissez aucune barrière; certaines parties sont fermées.

Liz se glissa dans l'entrée avant que M. Reichert puisse lui prendre la main, et les deux filles se retrouvèrent à l'intérieur de leur nouvelle école, soulagées. L'endroit était plus tranquille que Faith l'avait espéré, de lointains échos se répercutant le long des corridors qui s'éloignaient dans trois directions.

— Nous y voilà, dit Faith, tout à coup moins certaine à propos de son jean serré et de la perspective d'une nouvelle école.

— Ouais, fit Liz d'un ton nerveux. Nous y voilà.

⊙ ⊙ ⊙

L'école Old Park Hill avait été construite et aménagée en supposant que deux mille étudiants rempliraient ses corridors par une journée normale, et il y avait une époque où cela avait été vrai. Dans les années 2010, il y avait même eu surpopulation pendant un moment. Mais maintenant, le corps étudiant était tombé à quatre-vingts élèves par rapport à cent quarante l'année précédente. L'ancienne école de Faith avait même été encore plus petite; au dernier recensement, cinquante-trois élèves l'occupaient. Old Park Hill étant la moins délabrée des deux, elle accueillait désormais fièrement les cent trente-trois élèves des deux écoles.

Alors que Faith quittait Liz pour commencer à chercher sa première classe, elle se rendit compte du manque presque complet de supervision d'adultes. Les budgets étant ce qu'ils étaient — selon certaines estimations —, le ratio élève-enseignant-administrateur avait même diminué. Quand elle était fréquentée par deux mille élèves, il y avait soixante-quinze enseignants. Maintenant, il n'y avait que cent trente-trois élèves, et un couple d'enseignants devait suffire. Et ils avaient dû accepter en plus le double rôle de directeur et de directeur-adjoint.

Cent trente-trois élèves.

Deux enseignants.

Et un concierge surchargé de travail.

C'était ce à quoi ressemblait Old Park Hill en l'année 2051.

Faith jeta un coup d'œil le long du corridor à la recherche de quelqu'un qui pourrait l'aider à trouver sa classe et vit une fille rousse entourée de garçons. Elle avait le teint blanc d'un ventre de poisson qui faisait ressortir ses yeux verts comme des billes brillantes sur le point de lui jaillir de la tête. Faith la connaissait de son autre école. Elle s'appelait Amy. Elle se demanda ce que les garçons trouvaient toujours si attrayant chez elle ; ce devait être le fait qu'elle était bien roulée.

— Hé, Amy ! cria Faith dans le long corridor pratiquement vide.

Amy se retourna en entendant son nom, sa tignasse rousse bougeant doucement comme les flammes d'un feu de camp.

— Aide-moi à trouver Anglais 300, tu veux bien? demanda-t-elle.

Aucun des mecs qui entouraient Amy n'avait fréquenté l'ancienne école de Faith, mais Amy n'avait jamais été du genre à perdre son temps à rassembler autour d'elle une bande de garçons mourant d'envie d'attirer son attention. Dès qu'Amy vit venir Faith, elle prit le bras de l'un d'entre eux et l'attira dans une classe.

— Quelle conne, murmura Faith.

Hormis Liz, Amy était la seule personne de l'ancienne époque qui était demeurée dans la vie de Faith. Elle prenait encore souvent des attitudes théâtrales de finissante du secondaire, et quand il s'agissait des garçons, c'était la terreur de l'école.

Faith arriva en retard à son premier cours avec Mlle Newhouse, qui représentait la moitié du personnel enseignant. Mlle Newhouse ne prêtait pratiquement attention à personne dans la pièce, et c'était là l'autre raison pour laquelle il y avait si peu d'enseignants à Old Park Hill : on n'avait pas vraiment besoin d'eux.

Faith avait souvent du mal à imaginer la situation d'une autre façon tellement sa Tablette jouait le rôle d'enseignant, d'orienteur et de responsable de la discipline. Les enseignants n'enseignaient pas. Ils faisaient office de nounous. C'était la Tablette qui accomplissait le vrai travail. Les cours étaient donnés en flux continu via Internet par les meilleurs enseignants de chacun des deux États qui se voyaient attribuer des contrats de millions de dollars, des voitures de luxe et d'immenses maisons parce qu'ils étaient non seulement des spécialistes dans leur domaine, mais aussi parce qu'ils avaient un talent considérable pour transmettre leurs connaissances. À Old Park Hill, les enseignants ne faisaient même pas passer de tests. Ils y étaient pour s'assurer que personne ne se blesse, pour restreindre l'usage des drogues, pour empêcher les bagarres d'éclater et pour maintenir les lumières allumées.

Faith s'assit à son pupitre et prit sa Tablette.

— Qui est-ce que tu as, en littérature anglaise ? dit une voix derrière elle. J'ai Rollins. Bon Dieu qu'il est dément. *Tellement* bon. S'il n'enseignait pas Shakespeare, ce serait un humoriste génial, sans blague. Qui tu as déjà ?

Faith se retourna sur sa chaise et vit une petite jeune fille à l'allure ringarde.

— Je ne te l'ai pas dit, murmura Faith avant de se retourner tandis que son premier cours débutait (non pas celui de Rollins, mais de Buford, qui était également renversant, mais n'avait pas la réputation d'être drôle).

Elle mit ses écouteurs et reporta son attention sur le cours alors qu'un pavé numérique rouge était projeté sur la surface plate du pupitre devant elle. Elle pouvait prendre des notes sur l'écran tactile et les insérer sur une ligne de temps qui s'étirait en marge de l'image, où elle pourrait les consulter plus tard. C'était aussi de cette façon qu'elle passait des tests et des examens et posait des questions au besoin. Les enseignants avaient entre mille et dix mille assistants, selon le nombre d'élèves qui suivaient leurs cours. Si un élève avait une question, il pouvait la taper au clavier vingt-quatre heures par jour et obtenir habituellement une réponse en moins de cinq minutes. La Tablette indiquait les salles de classe, les blocs d'examens préparatoires et affichait des commentaires instantanés sur les travaux à la maison. La seule chose qu'elle ne fournissait pas, c'étaient les collations pour micro-ondes, et il circulait une rumeur selon laquelle une version future ferait même ça.

Faith s'étonna de voir apparaître un message au bas de son écran. D'habitude, sa Tablette bloquait automatiquement tous les messages entrants au début d'un cours.

Je vois que tu as Buford. Il est très bon. Rollins est meilleur. Comment tu t'appelles déjà?

Faith parcourut des yeux la classe qui contenait environ la moitié de tous les élèves. Un autre message apparut sur son écran.

Derrière toi :)

Faith tourna lentement la tête et sourit péniblement. Puis, elle revint à sa Tablette, levant les yeux au ciel aussitôt qu'elle le put sans être vue par le prince des idiots.

«Parfait», pensa Faith en écoutant Buford disséquer la signification d'*Henry V*. «Je suis ici depuis dix minutes et j'ai déjà un harceleur sur le dos. Et un pirate informatique.»

Faith tapa un message laconique, puis l'expédia.

Comment as-tu activé la messagerie pendant un cours? Et je suis occupée.

Il y eut un temps d'arrêt d'environ quatre secondes.

> Facile! Il y a une trappe dans la version 25. Ça prend à peu près une heure pour encoder chaque Tablette, mais une fois à l'intérieur, on peut communiquer avec n'importe qui pendant les cours. Et ça fonctionne dans les deux sens une fois ouvert. Cool, non? Tu n'en as pas entendu parler?

«Non, pensa Faith, je ne me balade pas sur les fils de discussion en ligne des intellos.»

Faith essaya d'écouter Buford jusqu'à ce qu'un autre message se déroule sur son écran.

> Je m'appelle Hawk. Et toi?

Faith l'ignora et se remit au travail, inscrivant des annotations à l'écran avec son doigt. Elle tapa le coin de l'écran, et un menu apparut dans lequel elle choisit un stylet de dessin. Un carré de lumière apparut sur son pupitre près de l'écran tactile, et elle commença à dessiner l'esquisse d'un visage. Elle avait beaucoup de talent pour les visages et n'avait d'habitude besoin que de bien regarder une personne une seule fois pour pouvoir reproduire ses traits.

Elle regarda autour d'elle à la recherche d'un sujet, observant chaque nouvel élève, et son regard s'arrêta sur un gars dans la rangée du fond. Il portait des chaussures de patinage à roulettes, un jean serré et un t-shirt moulant à col en V. Il avait les cheveux noirs et épais et, à sa grande surprise, il écrivait avec une plume dans un carnet de notes. Il semblait ignorer tout à fait sa Tablette.

Elle expédia un message à Hawk et elle commença à dessiner avec son doigt.

> Qui est l'homme des cavernes dans la rangée du fond?

Un moment plus tard, Hawk répondait.

> Dylan Gilmore. Il ne parle pas beaucoup, en tout cas pas à moi. Et c'est un connard.

Faith le regarda discrètement une fois de plus. Son visage et le haut de son corps affichaient un menton prononcé et des bras musclés.

« S'il te plaît, sois grand », se surprit à penser Faith.

Il était vraiment concentré sur ce qu'il faisait, et sa tête bougeait de haut en bas. Elle eut l'impression qu'il écoutait de la musique plutôt qu'un cours, mais ce n'était pas possible. La Tablette ne le laisserait pas faire une telle chose pendant un cours.

Faith reçut trois autres messages de Hawk avant la fin du cours et, brusquement, elle se retourna sur sa chaise.

— S'il te plaît, ne fais pas ça quand je suis au milieu d'un cours. Buford est difficile, et Shakespeare est déroutant.

— Pas de problème, je peux faaaaacilement m'arrêter. C'était quoi ton nom déjà?

Faith roula des yeux et se leva pour partir, mais changea d'idée et se retourna encore. Il pouvait lui arriver de pires choses que d'avoir un ami vraiment brillant sachant pirater une Tablette.

— Faith. Et plus de messages pendant les cours, OK?

— Oui, tout à fait. C'est noté, Faith.

Elle se rendit compte tout à coup que Hawk était probablement beaucoup plus jeune qu'elle. Ils rassemblaient de plus en plus d'élèves dans les classes parce qu'il ne semblait pas y avoir de bonne raison de ne pas le faire. Faith était une finissante et, d'après l'apparence de ce petit bonhomme, il était probablement en première année.

— Quel âge tu as? demanda Faith tandis qu'ils quittaient la salle de classe.

— Dix-sept. OK, seize. Je veux dire, je vais avoir seize dans vraiment peu de temps.

Il y eut un long silence pendant lequel Hawk décida qu'elle allait le découvrir assez rapidement.

— J'ai treize ans.

— Es-tu sûr de ne pas en avoir neuf? Tu parais avoir neuf ans.

— Aïe, dit Hawk en portant la main à son cœur. Celle-là est blessante.

Faith le frappa sur le bras. Il était nécessaire de frapper bas pour éviter sa tête.

— C'est une blague. Tu parais avoir au moins onze ans.

— Vraiment? Merci!

Ils rirent pendant qu'ils sortaient dans le corridor et regardaient des deux côtés. Faith pouvait imaginer la situation quand il y avait deux mille étudiants et soixante-quinze enseignants. Il devait y avoir une énergie incroyable. Aujourd'hui, l'endroit ressemblait davantage à une morgue.

Quelques corps se déplaçant entre des portes, un murmure atténué de voix.

— Je me demande combien de temps ils vont garder cet endroit ouvert, dit Faith.

— Difficile à dire, répondit Hawk en prenant une note sur sa Tablette, qu'il rapetissa et tint dans sa main délicate. Mais je vais voir ce que je pourrai trouver.

Ils étaient sur le point de se séparer quand deux grandes formes apparurent à l'autre bout du corridor. Au départ, Faith ne vit que leurs silhouettes devant une fenêtre lumineuse derrière eux. Il y avait chez ces deux ombres mouvantes un air de confiance en soi qui paraissait déplacé à Old Park Hill. Quand elles s'approchèrent, Faith s'aperçut qu'il s'agissait d'un gars et d'une fille et qu'ils avaient au moins son âge.

— Qui..., allait demander Faith quand Hawk l'interrompit.

— Wade et Clara Quinn, dit-il en se rapprochant pour sentir le parfum de Faith pendant qu'il la croyait distraite.

— Crois-le ou non, ils participent aux Jeux d'athlétisme américains et représentent l'extérieur des États. Ils sont foutument brillants aussi. Et ce sont des connards.

Faith commençait à penser que Hawk considérait tout le monde à Old Park Hill comme des connards, mais elle n'en dit rien parce que Wade Quinn la fixait du regard. Sa sœur s'était éloignée, mais Wade regardait directement Faith. C'était comme s'il n'y avait personne d'autre au monde. Plus il s'approchait, plus il paraissait beau jusqu'à ce qu'il se tienne tout près d'elle et qu'elle fasse une chose qui ne lui était vraiment pas coutumière. Faith Daniels, de son mètre quatre-vingts de haut, levait les yeux pour regarder un garçon.

— Quelle taille tu fais ? demanda-t-elle sans même réfléchir.

Ça lui était sorti comme ça, sans qu'elle s'y attende.

Wade sourit, ses cheveux blonds tombant de chaque côté de ses yeux bleus.

— Je suis passablement grand, dit-il. Je m'appelle Wade.

— Hé, Wade. Comment ça va ?

Wade ne regarda pas Hawk ni ne répondit à sa question, mais il inclina la tête dans sa direction sans jamais quitter Faith des yeux.

C'était un moment particulier, tous deux reconnaissant qu'ils s'attiraient mutuellement. Leurs regards se croisaient sans cesse, puis se dirigeaient rapidement vers le plancher ou un casier. Wade adorait les filles grandes et il aimait la façon dont une mèche de cheveux de Faith lui tombait sur un œil d'un air taquin. Quant à Faith, c'étaient les yeux bleu pâle de Wade et la courbure de ses lèvres qui l'attiraient. Elle pouvait s'imaginer en train de fixer ce visage pendant des heures pour le simple plaisir de le contempler.

— Cool, fit Hawk comme si lui et Wade avaient eu une conversation que, de toute évidence, ils n'avaient pas. Je vais bien. Je vais bien. Je te présente Faith. Elle est nouvelle.

La jumelle de Wade s'approcha. Elle était presque aussi grande que lui et d'une beauté rare. Elle avait une chevelure étonnamment courte qui mettait en relief son visage athlétique finement ciselé. Et son long corps mince présentait aussi plein de courbes.

— Merde, tu es vraiment grande, dit Faith.

Il était rare qu'elle rencontre une fille à ce point plus grande qu'elle. Clara Quinn devait mesurer au moins un mètre quatre-vingt-dix.

— Merci, répondit Clara en examinant Faith des pieds à la tête. Je crois.

Elle poussa Wade sur l'épaule pour le faire avancer, et tous les deux continuèrent le long du corridor presque désert. Wade se retourna.

— Joli pantalon.

Puis il disparut dans un autre corridor.

Hawk jeta un coup d'œil sur le pantalon de Faith.

— C'est vrai qu'il est beau. Tu l'as fait venir de l'État de l'Ouest? Je peux obtenir des choses beaucoup moins chères en provenance de l'État de l'Est. Je sais; ça n'a pas de sens, hein? Et c'est pourquoi ça en a.

— Ouais, OK, on se voit plus tard alors.

Faith commença à s'éloigner dans une sorte de stupeur amoureuse à la recherche de sa salle de cours suivante, et Hawk lui cria :

— Fais attention, Faith. Les jumeaux sont assez intenses. Tu ferais mieux de rester loin d'eux.

Mais il était trop tard pour Faith Daniels.

Elle n'était à Old Park Hill que depuis deux heures et elle était tombée sous le charme de Wade Quinn.

Chapitre 2

Entrée par effraction à l'école primaire

Faith vivait à Bridgeport Commons, qui avait été pendant une époque un endroit huppé où élever une famille. Il y avait des centaines de maisons et de complexes d'habitations entourant un lac artificiel, et Faith habitait un des étroits édifices à trois étages près du trottoir bordé d'arbres. L'endroit comportait des sentiers de course et de marche, une piscine et même, tout au bout, une école primaire où les enfants pouvaient obtenir une éducation en toute sécurité sans s'aventurer très loin dans le monde extérieur. Si elle quittait Bridgeport Commons et tournait à gauche, l'avenue commerciale où Faith s'était assise et avait acheté une chanson ne se trouvait qu'à dix minutes de marche.

À la naissance de Faith, Bridgeport Commons était presque désert. Un homme vivait seul au bout du pâté de maisons, mais autrement, l'immeuble à douze logements qu'habitait Faith était vide. Elle n'en était pas certaine parce qu'elle n'y avait pas grandi, mais elle croyait qu'il y avait déjà eu dans ce quartier au moins un millier d'habitants. Il n'y en avait plus maintenant qu'une dizaine, répartis autour du lac, qui refusaient de déménager dans l'Ouest jusqu'à ce qu'ils y soient obligés pour de bon. Il n'y restait surtout que des équipes de nettoyage qui préparaient de nouveaux terrains pour l'État de l'Ouest sans cesse en expansion. Dans la plupart des cas, les gens qui demeuraient à l'extérieur de l'État de l'Ouest le faisaient à leurs risques et périls. Ils étaient hors normes, abandonnés à eux-mêmes, vivant au jour le jour de ce qu'ils pouvaient trouver. La nourriture était rare et les services médicaux, inexistants. Il ne s'agissait pas de forcer les gens à emménager dans les États, mais de les user à la longue. Tôt ou tard, la plupart cédaient, et alors, le système étatique s'empressait de prendre quiconque le voulait et de l'amener dans le confort de la vie moderne.

Le lac avait subi l'invasion d'à peu près un million d'étranges oiseaux noirs aux grandes pattes palmées et au bec blanc. Ils étaient comme des animaux préhistoriques, lents de corps et d'esprit et à peine capables de voler. Un jour, quand Faith avait six ans, elle avait regardé une voiture noire passer dans le quartier, et un des oiseaux s'était enfui de l'autre côté de la rue en battant de ses faibles ailes. L'oiseau se trouvait à moins d'un mètre du sol quand la voiture l'avait frappé. Faith n'avait jamais oublié le bruit de la collision, un son horrible, et la façon dont l'oiseau avait été projeté vers l'avant au ralenti, atterrissant sur la chaussée comme un sac de sable. Elle avait été étonnée de voir la voiture poursuivre son chemin, tourner sur une autre rue et disparaître.

Faith songeait à l'étrange oiseau mort tandis qu'elle marchait sur la rive du lac avec Liz, les deux se tenant par la main comme elles le faisaient parfois. C'était Liz qui avait pour la première fois pris la main de Faith lors d'une de ces marches en soirée, et le geste lui avait paru à la fois gentil et dangereux. Faith ne savait trop pourquoi elle continuait de le faire, mais elle pensait que c'était parce qu'elles avaient toutes deux peur. Peur d'être seules, de partir, de se réveiller un beau jour et de découvrir que la main vers laquelle elles tendaient le bras n'était plus là. Et aussi, il ne semblait pas y avoir de raison de ne pas le faire. Personne ne surveillait. Personne ne savait. Faith souhaitait que ce ne soit pas vrai, mais ça l'était.

— J'ai l'impression d'un vide ce soir, dit Liz. Plus que d'habitude.

Faith savait que Liz était nerveuse. Elle pouvait parler sans arrêt de Noah, mais ça la terrifiait de penser que Faith puisse trouver quelqu'un, puisse s'éloigner d'elle sans jamais revenir. Elle attira Liz près d'elle, épaule contre épaule, et Liz leva les yeux en souriant.

— Je ne crois pas qu'il m'aime. Pourquoi m'aimerait-il ? demanda Faith.

Une semaine s'était écoulée, et alors que Hawk était devenu comme son ombre, Wade Quinn s'était fait distant.

— Bien sûr qu'il t'aime, dit Liz en tirant joyeusement sur la main de Faith. Tu es mince, grande et blonde, et tu as des seins incroyables. Il est seulement timide, c'est tout.

— Je suis heureuse que tu ne sois pas superficielle à ce propos, répondit Faith sur un ton sarcastique. Je ne souhaiterais pas qu'il m'aime pour mon intelligence.

— Il a seize ans. Je suis pratiquement certaine qu'il ne pense pas à ton intelligence.

Faith haussa les épaules pour écarter le sujet, mais sourit également. Elle avait vu Wade dans les corridors et l'avait même surpris à la regarder. Et il lui avait expédié par messagerie le dessin d'une fleur tout à fait maladroit, mais très mignon après qu'il l'eut vue porter un t-shirt jaune affichant sur le devant une marguerite blanche que Faith avait peinte elle-même. Il y avait eu pendant la semaine une courte série de messages sur sa Tablette. Elle n'en avait rien dit à Liz et, alors qu'elles arrivaient au bord de l'eau où se trouvait le terrain de jeux de l'école primaire, elle songea à leur contenu.

Wade : Où est-ce que je me situe sur une échelle de un à dix ?

Faith : Un solide huit ; deux si tu dessines des marguerites. Et moi ?

Wade : Onze.

Leur relation était redevenue tranquille ensuite, et elle n'allait certainement pas accélérer les choses. Mieux valait attendre qu'il fasse un premier pas plutôt que de s'élancer et de l'effrayer.

Liz lâcha la main de Faith quand elle aperçut les balançoires, et elles se mirent toutes deux à courir dans leur direction. Il ne restait qu'une balançoire accrochée des deux côtés, et elles jouaient depuis longtemps à courir s'y asseoir aussitôt que leurs pieds quittaient le sentier et touchaient l'herbe. La première arrivée se balançait, et la seconde la poussait. Elles remportaient assez également la partie et arrivaient souvent en même temps, chacune saisissant une chaîne de chaque côté de la balançoire et argumentant à propos de celle qui se balancerait et de celle qui pousserait.

— Vas-y, proposa Liz même si elle était arrivée la première. J'ai envie de te pousser ce soir.

Faith s'assit sur le siège, se pencha vers l'arrière et fixa la
nuit étoilée. Liz posa une main de chaque côté des hanches
de Faith et la tira vers elle, puis la poussa lentement et la
laissa aller, ses mains vides dans l'air froid du soir.

— Combien de temps crois-tu que nous pouvons encore
rester ici? demanda Liz, sachant qu'il s'agissait d'un sujet
délicat.

— Je ne sais pas. Longtemps, je pense.

Les longs cheveux de Faith fouettèrent son visage alors
qu'elle se balançait vers l'arrière, et elle sentit les mains de
Liz sur son dos qui la poussaient.

— Je n'en suis pas si certaine, dit Liz.

Elle tourna les yeux dans l'obscurité en direction de
l'État de l'Ouest, qui les attendait cent vingt kilomètres plus
loin.

Si Liz avait pu voir l'expression de Faith, elle aurait compris que celle-ci ne voulait pas parler de partir. Elle ne voulait jamais en parler. L'État les laisserait rester à cet endroit
aussi longtemps qu'elles le voudraient. Mais il ne ferait rien
pour aider quelqu'un de l'extérieur. L'aide des États avait
depuis longtemps cessé.

— T'es-tu déjà demandé comment ce serait si nous y
allions? demanda Liz.

— Ça ne dépend pas de nous. Si nos parents décident
d'y aller, nous y allons. Mais je ne pense pas qu'ils voudront
partir d'ici un bon moment.

La Tablette de Faith vibra dans sa poche arrière, et
elle la prit en continuant à tenir la chaîne d'une main

pendant qu'elle jetait un coup d'œil au message familier de sa mère.

> Ne reste pas dehors trop tard ; tu sais dans
> quel état se met ton père.

Faith n'était pas proche de ses parents ; aucun des jeunes qui étaient restés ne l'était. Ils communiquaient surtout avec leurs parents au moyen de leurs Tablettes — par de petits messages échangés — et demeuraient entre eux. Faith ignorait s'il en avait été toujours ainsi, mais c'était ce qu'elle connaissait, et cette situation lui semblait normale.

— Tu as vu le message affiché aujourd'hui ? fit Liz en arrêtant la balançoire.

— Ouais, je l'ai vu. C'est impossible que ce soit magnifique à ce point.

Elles recommencèrent à marcher vers l'école primaire.

Les messages étaient des vidéos qui s'affichaient sur toutes les Tablettes que portaient les gens à l'extérieur des États. Pour Faith et Liz, ces messages provenaient de l'État de l'Ouest parce qu'elles vivaient dans la moitié occidentale du pays. C'était un peu comme recevoir un message du ciel, et chaque fois que vous en receviez un, il contenait un autre élément fabuleux, et encore plus d'amis et de membres des familles s'y trouvaient déjà à vivre une vie de rêve pendant que vous étiez coincés sur une ferme en Oklahoma à regarder pousser le maïs.

— Et si ça l'était ? demanda Liz en prenant sa propre Tablette pendant qu'elle marchait, et Faith souhaita qu'elle ne l'ait pas fait. S'ils avaient toutes ces choses qu'ils disent avoir ? Parfois, j'ai l'impression que nos parents sont tout simplement stupides.

Faith ne répondit pas parce qu'elle n'était pas d'accord et qu'elle ne voulait pas amorcer une discussion. Le message parlait de nouvelles choses que vous ne pouviez obtenir à moins de vous rendre là-bas. C'était ce que contenaient toujours les vidéos. Elles ne parlaient jamais de ce qui n'allait pas dans l'État, évoquant seulement à quel point la vie y était terriblement facile. La plupart du temps, l'État annonçait des choses comme l'absence de chômage ; l'absence de crimes ; les sources de nourritures synthétiques qui avaient meilleur goût que quoi que ce soit qui poussait près d'un lac oublié plein d'oiseaux sans cervelle et incapables de voler ; les immenses dômes récréatifs où on pouvait faire un million de choses ; les événements sportifs ; l'eau pure et les possibilités infinies ; tout le monde vivant jusqu'à cent ans, et certains jusqu'à cent cinquante.

— Je ne sais pas. Ça me paraît toujours tellement définitif, comme le paradis, mais d'une mauvaise façon, dit Faith.

Liz éclata de rire.

— Aie un peu la foi, Faith. C'est peut-être comme le paradis et nous sommes les derniers des idiots malchanceux à résister.

— Peut-être, marmonna Faith.

Elle allait ajouter quelque chose mais s'arrêta net. Sur sa gauche, elle avait perçu un mouvement dans l'obscurité qui lui paraissait celui d'une chose plus grosse qu'un oiseau incapable de voler.

— Qui est là ? cria Liz en saisissant de nouveau la main de Faith.

Elle songea à se mettre à courir parce que la seule chose qui la dérangeait à propos du territoire extérieur, la chose qui lui faisait toujours réfléchir à l'idée de se rendre dans l'État, c'étaient les Rôdeurs. Elle ne les avait jamais vus, mais en avait entendu parler. Des groupes de personnes, comme des gitans, qui parcouraient les espaces dépeuplés en capturant les gens qui erraient.

— Peut-être que nous devrions retourner chez toi et verrouiller la porte, dit Liz. Nous pourrions écouter de la musique ou regarder quelques émissions.

— Nous avons des armes! cria Faith dans la nuit. Vous feriez mieux de continuer votre chemin et de trouver un autre endroit où aller. Dégagez!

Il y eut un autre mouvement, et Liz bondit pratiquement dans les bras de Faith en laissant tomber sa Tablette dans l'herbe. Une silhouette courbée commença à se diriger vers eux, une Tablette éclairant son chemin.

— Cours! cria Liz en laissant sa Tablette dans l'herbe tandis qu'elle commençait à tirer Faith vers le lac.

— Hé, Faith, c'est moi, fit une petite voix nerveuse.

Quand Faith entendit la voix, elle s'aperçut que ce n'était pas un adulte penché, mais seulement un garçon de petite taille.

— Hawk?

— Ouais, absolument. C'est seulement moi! Vous n'avez rien à craindre.

— Espèce de petit garnement! s'exclama Liz. Tu as failli me faire mourir de peur!

Hawk s'accroupit et ramassa la Tablette abandonnée, qui s'était maintenant agrandie, et la lui tendit comme une proposition de paix. Liz lâcha finalement la main de Faith, prit sa Tablette et la tint au-dessus de sa tête, prête à le frapper.

— Liz, ne fais pas ça. Il n'est pas dangereux. Calme-toi.

— Vous vous fréquentez ou quoi? demanda Hawk.

— Quoi? Es-tu fou? s'exclama Faith.

Elle jeta un coup d'œil à Liz, qui paraissait à la fois paralysée et confuse, mais ne dit rien.

— Ouf! OK, du calme, dit Hawk. Vous aimez seulement vous tenir les mains. Je comprends maintenant, c'est cool.

Hawk tendit la main et prit celle de Faith, la bouche ouverte comme un idiot, et Faith en fut si étonnée qu'elle se contenta de rester là à secouer la tête en direction de Liz.

— Il ne ferait de mal à personne. Il est comme une grenouille.

Faith dut se servir de son autre main pour se dégager de la poigne d'acier de Hawk.

— Qu'est-ce que tu fais ici, Hawk? Comment pouvais-tu savoir que nous étions ici?

— C'est facile! Aussitôt que nous sommes branchés, je peux vous repérer. Il faudrait que vous laissiez votre Tablette chez vous pour me semer, et qui fait ça? Personne! C'est cool, non? Si vous avez des problèmes, je vais savoir où vous trouver. Comme si vous tombiez dans le lac.

Hawk pointa un doigt vers les ténèbres, la lueur de sa Tablette illuminant les traits nerveux de son visage.

— Désolé, les filles. Je me suis vraiment planté.

Avec sa tignasse brune, il ressemblait à un chiot blessé, et les deux filles perdirent toute envie de le battre ou de le chasser.

— Rends-moi service et arrête de pirater mes trucs, tu veux bien? demanda Faith.

— Mais si jamais tu as des problèmes? répliqua Hawk. Et comment je vais t'obtenir d'autres jeans pour seulement trois Pièces?

Liz s'avança et poussa violemment Hawk.

— Pas question.

Hawk repoussa Liz et faillit la frapper à la poitrine.

— Oui !

— Fais attention où tu mets les mains, Roméo, dit Liz, et tu peux vraiment obtenir des jeans pour trois Pièces ?

— Absolument, mais tu devras d'abord me laisser pirater ta Tablette, et en plus, nous allons pouvoir clavarder pendant les cours.

— Tu as raison, il est inoffensif, dit Liz à Faith. Et bizarre.

Faith voulait arriver à destination et commença à reculer. Elle sourit en pensant aux vêtements et au maquillage que Hawk pourrait probablement lui obtenir pour presque rien.

— Allez, Liz, confions-lui notre petit secret. C'est le moins que nous puissions faire.

Liz commença à marcher, et Hawk lui emboîta le pas, mesurant sa taille par rapport à la sienne et humant l'air autour de sa tête quand elle ne regardait pas.

— Quel âge tu as ? Dix ans ? demanda Liz.

— Treize ans, répondit Hawk. Je suis petit pour mon âge, mais mon cerveau est immense.

— Je parie.

Elles se dirigèrent vers l'école primaire en riant et en écoutant Hawk expliquer en détails complexes et incohérents comment il avait piraté le système de magasinage de l'État et obtenu les pantalons à un prix ridicule et livrés gratuitement en plus.

Même si Hawk n'avait pas parlé sans arrêt de sa voix enjouée, aucun d'entre eux n'aurait entendu la silhouette vêtue de noir se mouvoir à travers les arbres tout près, écoutant chacune de leurs paroles.

Chapitre 3

Super histoire, mec. Raconte-la encore.

L'école primaire de Bridgeport Commons était fermée depuis plusieurs années. Les murs, les fenêtres et les portes de l'immeuble étaient couverts de lierre et le toit, d'un épais tapis de feuilles entremêlées. Faith et Liz allaient à cette école parce que c'était le genre d'endroit que n'avaient pas les États : un lieu secret où se trouvaient des trésors. Du côté le plus sombre de l'école, il y avait une fenêtre brisée fermée par une planche de contreplaqué. Elles avaient depuis longtemps écarté l'épais feuillage et s'étaient servies d'un marteau pour enlever la planche de l'ouverture. Elles se glissèrent à travers et, une fois à l'intérieur, traversèrent la cafétéria vide.

— Maintenant nous y allons seuls, dit Faith en jetant un coup d'œil à Hawk, qui paraissait effondré à l'idée que les deux filles plus âgées le laissent derrière.

— Elle ne parle pas de toi, idiot, dit Liz en saisissant sa Tablette pour la lui prendre des mains.

Il l'avait rétrécie pour utiliser son écran comme lampe-torche.

— Nous n'apportons pas nos Tablettes plus loin que ça, ajouta-t-elle. Ça gâche l'expérience, en quelque sorte.

L'idée de se trouver sans sa Tablette même pendant quelques secondes était impensable pour Hawk.

— Je ne peux aller nulle part sans ma Tablette. Je ne fais pas ça.

— Elle n'est pas vivante, le taquina Liz en tirant doucement sur le coin de l'instrument. Ce n'est pas comme un animal domestique ou un frère ou une fille. C'est seulement une Tablette. Tu peux t'en passer pendant un peu de temps.

Hawk regarda la Tablette puis Liz, mais il n'était pas convaincu. Il tira l'objet vers lui, et, à sa grande surprise, Liz s'y accrocha. Elle ne la lâchait pas. Elle se pencha, ses lèvres à quelques centimètres de celles de Hawk, et il pouvait sentir son haleine à saveur de gomme à mâcher au raisin.

— Donne-moi la Tablette, murmura Liz, et Hawk faillit s'évanouir. Allez, tu peux le faire. Lâche-la.

Faith avait du mal à garder son sérieux et elle se détourna, puis sortit sa propre Tablette de sa poche et la posa sur une table de la cafétéria avec celle de Liz. Elle jeta un coup d'œil à l'écran en espérant y voir un message de Wade. Aucun message — et elle éprouva un petit pincement au cœur.

— Donne, dit Liz.

Faith se retourna pour faire face à son amie. Liz tenait la Tablette de Hawk qu'elle avait réussi à lui enlever, et Hawk lui tenait la main.

— Nous avons fait un marché, expliqua Liz en essayant de minimiser la signification de l'accord. Ma main contre la Tablette. Je vais survivre.

Faith rit et déposa la Tablette de Hawk sur la table. Elle devinait que Liz se réjouissait de la situation. Les détenteurs d'une Tablette étaient également des gens qui aimaient désespérément tenir des mains. L'idée était réconfortante, même chez un jeune intello de première année qui ne pouvait pas se taire.

— Je n'arrive pas à croire que je fais ça. Vous rendez-vous compte que je n'ai jamais été aussi éloigné de ma Tablette depuis le jour de ma naissance? Ils l'ont mise dans mon berceau après l'accouchement! J'ai l'impression d'avoir perdu un membre.

— Une étape à la fois. Ça deviendra plus facile, dit Faith, puis elle se tourna dans l'obscurité en laissant courir sa main le long du mur de tuiles lisses.

— J'adore cette école, dit Liz d'une voix rêveuse. C'est comme si les élèves s'étaient simplement levés et étaient partis sans se retourner. C'est beau, étrange et solitaire, vous comprenez?

Pour une fois, Hawk ne répondit pas. Il avait tourné la tête dans la direction de sa Tablette et songeait à se précipiter vers la cafétéria.

— Nous voilà dans mon endroit préféré sur terre, dit Faith en les invitant à entrer comme l'assistante d'un magicien. Oh, attendez! J'ai oublié les lumières. Ne bougez pas.

Faith repartit en courant dans la direction d'où elle était venue, et Hawk essaya de la suivre, mais Liz avait une poigne ferme, et cette haleine de gomme au raisin, et ces mèches de cheveux sombres qui lui tombaient de chaque côté du visage.

— Arrête, dit-elle. Elle revient tout de suite.

Et c'était le cas. Ils virent rapidement apparaître le rayon dansant d'une lampe de poche, et Faith leur en tendit chacun une. Tous trois pénétrèrent dans la pièce en brandissant leurs vieilles lampes et scrutèrent les alentours.

— Je parierais qu'ils n'ont rien de tel dans les deux États, dit Faith en baissant les yeux vers Hawk. En as-tu déjà vu une auparavant ?

Hawk lâcha la main de Liz et dirigea sa lampe dans tous les sens.

— J'en ai entendu parler, mais je n'en ai jamais vu une. Ça sent bizarre ici.

— C'est l'odeur des livres, dit Faith en prenant une profonde inspiration par le nez. J'adore ça. Viens. Je vais te montrer l'endroit.

Ils se tenaient dans une bibliothèque d'école primaire qui avait été abandonnée, mais où personne n'avait dérangé quoi que ce soit avant de partir. Faith atteignit le recoin le plus éloigné de la pièce et posa la main sur une rangée de grands livres d'images minces. La sensation de ses doigts qui frôlaient le dos lisse des livres, comme de petits dos-d'âne, fit battre son cœur plus rapidement.

— Quand tout le monde a eu une Tablette, plus personne ne voulait de ces livres. Mais il y a quelque chose de différent au fait de les tenir dans ses mains.

Hawk promenait le faisceau de sa lampe-torche sur les livres en en lisant les titres.

— Ils sont tous dans le nuage de données ; tout le monde y a accès. Je les ai tous lus. Je ne comprends pas que les gens aient eu l'habitude de transporter ces choses. Quel emmerdement.

Liz s'était éloignée le long du mur de livres et en avait retiré une pile. Elle se laissa tomber dans un fauteuil poire orange, et des granules de styromousse blanche s'envolèrent dans les airs par un trou sur un côté.

— J'oublie toujours ça avant de m'asseoir, dit-elle. Un de ces jours, je vais me laisser tomber sur un sac vide, et ça va faire mal.

Hawk ne pouvait toujours pas croire qu'il se trouvait dans un endroit obscur avec deux filles plus âgées. Il regarda furtivement les longues jambes de Faith et la chevelure noire de Liz, qui s'étalait sur le dossier du siège. Il aurait souhaité pouvoir embrasser l'une d'elles, mais savait que ce serait dangereux.

Ignorant les désirs de Hawk, Faith prit un livre et dit :

— *Les Sneetches*[1] sont différents dans un livre. Ceci, ça va changer ta vie.

Hawk se pencha vers l'arrière. Il n'avait jamais touché à un livre de sa vie. Il n'arrêtait pas de penser aux gens qui avaient manipulé le livre, toutes ces petites mains dégoûtantes qui avaient aussi joué près du lac à l'extérieur. Le livre avait une odeur de moisi qu'il n'avait jamais sentie auparavant, et cela aussi le dérangeait. Il était habitué à la propreté de sa Tablette, à sa surface de verre, à son boîtier de métal brossé et au milliard de choses à l'intérieur, toutes captivantes et nouvelles.

— Ce n'est pas vraiment mon truc, dit-il en s'éloignant du livre d'un pas ou deux comme si Faith tenait un blaireau vivant.

---

1. N.d.T.: Histoire pour enfants publiée en 1961. L'auteur, du nom de Dr Seuss, y met en scène un groupe de créatures jaunes dont certaines portent une étoile verte sur le ventre et qui évitent celles qui n'en ont pas.

— C'est comme tu veux, mais crois-moi, ce n'est pas la même chose et ça ne va pas te faire de mal.

Faith replaça le livre sur l'étagère et en prit deux autres — *Green Eggs and Ham* et *Oh, the Places You'll Go*[2]! — et marcha jusqu'au vieux bureau de bibliothécaire.

— Elle aime avoir un sentiment d'autorité, blagua Liz de son fauteuil poire.

Faith s'assit au bureau et ouvrit la première page de *Green Eggs and Ham* en tenant sa lampe-torche de telle manière que les couleurs défraîchies ressortaient dans l'obscurité. Puis, elle sourit d'un sourire particulier, un sourire de contentement, un sourire que Hawk entrevit dans la lumière que reflétaient les pages. Elle touchait une des pages en suivant de son doigt le contour des dessins, perdue dans ses pensées d'une façon qu'il ne comprenait pas. Elle tira une feuille de papier et un crayon du bureau et commença à reproduire le dessin du livre.

Ce fut, plus que toute autre chose, ce sourire qui persuada Hawk de toucher un vrai livre pour la première fois. Ce sourire et le fait que sa Tablette lui manquait terriblement, et il songea que peut-être *The Sneetches* l'aiderait à oublier à quel point il se sentait mal. Il adorait les étranges créatures affichant des étoiles sur leurs bedaines rondes.

— Dr Seuss, dit-il, ne me laisse pas tomber maintenant.

Il n'y avait pas d'autres fauteuils poires, alors il s'assit en tailleur sur le plancher et ouvrit le livre. Il n'avait jamais tourné de vraies pages auparavant, mais c'était comme de tourner les pages de sa Tablette, sauf qu'il devait l'avouer, la sensation était très différente. Les pages étaient lourdes, et il aimait la façon dont elles frôlaient sa peau tandis qu'il les

---

2. N.d.T.: Deux livres du Dr Seuss.

tournait pour parvenir à la première page de l'histoire. C'était, allait-il se souvenir beaucoup plus tard, impossible de ne pas toucher l'image. S'il avait fait cela sur sa Tablette, quelque chose se serait produit, et c'était là ce qui l'ébahissait le plus. Les Tablettes réagissaient à *tout*. Si on les touchait, elles faisaient quelque chose. Quand il touchait un Sneetch sur sa Tablette, des mots étaient prononcés, des leçons et des commandes émergeaient, et il s'attendait à pouvoir interagir. Mais le livre restait tout simplement immobile, et Hawk l'aima pour cette raison. De son index, il traça le contour de l'image du Sneetch. Il sentit la rugosité du papier, qui n'avait rien à voir avec le verre lisse de la Tablette. Il sentit la couleur jaune de la fourrure des Sneetches comme il n'avait jamais senti le jaune auparavant. Il en était ébloui.

Quinze minutes plus tard, après s'être complètement perdu dans l'histoire, Hawk entendit une voix.

— Je te l'avais dit. Ce n'est pas la même chose, non?

Faith pointait sa lampe-torche dans la direction de Hawk, qui se trouva aveuglé en levant les yeux. La lumière le tira de ce qu'il avait l'impression d'être un rêve dans lequel il s'était plongé; un rêve rempli d'étoiles vertes et poilues, de créatures jaunes et d'eau d'un bleu éclatant. Jamais plus Hawk n'oublierait les mots de ce livre ou la sensation de tenir l'histoire dans ses mains. Il relut toute l'histoire à voix haute, de la création du premier Sneetch avec une étoile sur le ventre jusqu'à la dernière page.

— Ce livre parle de nous, conclut-il en tournant les yeux dans la direction où l'État de l'Ouest les attendait. Eux tous là-bas et quelques-uns d'entre nous ici. C'est intemporel.

Liz étira les bras au-dessus de sa tête et laissa le livre se refermer sur ses genoux en bâillant bruyamment.

— Super histoire, mec. Raconte-la encore.

Hawk n'entendit pas le sarcasme dans la voix de Liz. Il était un peu lent en ce qui avait trait aux belles filles plus âgées et à leur sens de l'humour, alors il poursuivit à propos du parallèle entre leur propre vie et celle des Sneetches jusqu'à ce que Liz lève les yeux au ciel et qu'il se rende compte qu'il en avait déjà trop dit.

— Qu'est-ce que tu lis ? lui demanda Hawk.

Liz regarda la page couverture du livre et fit courir son doigt le long de l'image d'un monstre assis sur un rivage où un petit bateau était sur le point d'aborder.

— *Where the Wild Things Are*. Ça me fait oublier tout ce qui m'entoure. C'est comme si le reste du monde s'évanouissait.

Tout à coup, un son se répercuta le long du corridor et parvint jusqu'à la bibliothèque.

Faith referma lentement son exemplaire de *Green Eggs and Ham*. Jamais personne ne les avait suivies ici, et maintenant, ça s'était produit deux fois le même soir. Cela l'effraya, mais lui insuffla aussi l'envie de protéger l'endroit. Qui viendrait dans ce lieu particulier, sauf elle et les gens qu'elle y emmenait ? Qu'est-ce qu'ils faisaient ici ?

« Les Rôdeurs. »

Les mots se frayèrent un chemin dans son cerveau, et elle se prit tout à coup à imaginer un mystérieux groupe de personnes vivant dans une des salles de classe de l'école abandonnée.

— Éteignez vos lampes, murmura-t-elle.

En un instant, la bibliothèque retomba dans une obscurité opaque.

— Qu'est-ce qui va arriver s'ils voient les Tablettes? fit Hawk d'une voix nerveuse. C'est la première chose qu'ils vont prendre.

Faith et Liz pensaient la même chose mais se turent. Ça ne ferait qu'inquiéter Hawk encore davantage. Peut-être avaient-ils fait une erreur en les laissant à l'entrée. Ils attendirent quelques instants de plus, mais il n'y avait que le silence, et ils commencèrent à se demander s'ils avaient entendu quoi que ce soit au départ. Ce n'avait peut-être été que le fruit de leur imagination.

— J'ai trouvé tout ça vraiment cool, dit Hawk, mais je pense que je suis prêt à récupérer ma Tablette et je devrais probablement retourner chez moi avant que ma mère commence à m'expédier des messages en se demandant où je suis.

Faith vivait dans le quartier, mais pas Liz. Sa maison se trouvait à quinze minutes de marche, de l'autre côté de l'ancienne avenue commerciale. Ni l'une ni l'autre n'avaient une quelconque idée d'où vivait Hawk.

Ils décidèrent de ne pas rallumer les lampes, sauf en cas de nécessité. Leurs yeux s'étaient ajustés à la faible lumière, et ils progressèrent silencieusement le long du corridor. Quand ils atteignirent la porte de la cafétéria et ne virent personne, ils crurent tous que ça n'avait été que le bruit du vent à travers l'ouverture. Ils continuèrent de le croire, riant nerveusement, jusqu'à ce qu'ils arrivent à la table et constatent qu'il n'y avait plus trois, mais deux Tablettes.

Celle de Hawk avait disparu.

— Oh, oh, fit Liz.

Hawk ne dit rien. Pour une fois, il se trouvait sans voix. Ses émotions l'emportèrent sur sa raison, et son souffle devint saccadé alors qu'il ramassait la note qu'on avait laissée à la place. Elle avait été rédigée sur un petit bout de papier fripé arraché à ce qui avait déjà été une feuille complète.

Habitue-toi à t'en passer.

— Je suis désolée, Hawk, dit Faith. C'est entièrement ma faute. Je suis vraiment, vraiment navrée.

— Ça ne me la ramènera pas ! cria Hawk.

Il marchait de long en large comme un ours en cage en faisant courir ses mains sur une Tablette qu'il n'avait plus. Il se mit à courir et se retrouva devant la fenêtre avant que Faith et Liz puissent l'attraper et, au moment où elles sortirent, Hawk était déjà rendu suffisamment loin pour qu'elles puissent à peine apercevoir sa silhouette qui se déplaçait rapidement le long de la lointaine ligne des arbres.

— Hawk ! cria Faith. Ça ira, nous allons la retrouver ! Ne t'en fais pas !

— Dieu du ciel, c'est terrible, dit Liz. Qui pourrait avoir pris sa Tablette ? Ça n'a aucun sens.

Elles se sentaient maintenant toutes deux mal à l'aise de demeurer dans l'école. Elles s'y sentaient trop à l'étroit, comme si quelqu'un pouvait recclouer la planche de contre-plaqué à l'entrée et les enfermer pour de bon. Faith franchit la première l'ouverture, puis Liz, et quand l'air frais de la nuit leur caressa le visage, elles se sentirent un peu mieux.

Elles marchèrent en silence, espérant que le vol de la Tablette avait satisfait la personne qui les avait suivies.

— Tu sais quoi, dit Liz en arrivant à la fourche du sentier, où elles se séparaient normalement, je pense que ce sera bien pour lui. Il est trop attaché à cette chose. Je te parie qu'il va même nous remercier plus tard.

Faith n'en était pas si certaine. Elles contournèrent le lac, et Faith songea à expédier un message texte à Hawk pour voir s'il allait bien, mais évidemment, c'était impossible. Il n'avait plus de Tablette. Puis sa propre Tablette se mit à vibrer. Il y avait un message auquel elle ne s'était pas attendue, mais qu'elle avait espéré. Wade Quinn était de retour.

Tu veux venir au gym me regarder faire des sauts en hauteur demain?

— Hum, c'est Wade, dit Faith à Liz.

Il y eut un lourd moment de silence pendant qu'elles continuaient à marcher, puis Liz s'arrêta.

— Allez, vas-y.

Liz s'éloigna, et leurs mains se séparèrent comme une chose se brisant en deux.

— Je pense que je vais rentrer chez moi, dit Liz, et avant que Faith puisse l'arrêter, elle n'était déjà plus qu'une ombre disparaissant dans les ténèbres.

Elle savait bien qu'il était inutile d'essayer de la faire changer d'avis une fois qu'elle était décidée. Elle tapa un message et se sentit un peu mieux. Hawk aurait une nouvelle Tablette avant même que son ancienne puisse lui manquer; elle en était sûre. Et Liz allait lui revenir. Tout allait bien aller; elle devait seulement continuer à se dire ça. Elle prit une profonde inspiration et envoya son message à Wade.

J'espère que tu sautes mieux que tu dessines des marguerites. À quelle heure je devrais être là?

Faith poursuivit sa marche d'un pas énergique le long du sentier qui entourait le lac pendant qu'elle se demandait qui ou quoi elle pourrait rencontrer. La soirée avait été étrange à plusieurs égards, et elle souhaitait seulement arriver chez elle, puis verrouiller la porte.

Comme elle amorçait la dernière courbe menant à sa maison, elle aperçut un banc de parc qu'elle connaissait bien. Elle s'y était assise maintes fois pour dessiner de son doigt sur sa Tablette le lac et les oiseaux sur l'étang. Quelque chose sur le banc voletait doucement dans la brise bien qu'il fût trop lourd pour être complètement soufflé. Il s'agitait légèrement dans l'air, et quand Faith atteignit le banc, elle comprit ce que c'était : son dessin de *Green Eggs and Ham*, celui qu'elle avait fait au bureau dans la bibliothèque. Le tiers inférieur de la feuille manquait.

Habitue-toi à t'en passer.

La main de Faith tremblait pendant qu'elle courait vers sa maison.

Comment était-ce possible?

Comment quelqu'un avait-il pu mettre la main sur la feuille dont elle s'était servie pour dessiner, en déchirer la partie inférieure et y laisser la note destinée à Hawk? Et ce, pendant qu'ils étaient encore dans la bibliothèque?

⊙ ⊙ ⊙

Une heure plus tard, dans un autre quartier de la ville, Hawk était étendu dans sa chambre, une petite lampe au-dessus de son épaule gauche. Il avait quelque chose dans les mains, mais ce n'était pas sa Tablette. C'était un peu plus haut et un peu plus large que ça, mais de peu. L'objet se glissait parfaitement dans le sac à dos qu'il transportait partout. Le sac n'était pas conçu pour transporter beaucoup de choses — deux courroies sur ses épaules, une mince enveloppe de styromousse autour d'une poche oblongue contre son dos étroit.

Il tourna avec une lenteur extrême les pages de *The Sneetches*, et quand il sentit le papier rugueux contre sa peau, il commença à respirer un peu mieux.

Chapitre 4

Psychocode

Ce soir-là, Faith eut beaucoup de mal à s'endormir, et même quand elle finit par sombrer dans le sommeil, elle avait davantage l'impression d'être à demi éveillée. Elle rêvait sans cesse d'objets qui se déplaçaient dans sa chambre. Elle rêva que le verre d'eau sur sa table de chevet s'était renversé, mais plutôt que l'eau se répande sur le plancher, elle resta suspendue dans les airs et explosa en un million de gouttelettes qui se mirent à danser au-dessus de son lit. Quelques gouttelettes frôlèrent ses lèvres, et elle goûta l'eau sur sa langue. Elle était fraîche et douce comme le printemps, et Faith sourit dans son sommeil. Les gouttes se rassemblèrent de nouveau, retournèrent dans le verre, et le rêve se termina.

Il viendrait un moment où quelqu'un lui apprendrait la vérité, mais pas tout de suite.

Elle n'était pas prête à l'entendre, mais un jour on la lui dirait.

Ce qui arrivait dans sa chambre n'était pas un rêve.

⊙ ⊙ ⊙

Au réveil, Faith et Liz trouvèrent sur leur Tablette le même message de Hawk, et elles prirent conscience en même temps qu'elles avaient laissé pénétrer une nouvelle personne dans leur petit cercle privé.

Et il est de retour! Comment vous allez? Je vous manque? Allons nous tenir un peu les mains, mesdemoiselles!

Elles n'étaient plus seules maintenant; ils étaient trois. Hawk avait récupéré sa Tablette et il faisait maintenant de plus en plus partie de leur vie. Faith et Liz ne parlèrent pas du fait d'avoir laissé entrer quelqu'un dans leur vie, mais toutes deux savaient que c'était arrivé. C'était comme si elles avaient peur d'aborder le sujet par crainte que l'autre manifeste sa désapprobation. De toute évidence, elles s'habituaient de plus en plus à la présence de Hawk.

À huit heures, quand Liz rencontra Faith devant l'école, elles avaient toutes deux échangé des textos avec Hawk depuis une heure.

— Ça devient un peu étrange, non? dit Liz.

— Plus qu'un peu. Je dirais que ça devient glauque. Comment une Tablette peut-elle tout simplement disparaître et puis réapparaître? Qui fait ça?

Faith pensait la même chose à propos du dessin qu'elle avait fait, mais elle ne savait trop comment le dire à Liz, en tout cas pas encore.

— Et elle était simplement *là*, fit Liz en exprimant ce que Faith savait déjà. Juste à côté de son lit, comme si elle n'en était jamais partie. Ça veut dire que quelqu'un est entré chez lui. Ça, c'est *vraiment* glauque.

— Peut-être que quelqu'un s'est rendu compte qu'il s'adonne au piratage et veut que Hawk fasse la même chose pour lui? Il s'est peut-être attiré ces emmerdements.

— Et nous avec lui, rappela Liz à Faith. C'est nous qui portons les jeans, tu te souviens?

Ce n'était pas tout à fait vrai. Elles ne les portaient pas réellement parce qu'ils n'avaient pas encore été expédiés, mais Faith comprenait ce que Liz voulait dire. Il fallait qu'elles voient Hawk et qu'elles éclaircissent la situation. Elle n'était pas certaine que des jeans presque gratuits vaillent le risque de s'attirer de graves ennuis.

Mlle Newhouse était en état d'alerte pendant les cours du matin, allant et venant dans la pièce comme un vampire à la recherche d'une victime. D'après une rumeur qui circulait dans l'école, quelqu'un vendait un psychocode. C'était un problème que Faith avait connu dans d'autres écoles, et elle avait espéré qu'il ne surviendrait pas à Old Park Hill. Les psychocodes nécessitaient un piratage compliqué qui ne fonctionnait d'habitude que quelques jours avant d'être découvert et réparé par les programmeurs de l'État.

Faith savait qu'il ne fallait pas jouer avec les psychocodes. Ils révélaient de manières illicites des choses sur les Tablettes. Ils montraient des choses que les gens n'étaient pas censés voir. Le fait de regarder dans une Tablette là où un psychocode avait été inséré vous enflammait l'esprit, et une fois que vous y aviez été exposé, il n'était pas question de s'en détourner. C'était comme si vous veniez de vous inoculer une drogue. Le psychocode était en vous. Le recâblage électronique qu'il faisait dans votre cerveau vous infectait. Au cours des quatre à cinq heures qui suivaient, le psychocode générait un sens plus aigu de la réalité. Les couleurs

étaient plus brillantes, les saveurs plus intenses, les sentiments de bonheur décuplés.

Faith n'avait jamais essayé de psychocode même si elle
en avait eu l'occasion à toutes ses anciennes écoles. Il y en
avait plusieurs qui traînaient dans les parages presque
chaque semaine sur le campus, et la plupart des élèves
apprenaient leur existence. Ils étaient constitués d'une série
de nombres et de lettres et ils étaient toujours transmis
d'une personne à l'autre d'une manière très précise. Comme
les drogues du passé, les psychocodes avaient leurs propres
manières d'être absorbés et leurs propres symboles. La
marijuana avait son joint, l'acide son comprimé, la cocaïne
son petit cylindre de poche. Au début, les gens qui créaient
les psychocodes les inscrivaient sur du papier, mais c'était
dangereux. Avec l'avènement des Tablettes, la reconnaissance de l'écriture manuelle avait fait d'immenses progrès.
Le fait d'écrire un chiffre ou une lettre équivalait à laisser
une empreinte digitale. Et les psychocodes n'étaient jamais
transmis de Tablette à Tablette parce que la grande majorité
des gens étaient convaincus que les États interceptaient
chaque transmission douteuse. Aux premiers jours de l'existence des psychocodes, quelqu'un avait choisi la méthode
de transmission, et elle était simplement restée : des petites
perles de plastique sur une chaîne ou une ficelle. Parfois, la
série de lettres et de nombres était courte et parfois, longue,
mais elle était toujours répartie sur un cercle au moyen
d'une séquence de perles de plastique bon marché, comme
un bracelet porte-bonheur pour enfants.

Compte tenu de l'alerte à propos du psychocode, Faith
ne pouvait communiquer avec Hawk pendant les cours, ce
qui était sans doute une bonne chose parce qu'elle prenait

du retard dans le cours d'anglais avancé de Buford, et il fallait vraiment qu'elle se concentre. Malheureusement, elle avait autre chose en tête, une chose plus importante et plus emballante qui faisait résonner la voix de Buford comme une tondeuse à gazon pendant qu'il analysait les personnages secondaires d'*Henry V*. Elle avait rendez-vous avec Wade à midi, et malgré tous ses efforts, Faith ne pouvait songer à rien d'autre pendant que Mlle Newhouse faisait le tour de la pièce pour la troisième fois. Elle avait un nez en forme de bec d'aigle et des yeux foncés; elle était mince comme un crayon; et elle se penchait par-dessus les épaules des étudiants en fronçant les sourcils.

Faith se tourna vers le fond de la classe au moment où Mlle Newhouse s'arrêtait devant Dylan Gilmore. Elle se pencha, posa les deux mains sur le pupitre de Dylan, et Faith retira un de ses écouteurs pour pouvoir entendre ce qu'ils disaient. Elle avait une oreille remplie du bruit de tondeuse de la voix de Buford pendant que l'autre se concentrait sur le coin éloigné de la pièce, où Dylan était affalé sur sa chaise.

— Vide tes poches, dit Mlle Newhouse.

— Pourquoi je ferais ça?

Dylan avait une voix chuchotante, basse et rauque.

— Parce qu'il y a un psychocode dans cette école et que je le cherche.

— Et vous pensez que je sais quelque chose à propos de ça parce que…?

— Vide tes poches, répéta Mlle Newhouse.

Il y eut un moment de silence, et Faith vit Dylan se redresser et approcher son visage de celui de Mlle Newhouse.

— Mlle Newhouse, je peux vous offrir une menthe ? Ça ne vous ferait pas de mal.

Faith éclata de rire malgré elle, puis remit rapidement l'écouteur sur son oreille. Elle n'entendait plus rien sauf la voix du professeur Buford pendant qu'elle fixait sa Tablette et le regardait parler. Son cœur battait à tout rompre, mais elle n'osait pas tourner la tête et risquer de se trahir. Elle sentit qu'on lui tapotait l'épaule et sursauta en émettant un son qu'elle ne put entendre. Quand elle leva les yeux, Mlle Newhouse se tenait devant elle en lui faisant signe de retirer ses écouteurs. Elle tendit un bras au-dessus du pupitre de Faith, puis arrêta le cours pendant que celle-ci jetait un coup d'œil oblique en direction de Dylan. Il s'était levé et avait complètement sorti ses poches, qui pendaient contre son pantalon comme de petits fantômes blancs. Évidemment, il n'y avait ni psychocode ni ficelle de perles de plastique, chacune comportant un nombre ou une lettre. En fait, ses poches s'étaient révélées complètement vides.

— Vous avez du mal à vous concentrer aujourd'hui ? lui demanda Mlle Newhouse. Je pourrais vous envoyer dans une pièce où vous serez toute seule si ça peut vous aider, même si nous n'encourageons pas ça. D'habitude, l'isolement n'améliore pas les résultats.

— Je vais bien ; ce n'est qu'un petit chatouillis dans ma gorge.

Faith toussa pour illustrer son argument, et Mlle Newhouse, apparemment sceptique, lui dit de reprendre le travail.

— Oui, madame. Pas de problème. Je m'y mets, dit Faith avant de remettre ses écouteurs et de frapper du doigt l'écran de sa Tablette avant que Mlle Newhouse soulève une objection.

Elle s'éloigna, fit signe à Dylan de s'asseoir et se dirigea vers d'autres élèves. Faith jeta un coup d'œil vers le fond de la classe, où Dylan paraissait s'ennuyer à mourir. Il remit ses poches dans son pantalon en secouant ses puissantes épaules tandis qu'il se rasseyait.

« Mignon », pensa Faith.

Elle se laissa aller à fixer pendant quelques instants de plus ses grands yeux et ses sourcils foncés en espérant qu'il n'allait pas s'en rendre compte.

« Dommage qu'il attire les ennuis. »

☉ ☉ ☉

Faith n'arrivait pas à décider si elle devait ou non demander à Liz de l'accompagner au gymnase pour observer Wade dans toute sa splendeur, mais son dilemme se résolut de lui-même quand elle ne put la trouver dans la cafétéria. Faith mâchouilla un de ses ongles, une habitude à laquelle elle avait mis fin sur ses neuf autres doigts. L'auriculaire de sa main droite subissait à lui seul tous les dommages qu'elle avait auparavant répartis sur ses dix doigts, mais il tenait le coup. C'était un dur de dur qui ne saignait qu'un peu quand Faith était extrêmement nerveuse et qu'elle le mâchouillait jusqu'à la peau.

— Désolée, mon petit chéri, dit-elle en arrivant au gymnase. Tu prends les coups pour toute l'équipe, mais tu t'en sors bien.

Se parler à haute voix lui faisait du bien, mais quand elle entra dans la salle, elle y trouva quelqu'un qu'elle ne s'attendait pas à voir, et sa nervosité redoubla.

Dylan Gilmore lançait des ballons dans le panier, et Wade n'était nulle part en vue. Le gymnase était vide, et les bruits que faisait le ballon de cuir de Dylan se répercutaient bruyamment sur les murs. Il avait enlevé sa chemise et ne portait qu'un jean, des baskets et un collier.

— Excuse-moi, bredouilla Faith d'où elle se tenait près de la porte. Il n'est pas censé y avoir des sauts ici en ce moment?

Dylan effectua un lancer à partir de la ligne de fond et rata sa cible, puis il fixa le plancher et secoua la tête.

— J'y serais arrivé. Tu m'as distrait.

— Essaie encore. Je vais me taire cette fois.

Dylan la regarda de l'autre bout du gymnase et sourit. C'était la première fois qu'elle le voyait sembler le moindrement heureux. C'était un beau sourire. Elle se demanda quelle taille il avait de près.

Elle eut peu de temps pour le reluquer parce que Dylan parut en avoir assez de jouer au basketball. Il ramassa son t-shirt, l'enfila, prit sa Tablette dans une main et la glissa dans sa poche arrière. Il fit courir ses doigts dans son épaisse tignasse noire et commença à s'éloigner vers la porte du fond.

— Ça a été un plaisir de te parler, murmura Faith.

Elle voulait croire que Dylan était un brave type, mais il semblait distant, et Hawk avait dit qu'il attirait les ennuis. Sans réfléchir, elle lui cria une question à travers le gymnase, mais son ton donna davantage l'impression d'une accusation.

— Tu ne trafiques pas de psychocodes, n'est-ce pas?

Dylan s'arrêta net, mais sans se retourner. Il baissa les yeux sur ses chaussures qui étaient noires et éraflées.

— Ce n'est pas mon truc, dit-il en se retournant pour lui faire face. J'ai essayé une fois, et c'était suffisant.

Faith se disait que s'en servir n'était pas mieux que d'en fabriquer lorsqu'il s'agissait de drogues quand elle entendit tout à coup les voix de Wade et de Clara Quinn se répercuter dans le gymnase. Ils entraient par la porte du fond, et il s'ensuivit immédiatement un affrontement entre Wade et Dylan. Wade était plus grand, mais Dylan était plus costaud.

— Tu essaies encore les tirs en suspension? demanda Wade. Pourquoi t'en donner la peine quand il y a des manières plus faciles d'y arriver?

Wade se précipita vers Dylan, saisit le ballon, puis se mit à dribbler entre ses jambes et dans son dos. Clara les observait et souriait, les bras croisés sur sa poitrine tandis que Wade s'élançait vers le panier, bondissait et réussissait facilement un smash.

— Whoa, dit Faith.

— Il ne saute pas aussi haut qu'il le semble, laissa tomber Dylan en se dirigeant vers la porte. C'est de la poudre aux yeux.

— Il essaie seulement de se rendre intéressant, dit Clara.

— Toujours le même Wade, ajouta Dylan.

Même de l'autre extrémité du gymnase, Faith voyait bien que Clara Quinn en pinçait pour Dylan Gilmore. Elle ne pouvait détourner les yeux de lui, et il était assez évident qu'elle appréciait le fait que Dylan veuille tenir tête à son frère.

Dylan se retourna et brandit les bras pour demander le ballon. Wade éclata de rire, puis lui lança le ballon comme on lance une balle de baseball, le projetant à plus de cent kilomètres à l'heure vers la tête de Dylan. Celui-ci l'attrapa sans difficulté et fixa le filet où Wade venait de smasher le ballon. Il se trouvait beaucoup plus loin que pour un lancer à trois points, mais il évalua la distance, bondit, et le ballon traversa le filet.

— Je préférerai toujours un lancer à trois points plutôt que de smasher. La puissance a ses limites.

Wade s'étonna que Dylan ait marqué, mais ça ne changeait rien à son évidente antipathie à son endroit.

— Le gym est fermé pour une pratique, raté.

Dylan passa près de Clara, et elle se pencha vers lui, mais il ne s'arrêta pas et traversa le gymnase avant de sortir par la porte du fond. Faith trouva le petit duel grisant et espéra qu'elle en était l'objet. Elle allait s'avancer sur le plancher de bois franc quand M. Reichert, qui apparemment exécutait une triple tâche à titre de directeur, d'enseignant et d'entraîneur des Jeux d'athlétisme, arriva derrière Faith et la fit sursauter.

— Salut, jeune fille, comment on te traite à Old Park Hill ?

Faith bondit presque aussi haut que Wade Quinn et laissa malheureusement échapper un grand cri aigu, qui provoqua chez Clara Quinn un éclat de rire agaçant.

— Sois gentille, Clara. Faith est encore en train de s'habituer à l'endroit. Laissons-lui croire que nous sommes une sympathique bande pendant un peu plus longtemps.

M. Reichert tira une clé d'un anneau attaché à sa ceinture et commença à déverrouiller une pièce d'entreposage.

— Tu pourrais peut-être m'aider à sortir le matériel pendant qu'ils se réchauffent, Faith ? Qu'en dis-tu ?

— Ouais, rends-toi utile, cria Clara de l'autre extrémité du gymnase, où elle était au milieu d'un étirement de yoga à l'allure étrange. Nous aurions besoin d'un chef d'équipe, de quelqu'un pour ramasser les serviettes trempées et remplir ma bouteille d'eau. Tu peux t'occuper de ça ?

— Ne fais pas attention à elle, murmura M. Reichert. Elle aboie plus qu'elle ne mord. Elle est inoffensive.

Faith devait se fier au directeur pour obtenir un soutien parce que Wade n'était pas venu à sa rescousse. Il était profondément concentré sur son réchauffement et paraissait ne pas même avoir entendu les paroles de Clara. La Tablette de Faith vibra dans sa poche arrière, et elle comprit que Liz était probablement à sa recherche. Ou peut-être était-ce sa mère. Elle l'ignora et commença à aider M. Reichert à dérouler l'aire de chute pour les sauts en hauteur et fixer la barre. Quelques minutes plus tard, les Quinn étaient prêts et la barre, fixée à deux mètres.

— Alors Wade saute le premier ? demanda Faith, qui se réjouissait à la perspective de le voir voler dans les airs.

— Non, expliqua M. Reichert. Clara ira en premier, mais elle ne fera que quelques sauts. Aujourd'hui, elle fait du lancer du poids à l'extérieur. Ça, c'est quelque chose à voir. On jurerait que les poids ne sont que des boules de billard dans sa main. Et je ne parle même pas du javelot.

— Et du marteau, dit Clara en s'intégrant à la conversation d'où elle se tenait à une dizaine de mètres. C'est terriblement cool, le lancer du marteau. Il n'y a rien de tel sur terre.

Elle se calma tout à coup et ferma les yeux, puis prit une profonde inspiration qui se termina par une sorte de gémissement. Elle commença à se mouvoir en de longues enjambées langoureuses et, quand elle effectua un virage pour se diriger vers la barre et bondit, c'était comme si elle sautait au ralenti et pesait moins de cent grammes. Deux mètres n'étaient rien pour elle. Elle dépassa la barre d'au moins quinze centimètres.

Une seconde plus tard, Clara descendait du matelas et sortait du gymnase en secouant la tête.

— Je n'ai pas l'esprit à ça, aujourd'hui.

Faith se demanda à quelle hauteur Clara aurait sauté si elle avait *eu* l'esprit à ça.

— Je m'en vais lancer le marteau ; ne me suivez pas.

— À quelle hauteur elle peut sauter ? demanda Faith pendant que M. Reichert lui faisait signe d'aller se placer à une extrémité de la barre d'ajustement tandis qu'il demeurait de l'autre côté.

— Difficile à dire. Elle ne se pratique que depuis un mois. À mon avis, elle pourrait atteindre deux mètres vingt-neuf si elle y met toute son énergie.

Les Jeux d'athlétisme étaient les événements sportifs les plus importants du monde moderne. Tout le monde connaissait les plus hauts records et qui les détenait. Faith était pratiquement sûre que le record du monde féminin était de deux mètres vingt-huit ; une athlète allemande l'avait atteint quatre ou cinq ans auparavant par une journée sans vent dans l'État de l'Est. Pendant que Faith regardait M. Reichert soulever de plus en plus haut son extrémité de la barre, elle prit conscience que Clara Quinn, une débutante du secondaire qui vivait à l'extérieur des États, pourrait devenir la prochaine détentrice du record mondial en saut en hauteur.

— Qu'est-ce qu'elle fait à Old Park Hill ? Ça n'a pas de sens. Elle serait une vedette dans les États.

Tout en parlant, Faith essayait de monter sa barre jusqu'au niveau de M. Reichert. C'était bien au-dessus de sa tête.

— Peut-être qu'elle se cache, intervint Wade d'un ton grave auquel Faith ne se serait pas attendu. Peut-être que nous le faisons tous les deux.

— Laisse-moi t'aider, dit M. Reichert en rejoignant Faith pour finir de hausser la barre. Et ils ne se cachent pas vraiment, mais restent seulement sous le radar, si on veut.

— Comme vous le dites, patron.

Faith aurait voulu demander d'où venaient Wade et Clara et depuis quand ils se trouvaient à Old Park Hill, mais elle était préoccupée par la nouvelle hauteur à laquelle la barre avait été placée.

— C'est à quelle hauteur? demanda-t-elle, debout sous la barre en la fixant des yeux.

Même si elle était grande, la barre semblait se situer à environ cinquante centimètres au-dessus de sa tête.

— Deux mètres quarante-trois, dit M. Reichert. C'est une bonne hauteur de réchauffement pour un vrai saut.

— Un *réchauffement*? dit Faith. Deux mètres quarante-trois, c'est un *réchauffement*?

— Rends-moi service et ne bouge pas, dit M. Reichert.

Faith se tenait sous la barre en fixant l'aire de chute, alors elle ne se rendit pas compte jusqu'à ce qu'il soit trop tard que Wade s'était déjà élancé. Elle regardait le plafond du gymnase quand elle entendit un minuscule *pop*, comme le son d'une chaussure de tennis frappant légèrement le plancher de bois. Elle vit son long corps mince planer devant ses yeux en un mouvement fluide. Il était si haut au-dessus d'elle que c'était comme s'il s'était élancé d'un trampoline dissimulé quelque part. D'après son souvenir, le record mondial n'était que de dix centimètres de plus que ce que venait d'accomplir Wade pendant un saut de pratique.

Quand il s'assit sur le matelas, sa chevelure était joliment ébouriffée, et il avait un grand sourire au visage. Faith ne trouva qu'une chose à dire :

— C'est sûrement une blague.

Wade lui adressa un clin d'œil et se leva en s'appuyant sur ses mains. Leurs épaules se frôlèrent quand il passa près d'elle, et Faith souhaita pouvoir toucher son visage et peut-être l'embrasser. Mais elle le laissa passer sans commettre un geste d'amour imprudent devant le directeur.

— Relevez la barre, dit Wade en retournant à son point de départ.

— Montons-la de quatre crans, dit M. Reichert, ce qui mettrait Wade à la hauteur du record mondial s'il franchissait la barre.

Faith pensa qu'ils devraient filmer ça et le dit, mais M. Reichert écarta l'idée pendant qu'il relevait son côté de la barre.

— Il vaut mieux qu'il n'y ait aucune preuve sur une Tablette en ce moment. Nous voulons les surprendre le moment venu. C'est plus théâtral.

Une fois la barre relevée, Faith s'éloigna rapidement. Cette fois, elle ne voulait rien rater du saut. Comme sa sœur jumelle l'avait fait, Wade prit une profonde inspiration. Il émit le même son en expirant, puis il s'élança. Il ressemblait à une gazelle, mesurant précisément chacun de ses mouvements. Quand il atteignit la hauteur de la barre, il y eut une explosion de puissance silencieuse qui le poussa plus haut que Faith l'aurait cru possible. Il franchit la barre jusqu'à ce que le bout de son talon l'accroche et la fasse tomber.

— Merde! s'exclama-t-il en se relevant du matelas sans regarder Faith. Replacez-la.

Il essaya trois autres fois, ratant son saut par une très faible marge et se fâchant de plus en plus à chaque essai.

— C'est bien, Wade, dit Faith d'un ton encourageant. La barre est à deux mètres cinquante, et tu la franchis presque. C'est incroyable!

— Pourquoi tu ne te contenterais pas de dessiner des marguerites et de me laisser m'occuper de ça. Tu penses que tu pourrais y arriver?

Le commentaire était blessant, mais Faith était entêtée, l'avait toujours été. Ces dernières années, elle avait perdu un tas d'amis et elle n'allait pas laisser Wade Quinn lui parler de cette manière. Il adoptait de plus en plus l'attitude qu'elle détestait chez les gars populaires. Elle sortit du gymnase, mais M. Reichert la suivit. Il savait comment pouvaient être Wade et Clara : froidement concentrés sur le fait de devenir les plus grands athlètes que le monde ait jamais connus. Il était temps d'adopter son rôle de directeur et de s'assurer que la nouvelle élève n'était pas complètement bouleversée.

— Ne t'en fais pas trop avec ça, dit-il en rattrapant Faith dans le corridor. Il attache énormément d'importance à l'entraînement. Tout comme sa sœur. Ça vient avec le territoire, en quelque sorte. Tu as déjà entendu parler d'un type du nom de Tiger Woods? C'était le meilleur golfeur du monde il y a une cinquantaine d'années. Il était époustouflant. La plupart du temps, il ne signait même pas d'autographes pour les enfants. Il se contentait de parcourir le terrain d'un trou à l'autre, dominant le parcours. Puis il a perdu sa concentration, et tout s'est effondré.

Faith se sentit un peu mieux. M. Reichert, avec sa peau pâle et crevassée et sa coupe de cheveux horrible paraissait en fin de compte sympathique.

— Reviens dans une heure, dit-il. Je te promets qu'il sera différent. Il est dans tous ses états parce qu'il sait qu'il peut franchir la barre. Ne sois pas trop dure à son endroit.

— Je n'accorde jamais aux gars comme ça une seconde chance, répondit Faith, qui s'éloigna en songeant à l'école primaire et en espérant qu'elle, Liz et Hawk puissent y aller ce soir. Dites-lui ça.

Mais Faith devait s'avouer qu'elle y songerait quand même. Si elle avait pu voir ce qui se passait dans le gymnase pendant qu'elle parlait avec M. Reichert, elle aurait peut-être changé d'avis. Ou plus exactement, elle aurait été *époustouflée*. Wade avait remis la barre en place et il était revenu à sa position de départ. Cette fois, il ne prit pas la peine de se préparer mentalement pour son approche. Il s'élança directement.

Il dépassa la barre d'une cinquantaine de centimètres sans même sembler faire d'effort. Ensuite, debout sur le matelas, il frappa la barre et la regarda retomber sur le sol. Il y eut un long moment de silence, puis une voix se fit entendre en provenance de l'autre bout du gymnase.

— Fais attention.

Clara était revenue et s'était adossée à une des doubles portes qui menaient à l'aire de lancer du poids.

— Elle n'en vaut pas la peine, poursuivit-elle.

Wade se laissa retomber sur le matelas et fixa le plafond. Il n'était pas certain que Clara ait raison à propos de Faith Daniels.

Peut-être qu'elle en valait *vraiment* la peine.

Chapitre 5

Je suis seulement ici pour voir les singes et manger des confiseries

Des sections entières d'Old Park Hill avaient été fermées parce que l'endroit était à peu près dix fois plus grand que nécessaire compte tenu du nombre insignifiant d'élèves qui assistaient chaque jour aux cours. Il y avait partout de longs corridors flanqués seulement de portes verrouillées et de casiers vides, des endroits où les gens pouvaient s'esquiver et faire des choses pour lesquelles les écoles secondaires n'étaient pas conçues. Un de ces corridors servait tout particulièrement à Wade Quinn. Il y avait effectué quelques modifications, surtout parce qu'il s'ennuyait, mais trois jours après qu'il eut raté sa performance au gymnase avec Faith, il pensa que ça pourrait être le genre de lieu qu'elle aimerait.

Faith, Liz et Hawk se tenaient debout dans un des rares couloirs encore fonctionnels. Avant que Wade s'approche d'elle sans y être invité, ils avaient parlé des nouveaux jeans à prix modique qui leur avaient été expédiés grâce aux doigts magiques de Hawk sur sa Tablette. Tous les trois ignorèrent Wade pendant une dizaine de secondes. En des circonstances normales, Wade aurait eu amplement le temps d'exprimer ce qu'il avait à dire et de s'éloigner, mais malheureusement, l'énervante Amy venait dans leur direction. Amy était une des filles les plus populaires de l'école qui rendait Wade à demi fou à force d'exiger son attention; et au moment où elle passait tout près de lui, il se pencha vivement vers le cercle que constituaient Faith, Liz et Hawk, cherchant un refuge.

— Salut, vous trois. Comment ça va? demanda Wade en frappant sa hanche contre le coude de Hawk (qui était à ce point petit), joignant ainsi le cercle. Il faut que je parle à Faith une minute.

Personne ne bougea ni ne parla.

— *En privé*, si ça ne vous dérange pas, ajouta Wade en toisant Liz comme si elle était une gomme à mâcher collée à sa chaussure.

— Wade Quinn, essaies-tu de m'éviter?

Amy avait une voix à la fois doucereuse et aiguë, mais les gars pensaient qu'elle était canon. Chaque fois qu'elle apparaissait, Hawk commençait à marmonner comme un imbécile et à se mouvoir dans sa direction. Amy n'avait aucune patience pour les ringards et les crétins. Après seulement un monosyllabe — *Euh* —, elle recula comme si Hawk était un lépreux tendant le bras vers elle à la manière d'un zombie. Quand Garrett Miller passa tout près, elle lui prit le bras et regarda tristement Wade Quinn, le gars le plus cool de l'école, comme s'il s'était acoquiné avec la mauvaise bande.

— Qu'est-ce que tu veux, Wade? demanda Faith d'un air indifférent tout en se rapprochant de Liz. Nous sommes un peu occupés ici.

Wade ouvrit la bouche, mais la première chose qui lui vint à l'esprit était une insulte, et il essayait vraiment avec ardeur de ne pas faire de gaffe une seconde fois.

— Il y a quelque chose que j'aimerais te montrer. C'est dans une des ailes condamnées. Très cool. Tu veux venir avec moi?

Faith se sentait fondre de l'intérieur. Il portait un t-shirt blanc à encolure en V, un jean et des chaussures Vans. Ses yeux sombres se fixèrent sur les siens, et elle laissa son regard descendre à ses lèvres.

— Fais-moi confiance, tu vas aimer ça. Et personne ne va jamais trouver l'endroit. J'y vais tout le temps.

— Cool, j'y vais, intervint Hawk avec son flair habituel pour les situations délicates. Qu'est-ce que c'est? Non, laisse-moi deviner. Tu as des serpents vivants là-bas? Ou un singe. Je parierais qu'il a un singe!

Wade fixa Hawk comme si c'était le jeune le plus stupide qu'il ait jamais rencontré.

— Ce n'est pas un singe.

— C'est peut-être un alligator, dit Liz en encourageant Hawk.

— Un alligator? Super!

— Ce n'est pas un animal exotique, et en plus, vous n'êtes pas invités.

— Oh.

Liz passa un bras autour des épaules de Hawk, ce qui l'encouragea encore davantage.

— Je dis que nous devrions tous y aller. Si tu as un singe là-bas, je veux le voir.

— Je t'ai dit que ce n'était pas un singe! Ça n'a rien à voir.

— Tu as des confiseries là-bas ? lui demanda Liz pour le taquiner. C'est comme *Candy Land*[3] ?

— Ah, oui ! s'exclama Hawk en riant.

Il était surexcité.

Wade regarda Faith en espérant que la conversation puisse changer de direction.

— Tu as des amis bizarres, tu sais ça ?

— Je te l'avais dit, acquiesça-t-elle.

— Alors tu vas venir avec moi toute seule ? Je te le dis, tu vas aimer ça.

— Non, merci, dit Faith, puis elle commença à s'éloigner.

Wade était pratiquement à bout de patience, mais pas tout à fait. Il aimait vraiment Faith, surtout parce qu'elle jouait les insaisissables.

— OK, tes amis peuvent venir. En fait, je veux qu'ils viennent. Vous voulez venir voir le singe et les confiseries ?

La bouche de Hawk se fendit d'une oreille à l'autre.

— Merde, il y a un singe !

— Et des confiseries ! ajouta Liz.

Faith riait quand elle se retourna et elle trouva absolument charmant que Wade en fasse autant. Au moment où elle revint au groupe, il avait déjà regagné sa faveur.

☉ ☉ ☉

Hawk savait mieux que quiconque qu'il ne fallait pas essayer de se montrer plus malin que des gens comme les Quinn. Il avait essayé de prévenir Faith, mais il était trop tard, et ses facéties n'avaient pas fait fâcher Wade comme il

---

3. N.d.T.: Jeu de course sur table pour enfants consistant à trouver le roi perdu du pays des friandises.

l'avait espéré. Elle avait volé trop près de lui, et une fois que la chose s'était produite avec Wade, il était habituellement impossible d'échapper à sa force gravitationnelle. Clara et lui laissaient tomber toute relation au moment où ils le voulaient, souvent le plus cruel, et ce n'était jamais beau à voir. Hawk les avait déjà vus le faire à certaines personnes, et aucune d'entre elles ne fréquentait encore l'école Old Park Hill. C'était pour cette raison qu'il avait au départ accepté l'idée d'une petite aventure et pour la même raison qu'il avait agi comme un crétin. Certaines personnes se cachaient derrière des blagues, ou les sports, ou la beauté, mais Hawk jouait le rôle du génie de l'informatique bouffon parce que c'était facile. Il était petit, avec une chevelure ébouriffée et une petite voix aiguë. Il trouvait simple et efficace de se glisser dans la peau de l'idiot de service. Et ça lui venait tout naturellement parce qu'au plus profond de lui-même, il *était* ce bouffon, mais il était aussi bien davantage. Son intelligence était de beaucoup supérieure à la moyenne et dépassait la compréhension de quiconque le connaissait. Le simple fait qu'il ait pu procurer des vêtements à ses amies et les leur faire expédier pour presque rien était en soi une victoire intellectuelle épique ; s'immiscer dans la Tablette et l'État qui la contrôlait avait été l'équivalent de s'introduire dans Fort Knox[4]. Une chose raisonnablement facile pour Hawk : trois jours de piratage acharné, puis un tas de sucreries, et le tour était joué. Si les autorités de l'un ou l'autre État avaient su ce que Hawk pouvait faire — et avec quelle rapidité il l'avait fait —, le système tout entier se serait mis en état d'alerte maximum.

---

4. N.d.T.: Lieu où se trouve la réserve d'or des États-Unis, au Kentucky.

Ce qu'une foule de gens ne comprenaient pas à propos de Hawk, c'était qu'il prêtait attention à tout, ne ratait rien et avait une mémoire photographique. C'était exactement ce qu'il faisait — prêter minutieusement attention à tout — alors qu'ils quittaient l'immeuble principal en marchant deux par deux.

— Je ne peux pas croire qu'il commence déjà à faire noir, dit Liz.

Elle cheminait à côté de Hawk, les mains enfouies dans les poches de son kangourou, et fixait l'arrière de la tête de Wade comme si elle essayait de la faire exploser.

— Ils n'ont pas de gardien de sécurité ici le soir? ajouta-t-elle.

— C'est une blague? Nous sommes chanceux d'avoir deux profs pendant le jour. Ne t'en fais pas tant; il n'y a personne d'autre.

Wade passa un bras autour de l'épaule de Faith tout en se penchant vers elle, ce qui irrita Liz encore davantage.

— Je ne m'en fais pas. Je ne faisais que poser la question.

— Et je te le dis : il n'y a personne, intervint Wade en s'arrêtant pour se retourner et faire face à Liz et Hawk. Quand avez-vous bien regardé autour de vous la dernière fois? Il n'y a plus d'autre école ouverte dans la ville. On m'a fait déménager trois fois au cours de la seule année dernière, et ça vous est probablement arrivé aussi. Il ne reste plus qu'une cinquantaine d'entre nous, et plusieurs partent chaque semaine. La plupart ne sont encore dans cette école que parce que leurs parents sont fous. Vous saisissez? Il ne reste que les fous et l'équipe de nettoyage. Je ne sais même pas pourquoi ils se donnent la peine de verrouiller cet endroit. Ça ne sert à rien. Il n'y a personne ici !

Liz garda le silence pendant un moment en affichant un air furieux, mais quand elle parla, elle était vraiment en colère.

— Alors, qu'est-ce que *tu* fais ici ?

Elle en avait assez de Wade Quinn et avait du mal à croire à quel point c'était un connard condescendant, ce qui rendit la chose encore plus renversante quand Faith se porta à sa défense.

— Relaxe, Liz. Il a un plan en tête, mais il est secret, en quelque sorte.

— Merde. Qu'est-ce que tu veux dire par *là* ?

— Je veux dire laisse tomber, OK ? Les choses ne sont pas toujours exactement comme elles le semblent.

Liz s'approcha de Faith, lui prit la main et l'attira à quelques pas de Wade et Hawk, laissant ce dernier dans l'ombre d'un gars beaucoup plus grand, plus vieux et plus costaud.

— Quoi de neuf, mec ?

Wade laissa échapper un demi-sourire, mais ne répondit pas. Il se tenait là en se demandant pourquoi il ne pouvait s'empêcher de se mettre les pieds dans les plats chaque fois qu'il rencontrait une fille qui lui plaisait, et il espéra que les murmures que s'échangeaient Liz et Faith n'allaient pas aboutir au même résultat que d'habitude : lui faire perdre le respect d'une fille qu'il aimait bien avant même que leur relation se soit amorcée.

— S'il te plaît, Faith, ne faisons pas ça. Allons plutôt à l'école primaire. Tu vas pouvoir dessiner, et je vais lire.

— Ça va, Liz. Et c'est vrai que tu t'en fais beaucoup.

Ce que Faith voulait vraiment dire, c'était que Liz était devenue terriblement envahissante récemment. Et qu'elle l'avait toujours soutenue quand elle en pinçait pour un garçon. Et pourquoi donc agissait-elle de cette manière insupportable en ce moment? Mais elle n'exprima aucune de ces pensées.

— Je ne pense pas qu'il soit bien pour toi. Je crois qu'il est dangereux.

Faith aurait voulu hurler. Liz était devenue tellement accaparante avec son habitude de la tenir par la main et ses changements d'humeur. C'était suffocant.

— Tu n'as pas besoin de nous accompagner. Je vais bien.

— Mais pas moi. J'ai besoin de toi, répondit Liz d'une voix plaintive.

Elle commençait à pleurer, la voix tremblante de frustration et de panique.

— Je ne peux pas continuer sans toi, ajouta-t-elle. Pas ici.

Elle avait essayé de rester calme, mais en fin de compte, Liz avait mis son âme à nu devant deux garçons. Faith avait laissé s'envenimer la situation jusqu'à ce point. C'était sa faute.

— Retourne chez toi, dit Faith, et amène Hawk avec toi. Reparlons-nous ce soir. Tout va bien aller.

Liz lâcha la main de Faith, sentant lui échapper la douceur de ses doigts. Elle s'écarta jusqu'à ce qu'elle se tienne debout, seule, regardant froidement Wade.

— Si tu lui brises le cœur, je vais trouver un moyen de te gâcher la vie.

— Écoute, je suis désolé, OK? J'ai commis une erreur.

— Tu crois ce gars ? demanda Liz en regardant Hawk pour obtenir son soutien. Maintenant, il est plein de gentillesse comme s'il ne s'était pas comporté comme un monstre il y a cinq minutes.

Wade ne dit rien, mais regarda Hawk en essayant de deviner ce qu'il en pensait.

— Je suis seulement ici pour voir les singes et manger des confiseries. Mais je me sens comme la cinquième roue du carrosse en ce moment et je n'aime pas ça.

Il se rapprocha légèrement de Liz.

— Continuez, vous deux, fit-il. Nous nous verrons une autre fois.

Hawk était trop futé pour se placer dans une situation compliquée, mais il était terriblement nerveux à l'idée de laisser aller Faith sans renforts dans une section fermée de l'école. Il se sentit impuissant quand Liz commença à le tirer le long du trottoir.

— Et j'ai une nouvelle pour toi, dit Liz d'un ton amer. En traitant nos parents de fous, tu montres encore plus à quel point tu es un connard.

— Comme tu veux, rétorqua Wade.

Liz l'avait passablement rembarré, et il voulait sortir de cette situation aussi vite que possible. Il passa un bras autour de Faith en la serrant fermement contre lui et commença à marcher.

— Ça va ? demanda-t-il.

— Ouais, ça va. Elle vient de traverser une période difficile. Ça a été un peu épuisant pour elle.

Faith éprouva une pointe de tristesse en laissant tomber sa meilleure amie, mais en vérité, elle avait vraiment l'impression de suffoquer. Elle savait qu'elle aimait Liz plus que toute autre personne, mais elle avait également besoin d'un peu d'espace. Elle voulait seulement s'évader pour une soirée, et ensuite, tout irait bien. Elle et Liz allaient se réconcilier ; c'était toujours le cas.

⊙ ⊙ ⊙

Old Park Hill était constituée de quatre immeubles reliés entre eux par de longs corridors. Un seul, qui abritait aussi le gymnase, était utilisé, et même celui-là comportait de nombreuses portes verrouillées. Les trois autres étaient liés par une série d'allées recouvertes qui zigzaguaient sur le terrain à l'extérieur. C'était l'automne, les journées se faisaient plus courtes, et même s'il n'était que seize heures trente quand ils pénétrèrent dans un immeuble fermé, l'air était déjà frais, et le soleil s'était couché.

— Tu es sûr que personne ne va nous trouver là ? demanda Faith.

Elle songeait au concierge, un vieux bonhomme qui ne parlait à personne tandis qu'il faisait ses rondes, penché sur son charriot rempli d'articles de nettoyage. Faith le trouvait légèrement dérangé, comme s'il pouvait dissimuler un fusil dans la poubelle qu'il poussait.

— Il n'y a rien à nettoyer ici. Personne ne se soucie de ces vieux immeubles. Ils sont comme des tombeaux.

Faith n'appréciait pas tellement cette image. Wade sortit une clé de sa poche pour que Faith puisse la voir et, après avoir jeté un dernier coup d'œil alentour pour s'assurer que personne ne les observait, il déverrouilla la porte et la tint ouverte. Faith éprouva un moment de regret et pensa sérieusement à partir à la recherche de Liz et de Hawk. Elle était étonnée de constater à quel point elle s'attachait de plus en plus au petit groupe qu'ils formaient. Elle se sentait mal à l'aise d'être ici avec Wade sans que les deux autres y soient.

— Allez, tu vas aimer ça. C'est promis.

Le regard de Wade semblait signifier que peu importe ce qui se trouvait dissimulé à l'intérieur, ce serait au moins un peu et possiblement *très* dangereux. Il la tira par la main en franchissant le seuil, et la détermination de Faith se dissipa. Quand la porte se referma derrière elle avec un bruit sec, elle sursauta, et Wade la serra davantage contre lui, son bras puissant entourant ses épaules.

Comme à l'école primaire, il n'y avait pas d'électricité dans cet immeuble. Une douce lumière dorée filtrait à travers les fenêtres poussiéreuses et se réfléchissait sur les planchers de linoléum luisants. Il y avait des ombres partout. Faith se blottit contre Wade, passa un bras sous le sien et se sentit plus en sécurité.

— J'aime l'endroit. C'est douillet.

Wade lui adressa son sourire confiant, puis s'éloigna d'elle jusqu'à ce qu'ils se tiennent par les mains, et il tourna dans un long corridor étroit. C'était un de ces couloirs de l'école qui semblait s'étendre à perte de vue sur toute la longueur de l'immeuble. Faith l'imagina rempli de la rumeur de centaines d'élèves discutant des derniers potins, ouvrant et fermant des casiers, faisant machinalement ce qu'ils devaient faire au quotidien.

— C'est un peu triste, tu ne trouves pas? demanda Faith tandis qu'ils accéléraient le pas le long du corridor.

Il y avait tant de gens ici auparavant. Maintenant, l'endroit est complètement vide et donne une impression de solitude.

— Je ne sais pas ; personnellement, ça me rappelle à quel point nos parents étaient stupides. Ils avaient complètement tort à propos d'un milliard de choses. J'ignore pourquoi ils nous font même venir ici. Je veux dire, sérieusement, à quoi ça sert ? Les Tablettes nous fournissent tout ce qu'il nous faut. Une éducation de niveau mondial, toute l'aide qui nous est nécessaire. Cet endroit nous rappelle ce qui ne fonctionne pas ; ce n'est que ça.

Faith n'était pas tout à fait d'accord, même si elle comprenait son point de vue.

— Je pense que ç'aurait été très agréable de parcourir ces couloirs avec des centaines d'autres jeunes. Tu es ce genre de personne qui voit le verre à moitié vide. Je vais te guérir de ça.

Wade éclata de rire devant la détermination de Faith à voir le bon côté d'un projet qui était destiné à échouer dès le départ, et il eut du mal à s'empêcher de poursuivre la discussion.

Ils s'étaient suffisamment approchés de la fin du couloir pour que Faith puisse apercevoir un objet sur le plancher dans la lumière blafarde. Elle ne put dire ce que c'était jusqu'à ce qu'ils arrivent tout près.

— Où tu as trouvé ça ?

— Je l'ai construit ! répondit Wade d'un ton enthousiaste que Faith n'avait jamais entendu chez lui.

— Pourquoi ? demanda Faith.

Wade pointa un index le long du couloir.

— Parce que je veux faire bon usage de cet espace exceptionnellement vide.

Il y avait sur le plancher un truc à quatre roues qu'on aurait pu appeler en riant une voiturette. Il comportait des roues et des essieux ainsi que deux sièges improvisés, l'un derrière l'autre. Le volant était deux fois trop grand par rapport au reste du véhicule et semblait avoir été retiré d'une camionnette des années 1950. De toute évidence, il n'y avait rien qui puisse faire mouvoir ce truc le long du corridor. Ni moteur ni pédales. Aussi idiot que ça puisse être, Faith avait étrangement hâte d'y grimper et de faire un tour.

— Combien de filles as-tu emmenées ici pour essayer cette guimbarde ?

Wade lui jeta un regard furieux, et avant qu'il puisse répondre, Faith éclata de rire. En fait, elle ne souhaitait pas réellement qu'il réfléchisse à la question.

— J'y vais en premier, et tu pousses, dit-elle en espérant que sa volonté de jouer le jeu puisse l'impressionner.

Peut-être qu'il avait déjà emmené d'autres filles ici, mais en ce moment, il était tout à elle, et elle était bien décidée à en profiter au maximum.

— Attends une seconde. Je dois préparer le lancement.

— Le *lancement* ?

Wade ne répondit pas, mais quand il se mit au travail, Faith commença à comprendre de quelle façon le véhicule fonctionnait réellement. Elle regarda Wade y attacher deux longues cordes de saut à l'élastique, une de chaque côté. Les deux autres extrémités des cordes étaient reliées à des poignées de porte de chaque côté du corridor.

— Tu n'es pas sérieux.

— Je l'ai fait une centaine de fois et je me suis frappé seulement deux fois contre un mur, dit Wade pendant qu'il retirait ses chaussures et les jetait dans une boîte de métal soudée à la structure.

Il en sortit une paire de baskets qu'il enfila rapidement, puis commença à pousser la voiturette vers l'arrière.

— J'ai collé du Velcro sous ces baskets. C'est cool, non?

Faith se disait que si Liz était là, elles argumenteraient toutes les deux à savoir qui de Hawk ou de Wade était le plus génial. Il avait installé une bande de Velcro qui courait sur le plancher pour éviter de glisser d'un côté ou de l'autre, et à chaque pas qu'il faisait, Faith entendait ses chaussures s'arracher du Velcro. Elle était terrifiée à l'idée qu'il lâche la voiturette ou qu'il en perde la maîtrise, puis qu'elle lui roule dessus et la tue. Il n'y avait nulle part où se cacher, alors elle courut et sauta par-dessus la corde d'un côté et l'observa en s'appuyant fermement contre un mur.

— Wade, je ne pense pas que je vais faire ça. Je n'arrive pas à l'imaginer.

Il s'approchait du mur, et Faith avait un mal fou à ne pas se concentrer sur la puissance qu'il dégageait. Il y mettait vraiment toute sa force, les muscles de ses jambes et de ses bras se tendant davantage à chaque pas qu'il faisait. Quand il atteignit le mur, il y eut un bruit sec et il lâcha tout.

— Ne fais pas ça! hurla Faith tandis qu'il se tenait debout là, les mains sur les hanches en reprenant son souffle.

Elle s'attendait à ce que la voiturette le frappe carrément et lui brise les jambes, mais elle resta immobile, les cordes fermement tendues de chaque côté. Wade se pencha et tira sur la corde comme sur celle d'une guitare, et un son sourd se répercuta dans le couloir.

— Pas d'inquiétude, elle est verrouillée et prête à bondir.

— Tu es complètement fou si tu penses que je vais monter dans ce truc.

— Comme tu veux, mais tu ne sais pas ce que tu manques.

Wade sauta par-dessus la corde du côté droit, sortit sa Tablette et l'étira sur toute sa largeur. Il y avait des fenêtres au haut du mur, et alors que Wade se dirigeait vers Faith, la lumière dorée se déplaça sur son visage. Il se retourna et jeta un regard en direction du long corridor sombre, puis tapa quelque chose sur sa Tablette. Une série de minuscules ampoules s'allumèrent de chaque côté, faisant ressembler le corridor à une piste d'envol d'aérogare.

— Tu sais vraiment comment t'y prendre pour impressionner une fille, dit Faith.

Même si tout cela paraissait idiot et dangereux, c'était aussi passablement romantique.

— Je fais de mon mieux, répondit Wade. Et je te jure que c'est tout à fait sécuritaire. Rapide mais sécuritaire. J'ai fait trente-sept lancements réussis d'affilée.

Faith s'aperçut qu'elle avait le souffle court. Envisageait-elle vraiment de prendre part à cette folie ? Elle imagina ce qu'elle ressentirait en frappant le premier casier si une des roues se décrochait. Elle mourrait dans un accident de boîte à savon au beau milieu d'un corridor. Il leur faudrait des semaines pour trouver son cadavre, et à ce moment, ils diraient à quel point elle avait été idiote. Mais ensuite, elle imagina Wade assis sur le siège avant, ses bras serrés autour de lui comme s'ils se trouvaient sur une moto en roulant vers le soleil couchant, et elle perdit tout espoir de sortir de l'immeuble sans d'abord s'être élancée à toute vitesse dans le tunnel de l'amour.

— Ça fait tellement *Titanic*, dit Faith en s'installant sur le siège arrière. Tu sais, cette scène dans le vieux film où ils sont assis dans l'auto et soufflent pour former une buée dans les fenêtres ?

— Dommage que nous n'ayons pas de fenêtres. Je vais y travailler.

Faith songea à tout le verre brisé dans une collision à grande vitesse et écarta rapidement l'idée.

— Ça va ; j'aime le grand air. Laissons les choses comme ça.

Wade était assis devant elle, et elle s'aperçut à quel point son dos était large et puissant. C'était une chose trompeuse chez les gens de grande taille. On se concentrait facilement sur leur taille en oubliant ce qu'il fallait pour remplir l'immense espace le long de leurs colonnes vertébrales.

— Tu vas devoir te tenir solidement, dit Wade en l'invitant à serrer complètement ses bras autour de sa poitrine.

Ses mains tremblaient tellement que c'en était gênant, mais elle ne pouvait pas s'arrêter. La folle énergie du moment palpitait dans tout son corps. Wade fouilla sous sa chemise, essayant d'attraper quelque chose, mais Faith avait fermé les yeux et avait appuyé le côté de son visage sur son large dos. Elle ne le vit pas tirer un collier sur une mince chaîne en or. Elle ne le vit pas non plus regarder les perles de plastique accrochées à la chaîne et taper le code dans sa Tablette. Wade savait que le psychocode n'allait fonctionner qu'une seule fois, et plus tard, il allait en retirer les perles et les faire fondre au-dessus d'une flamme pour qu'il soit impossible de remonter jusqu'à lui.

— Écoute, Faith. Je sais que tu es nerveuse et tout. Ceci va te faciliter les choses, et ce sera beaucoup plus drôle.

Faith n'avait aucune idée de ce dont Wade parlait, mais elle releva la tête, sentant les cheveux blonds du jeune homme lui chatouiller le visage. Il se pencha de côté et la regarda en tenant sa Tablette devant elle.

— Qu'est-ce que c'est? demanda-t-elle.

Mais avant qu'elle puisse obtenir une réponse, Faith Daniels regardait dans la Tablette de Wade, consommant son premier psychocode. L'image s'agitait sur l'écran, et il en émanait une étrange lumière. Son état de conscience se modifia; tous ses sens devenant plus aiguisés. Elle pouvait pleinement sentir l'eau de Cologne de Wade; elle pouvait goûter ses lèvres et sentir sa propre langue glisser sur les dents du jeune homme. Étaient-ils en train de s'embrasser? Elle pensa que c'était le cas, mais à cet instant, la voiturette s'élança, et ses sens se trouvèrent surchargés de couleurs et de lumière. Ils filaient le long de l'étroit corridor à une cinquantaine de kilomètres à l'heure. Faith était amoureuse du moment, sans aucune maîtrise d'elle-même, et elle ne s'en souciait pas, étreignant Wade, ses bras autour de sa poitrine tandis qu'il riait bruyamment. Elle écarta sa tête du dos de Wade et essaya de regarder par-dessus son épaule. Ils semblaient avoir quitté le sol, mais c'était impossible. Si elle volait, alors elle volait et elle n'avait aucune objection à cela. Elle prit la tête de Wade dans ses mains, lui tourna le visage et l'embrassa. Le vent emmêla leurs cheveux, et elle laissa glisser sa main le long de son cou.

— Retiens l'idée, dit Wade avant de s'écarter en souriant et de se tourner rapidement vers l'avant.

Il y eut un mouvement brusque d'un côté comme s'ils avaient failli heurter un mur, et Faith éclata de rire en se rejetant contre le dossier de son siège tandis qu'elle se tenait à Wade d'une main comme s'il était un taureau qu'elle chevauchait dans une arène de rodéo. Wade appliqua un quelconque frein, et la voiturette ralentit, puis s'arrêta à trois mètres du mur de béton au bout du corridor.

— Encore! s'écria Faith.

C'était tout ce qu'elle désirait au monde. Elle voulait se faire projeter le long d'un couloir vide par des câbles de saut à l'élastique et embrasser Wade jusqu'au coucher du soleil, mais ce rêve n'allait pas se réaliser.

— Ne bouge pas, Faith, lui intima Wade. Quoi qu'il arrive, reste exactement où tu es. Compris?

Wade lui parlait en murmurant, les yeux fixés sur son visage comme si une catastrophe était sur le point de se déclencher. La peur s'empara d'elle, alors elle se pencha et l'embrassa de nouveau, cherchant quelque chose qui ferait se dissiper la terreur qui s'amplifiait dans son esprit. Cette terreur provenait d'un son qu'ils avaient tous deux entendu. C'était un bruit connu dans le monde extérieur, un son conçu pour que les gens s'enfuient à toutes jambes face à une menace imminente.

Ping. Ping. Ping.

On pouvait toujours entendre venir les Rôdeurs. Ils ne voulaient rencontrer personne dont ils n'avaient pas besoin et préféraient qu'on les laisse seuls. Ça faisait partie de leur code, de leur culture. Peu importe ce qu'il pourrait leur en coûter, ils n'allaient jamais succomber à l'emprise des États, et cela les avait rendus extrêmement discrets à propos de leurs affaires. Ils rappelaient à Faith les Hell's Angels, une ancienne bande de motards à propos desquels elle avait lu et qui avaient depuis longtemps disparu de la surface de la terre. L'État n'avait pas exactement interdit les armes à l'extérieur, mais les seules qui restaient étaient des vestiges d'un passé plus violent. Et Faith avait l'impression qu'ils s'habillaient comme ils le faisaient non seulement pour dissimuler des armes, mais également pour transmettre un message : « Nous sommes ici pour rester. Nous n'allons jamais intégrer un État. » Ils voyageaient en bandes de dix ou vingt personnes, se nourrissaient de ce qu'ils trouvaient et étaient considérés comme étant brutaux et dangereux.

Ping. Ping. Ping.

Faith entendit de nouveau le son. Elle savait ce que c'était : une personne du groupe frappait une Pièce contre une boîte de conserve vide. Mais dans l'état où elle se trouvait, le son produisait un écho sans fin qui se rapprochait d'elle comme un démon sur le point de la dévorer. L'euphorie était passée ; le psychocode était devenu sombre et menaçant.

Plus tard, elle allait se souvenir de ce qui s'était produit et conclure qu'elle avait été absorbée dans une sorte de cauchemar tordu. Elle les vit apparaître dans le corridor de derrière une porte où ils avaient dû se trouver quand Wade et elle étaient passés. C'était effrayant de penser qu'ils s'étaient installés sur les terrains de l'école, mais la chose avait du sens. Personne n'aurait songé à chercher des Rôdeurs dans une école secondaire. Faith se souvint de l'aigle meurtri qu'ils arboraient sur leurs longs trench-coats, leurs cheveux emmêlés, leurs fusils à canon scié pointés vers le sol. C'étaient là leurs marques de commerce.

Elle entendit plein de hurlements dans le couloir, mais si elle avait été dans son état normal, elle aurait compris que les cris venaient surtout d'elle. Elle criait parce que les Rôdeurs étaient projetés dans le corridor comme des poupées de chiffon. Ils bondissaient contre les casiers et traversaient les rectangles de vitre des portes. Ses sens se concentrèrent sur un Rôdeur qui semblait être une femme. Elle se frappait contre un mur de casiers, puis sur ceux de l'autre côté du couloir à la vitesse de l'éclair en un va-et-vient de plus en plus rapide, son corps se brisant devant le regard de Faith.

Trois heures plus tard, elle se réveilla d'un sommeil profond dans son propre lit. Elle respirait péniblement, et une goutte de sueur descendait sur sa clavicule nue. Quelque chose bougea dans la chambre, mais il faisait noir, et elle ne pouvait voir ce que c'était. Elle éprouva une profonde tristesse, qui s'amplifia en elle sans qu'elle puisse comprendre pourquoi. La dernière chose dont elle se souvenait à propos des événements de la nuit était l'avant-bras nu d'un homme, un Rôdeur abattu et silencieux sur le plancher froid devant elle. Et sur ce bras, il y avait l'aigle meurtri sur la branche, le symbole tatoué des Rôdeurs, qui la regardait. C'était l'image d'un oiseau puissant perdu dans un monde fracturé, qui se méfiait constamment d'un mal sur le point de survenir.

Elle sentit les larmes dévaler ses joues et pleura silencieusement. Après un certain temps, épuisée, elle sombra de nouveau dans un sommeil profond et dormit jusqu'au lendemain matin.

Si Faith s'était retournée vers la droite et avait regardé vers la fenêtre, elle aurait vu que quelqu'un l'observait, se demandant pourquoi elle était si triste et espérant avoir suffisamment de temps pour redresser la situation.

Chapitre 6

Comment dis-tu adieu?

L'obsession de Liz pour le fait de lui tenir la main avait débuté après le départ de Noah pour l'État de l'Ouest. Elle avait toujours été ce genre de personne qui adorait toucher les gens. Elle aimait davantage la façon dont elle sentait les choses dans ses mains que leur goût, leur odeur ou leur apparence. À ses yeux, sentir une rose n'était rien en comparaison à l'extase qu'elle éprouvait en retirant un de ses pétales rouge sang et en frottant sa surface duveteuse entre son pouce et son index. Goûter une pomme, c'était bien, mais sentir sa pelure fraîche et lisse qu'elle faisait rouler contre son visage, c'était de loin ce que préférait Liz Brinn.

Avant de rencontrer Noah, elle avait depuis longtemps pris ses décisions en matière de fréquentations en se fondant sur l'impression que dégageait l'autre personne dans ses mains. Elle pouvait accepter une invitation d'aller se promener ou regarder un film, puis se surprendre à se demander dès le départ ce qu'elle éprouverait en faisant courir sa main le long des jointures d'une toute nouvelle main qui avait pénétré dans son univers.

— Je lis dans les lignes de la main, pouvait-elle dire dix minutes après avoir fait la connaissance d'un garçon. J'ai vraiment du talent. Tu veux voir ?

Elle en était venue à trouver ce mensonge particulièrement utile compte tenu de ses sujets de curiosité même si la chose était catastrophique pour sa réputation. Dès sa première année du secondaire, on parlait d'elle en blague comme d'une sorcière issue de la forêt Noire qui pouvait se transformer en une licorne, un sphinx ou un ogre.

Il était inévitable que sa longue quête la mène finalement à Noah Logan, qui avait des mains plus douces que des fesses de bébé. Liz ne pouvait s'empêcher de toucher les mains de Noah le matin, le midi et le soir. C'était ce qu'elle préférait chez lui, mais il avait aussi des cheveux fins agréables au toucher et un sourire renversant. Elle parcourait les couloirs de l'école à la recherche de ces mains pour pouvoir sentir leur douceur contre sa peau. Parfois, quand ils s'embrassaient, il caressait de ses doigts le bas nu de son dos, et elle frissonnait en jouissant du sursaut d'énergie qu'il produisait. Il avait d'adorables yeux somnolents, l'invitait sans cesse dans sa chambre où elle pouvait sentir ses caresses partout sur son corps autant qu'elle le désirait.

Noah était aussi gentil que ses mains étaient douces, une chose que Liz trouvait incroyablement attirante. Tout en lui était tendre, de la façon dont il la touchait jusqu'aux paroles qu'il prononçait. Elle était si profondément amoureuse de ce garçon qu'elle avait failli mourir quand il était parti subitement. C'était comme si un violent orage était passé et qu'il avait emporté Noah au loin. Il était simplement disparu un jour. Ça se passait ainsi quand les gens s'en allaient dans les États. C'était comme s'ils n'avaient jamais existé au départ, et ça se produisait d'habitude sans avertissement.

Quelque chose s'était brisé en Liz à la suite de son départ si soudain et si définitif. Elle n'était plus la même. Elle était devenue fragile, la douceur qu'elle aimait s'étant en fin de compte retournée contre elle. Il ne lui restait plus que Faith comme amie, et Liz avait besoin d'elle pour combler son vide affectif. Alors, elles se tenaient beaucoup les mains. Il était arrivé une fois ou deux que Liz se sente confuse à propos de ses sentiments, et elle s'était demandé si ce qu'elle avait peut-être vraiment désiré depuis le début n'était pas la tendresse d'une autre fille, mais ce questionnement était toujours passé comme une douce brise. Elle aimait les garçons ; de cela elle était certaine. C'était simplement qu'elle les aimait davantage s'ils étaient doux, et jamais un autre garçon ne pourrait se comparer à Noah Logan en cette matière.

— Pourquoi penses-tu qu'il n'a pas fait ses adieux ? demanda Liz à Faith plusieurs fois, souvent pendant qu'elles marchaient sans but.

— Peut-être qu'il ne voulait rien dire qui puisse te faire souffrir. Il était étrange en ce sens. Ça ne faisait pas partie de sa personnalité que de faire du mal aux gens.

Cette attitude avait du sens pour Liz, mais elle révélait une possible lâcheté chez la personne qu'elle avait choisie, et cela l'agaçait.

— À mon avis, c'est parce que c'était si soudain. Il n'a pas eu le temps de me le dire, sinon il l'aurait fait.

— Tu as raison. Ça se passe de cette façon quand les parents décident de partir. Ils éteignent d'abord les Tablettes, puis la camionnette blanche arrive.

Des camionnettes blanches banalisées sans fenêtres se promenaient jour et nuit à l'extérieur des États. C'étaient des drones — personne ne les conduisait — alimentés par des piles solaires sur leur toit, toujours en attente d'un signe de quelqu'un qui désirait partir. Les gens n'avaient qu'à communiquer avec un des États, dire qu'ils étaient prêts à quitter le monde extérieur et attendre. Une camionnette blanche arrivait, parfois en seulement quelques minutes, pour les amener vers une nouvelle vie.

Ces camionnettes étaient faciles à repérer, mais étrangement silencieuses parce qu'elles étaient toutes électriques. Une fois, Liz avait failli se faire tuer quand elle avait marché devant l'une d'elles pendant qu'elle fixait sa Tablette. Le véhicule l'avait évitée de justesse, mais avait roulé sur sa Tablette. Quatre heures plus tard, la Tablette s'était réparée, ou elle avait été « restructurée ». C'était une de ces choses renversantes à propos des Tablettes. Non seulement pouvaient-elles s'étirer et adopter en un instant différentes tailles, mais elles pouvaient aussi se régénérer. Comme un doigt écorché, une Tablette brisée pouvait se guérir elle-même. C'était Hawk qui l'avait le mieux exprimé :

— C'est une simple question de convergence entre la biomécanique et la technologie. Où est le mystère ?

Liz s'accrochait à la vision des choses de Faith selon laquelle la camionnette blanche avait si rapidement trouvé la famille de Noah qu'il n'avait pas eu le temps de faire ses adieux parce que toute autre version des événements lui était insupportable. Et les choses se produisaient réellement ainsi parfois. Liz en avait souvent été témoin. Au début, elle avait trouvé terrible la façon dont ses amis partaient sans un mot, sans même un dernier au revoir sous la forme d'un texto sur une Tablette. Ce n'est qu'après que cela se fut produit deux fois que sa mère lui avait dit de ne pas s'en faire.

— C'est comme ça que ça fonctionne, Lizzy. Les gens discutent beaucoup du fait de partir ou de rester, mais quand la décision est prise et que la famille appelle l'État, les Tablettes s'éteignent, et quelques minutes plus tard, la camionnette vient les chercher. C'est emballant, en quelque sorte. Et ils ne sont pas partis pour toujours. Ils ont seulement déménagé. Souviens-toi de ça.

Liz s'accrochait aussi à cet important renseignement. C'était une des raisons les plus convaincantes de quitter l'ancien monde : Noah se trouvait dans l'État de l'Ouest et l'attendait. Et pas seulement Noah; *tout le monde* y faisait la belle vie, et ils en *parlaient*. Ils avaient des Tablettes, mais elles étaient reliées au G12, un réseau auquel personne de l'extérieur n'avait accès. Elle se plaisait à croire que Noah lui envoyait des signaux de détresse, essayant de la trouver, attendant qu'elle arrive d'un moment à l'autre comme si sa vie en dépendait.

En voyant Faith parler à quelqu'un comme Wade Quinn, Liz se demandait combien de temps s'écoulerait avant que sa meilleure amie ait le cœur brisé. Combien de temps Faith pensait-elle que quelqu'un comme Wade allait tenir le coup à l'extérieur? D'ailleurs, que faisait-il encore ici après que tant de gens furent partis? Liz savait mieux que personne que ce ne serait pas long. Quand Wade se rendrait aux Jeux d'athlétisme dans l'État de l'Ouest, il n'en reviendrait jamais. C'était une chose assurée. Qu'est-ce que Faith avait en tête en entreprenant une relation avec un gars comme ça? Il était du genre à rester peu de temps, ne songeant qu'à partir.

Au moins, quand Wade Quinn serait parti et que le cœur de Faith serait réduit en morceaux, Liz aurait une main accueillante à laquelle se raccrocher. À ce moment, Liz se fit la promesse qu'elle n'aurait pas autant besoin du réconfort de Faith. Elle serait devenue plus forte, moins dépendante. La situation serait inversée. Peut-être que Liz lui tendrait la main, peut-être que non.

Liz portait un élastique au poignet et, le saisissant entre le pouce et l'index avec son autre main, elle l'étira d'une dizaine de centimètres, sentant sa pression croissante contre sa peau. Quand elle le relâcha, il se détendit, la pinçant pratiquement au point de la faire grimacer. Elle se réjouissait de sentir la douleur sur sa peau et elle s'aperçut avec un certain regret qu'elle n'éprouvait plus grand-chose à l'intérieur. Elle s'assit sur le bord du trottoir près du centre commercial, regardant les immeubles vides, et se demanda ce qu'il adviendrait d'elle.

Elle n'eut pas à attendre longtemps une réponse.

Sa Tablette vibra, et elle la sortit de son sac à dos, puis toucha l'écran parfaitement lisse. C'était un message de sa mère.

Viens à la maison. Il faut que nous parlions.

L'écran redevint noir. Elle glissa quatre ou cinq fois son doigt sur la surface, mais rien ne se produisit. Elle était perplexe mais non inquiète, tournant et retournant la Tablette dans ses mains en essayant de lui faire reprendre vie.

— Je dois vraiment arrêter de laisser tomber cette chose, marmonna-t-elle.

Mais en la tournant encore et en voyant son vague reflet sur la surface de verre, elle comprit. Sa Tablette était morte. Elle n'était pas brisée ; on l'avait éteinte.

Elle s'était longtemps demandé ce qu'elle éprouverait quand cela se produirait, quand cette lumière dans sa vie s'éteindrait.

— On dirait que je ne te verrai pas en classe demain.

Liz se retourna brusquement et se leva en s'éloignant de cette voix qu'elle n'était pas sûre de reconnaître. L'obscurité s'épaississait autour d'elle, les lampadaires ayant depuis longtemps cessé de fonctionner, et elle avait du mal à voir avec précision qui s'approchait lentement d'elle.

— Dylan ? Dylan Gilmore ? C'est toi ?

— Lui-même, dit-il en s'arrêtant à deux mètres d'elle et en enfouissant ses mains dans les poches de son jean.

— Ta Tablette est morte, n'est-ce pas ?

Liz jeta instinctivement un coup d'œil à sa Tablette. Elle lui semblait tout à coup inutile dans sa main. Pourquoi s'y accrochait-elle même encore ? Contrairement à Hawk et à tant d'autres gens, elle avait en réalité détesté sa Tablette dès le départ. Le fait que quelqu'un d'autre en tire les ficelles au point de pouvoir l'éteindre complètement comme bon lui semblait l'enrageait. Même si son écran de verre représentait la seule chose dans sa vie qui soit aussi douce que la peau de Noah, elle ne pouvait plus supporter de la regarder. Elle pivota sur elle-même devant la boutique Old Navy, puis lança la Tablette comme s'il s'agissait d'un tomahawk. Elle percuta le mur de ciment et tomba sur le pavé, égratignée mais non brisée.

— Tu dois vraiment la frapper fort, sinon elle ne va pas se briser, fit Dylan.

— Crois-moi, je n'ai besoin d'aucune aide dans ce domaine.

Ayant endommagé sa Tablette d'innombrables fois au cours des années, Liz n'allait pas laisser un gars qui était pratiquement un étranger lui dire comment le faire. Elle alla prendre la Tablette et commença à la frapper contre le mur. Il ne fallut pas longtemps pour que ses jointures laissent des taches de sang sur la surface blanche de la boutique et un peu plus pour entendre se fissurer l'écran de sa Tablette. Elle la laissa tomber sur le trottoir et commença à sauter dessus à répétition.

— Je pense qu'elle est vraiment brisée maintenant, intervint Dylan en se rapprochant prudemment d'elle.

Elle ne parut pas l'entendre pendant qu'elle continuait à sauter sur la Tablette. Ce n'est qu'au moment où il lui toucha l'épaule et qu'elle essaya de lui écarter la main, qu'elle abandonna finalement.

— Qu'est-ce que tu fais ici ?! hurla-t-elle. Fiche-moi la paix.

Dylan recula en observant Liz comme s'il était tombé sur un chien errant qui pourrait réagir de mille façons.

— Tout va bien. Je passais par là pour me rendre chez quelqu'un d'autre, et tu m'as semblé un peu perdue, c'est tout.

— Conneries.

Dylan Gilmore cessa de reculer pendant que Liz poursuivait :

— À quoi tu joues, de toute façon ? Tu te promènes partout avec un air tout à fait furieux et tu ne parles à personne, puis tu apparais sans raison exactement au moment où mes parents décident de partir ? J'en ai des frissons.

— Je suis désolé que tu te sentes comme ça.

Liz attendit environ deux secondes pour voir si Dylan allait ajouter quoi que ce soit et quand il resta muet, elle décida qu'il ne valait pas la peine qu'elle perde son temps avec lui.

— Je dois y aller, dit-elle. Enchantée d'avoir fait ta connaissance.

— Pas d'adieux à Faith ou Hawk?

Liz était sur le point de lui répondre méchamment. Elle avait l'impression d'être accusée de plaquer ses amis par une personne qui n'avait aucunement le droit de se mêler de ses affaires.

— Tu ne me connais pas. Et eux *non plus*! Tu ne sais rien. Reste en dehors de ça.

Dylan passa une main dans ses cheveux et se mit à fixer ses chaussures, deux habitudes qui semblaient l'aider à prendre des décisions quand il ne savait trop quoi faire. Lorsqu'il leva les yeux, il vit que Liz avait déjà commencé à s'éloigner et il songea qu'il était peut-être trop tard.

— Si tu veux que je leur transmette un message, je vais le faire pour toi. Ça ne me dérange pas.

Liz s'arrêta net, mais ne se retourna pas. Était-elle insensible au point de partir sans un mot comme tant de ses amis l'avaient fait? Hawk était nouveau; on pouvait s'attendre à ce qu'il n'ait pas nécessairement de nouvelles d'elle. Mais c'en était tout autrement en ce qui concernait Faith. Elles avaient vécu tant de choses ensemble.

— J'ai été obligé de faire ça aussi, fit Dylan. Plus d'une fois. Je sais à quel point c'est difficile de trouver les mots qu'il faut.

La proposition était tentante, mais elle connaissait à peine Dylan Gilmore. Elle ne fréquentait Old Park Hill que depuis quelques semaines, et il ne lui avait pas dit trois mots pendant tout ce temps. Ça ne lui semblait pas correct d'envoyer un message par l'intermédiaire d'une personne en qui elle n'avait pas confiance. Qu'arriverait-il s'il comprenait le message de travers ? Et en plus, c'était trop personnel. Elle voudrait leur dire qu'elle les aimait, qu'ils lui manqueraient terriblement, qu'elle aurait aimé pouvoir rester. Elle n'allait certainement pas avouer ces choses à un gars qu'elle connaissait si peu.

— Si tu les vois, dis-leur que je vais les attendre de l'autre côté et que j'espère qu'ils ne m'oublieront pas. Dis-leur que je suis désolée. Je n'ai pas eu le choix.

Dylan garda le silence pendant un long moment. Il voulait lui laisser l'occasion de continuer si elle avait autre chose à dire.

— C'est tout ? demanda-t-il.

— Ouais, c'est tout. Maintenant, fais-moi plaisir et laisse-moi seule.

Liz recommença à s'éloigner sans un regard derrière elle. Elle souhaita que Dylan parte, mais elle pouvait sentir qu'il la regardait encore avant même qu'il parle.

— Quand tu arriveras dans l'État essaie de repérer un message. Tu pourrais au moins faire ça pour moi ?

— Je ne te connais même pas, alors non, je ne vais pas le faire.

— Le message ne sera pas de moi. Il sera de quelqu'un d'autre.

Liz ignorait quel jeu jouait Dylan, mais elle en eut assez. Elle se retourna pour l'apostropher. Elle avait déjà amorcé sa réplique cinglante, quand elle se rendit compte que Dylan Gilmore était parti. C'était comme s'il n'avait jamais été là au départ.

— Et ne reviens pas! hurla Liz avant de fondre en larmes et de projeter du pied sa Tablette brisée sur le trottoir.

Elle regarda dans la direction du gymnase et se demanda si elle avait le temps de courir et d'y retrouver Faith pour qu'elle puisse retirer tout ce qu'elle lui avait dit.

Une camionnette blanche se rangea silencieusement à côté d'elle, et la porte latérale s'ouvrit dans un soupir, l'invitant à entrer. Liz essuya ses larmes et songea à s'enfuir. Elle jeta un dernier regard en direction de l'école et se soumit à l'inévitable.

Chapitre 7

Les affaires reprennent

Quand Faith se redressa sur son lit, elle eut l'impression d'avoir englouti à elle seule deux bouteilles de vin ancien la nuit précédente. Elle se tint la tête entre les mains et essaya de se souvenir de ce qui avait bien pu la mettre dans cet état. Elle ne s'était bourrée qu'une fois au cours de sa vie il y avait un peu plus d'un an, et cela avait suffi à la convaincre qu'elle n'était pas faite pour la fête. Tout avait commencé chez une amie avant une rare danse organisée par une des écoles qu'elle fréquentait. L'amie en question, Tess, avait concocté une sorte de breuvage débile qui goûtait le jus d'orange, mais comportait une quantité suffisante d'alcool pour abrutir un rhinocéros en deux verres ou moins. Faith en avait avalé trois grands verres avant de réfléchir à ce qu'elle faisait et, tout à coup, elle s'était sentie complètement étourdie. Une heure plus tard, elle vomissait abondamment sur la piste de danse.

Ça l'avait complètement refroidie, et elle en était reconnaissante. Si elle s'était lentement habituée à faire la fête, elle aurait probablement eu recours à n'importe quoi qui puisse atténuer la douleur d'une journée à l'autre, mais elle avait vécu une expérience si terrible cette fois-là qu'elle ne l'avait jamais répétée.

— Qu'est-ce qui m'est arrivé hier soir? se demanda-t-elle à voix haute.

Elle se leva, puis éprouva immédiatement une envie de courir à la salle de bain et de vomir. Une demi-heure plus tard, elle était dans la douche, augmentant la chaleur de l'eau toutes les trente secondes jusqu'à ce que la pièce se trouve remplie de vapeur. Le son d'un message arrivant sur sa Tablette fendit l'air humide, et elle sut qu'il était temps de commencer la journée. Elle rassembla les fragments de souvenirs qui lui restaient et se surprit à se retrouver de mauvaise humeur. Elle se souvint d'une prise de bec avec Liz, de s'être éloignée avec Wade, d'une sorte de véhicule et de la sensation de la poitrine de Wade sous ses mains. Et des Rôdeurs. Elle se rappela des Rôdeurs.

La Tablette se fit entendre de nouveau — d'autres messages —, et Faith ferma le robinet de la douche. Elle éprouva un martèlement dans la tête quand elle se pencha pour se sécher les jambes, alors elle enfila son vieux peignoir en tissu polaire et s'assit lourdement sur son lit.

Sa Tablette se trouvait à côté d'elle. Elle la prit et commença à lire les messages. Le premier venait de sa mère, qui lui rappelait de se rendre au centre de distribution chercher leur ration mensuelle de fromage et de farine. Faith lui répondit — *OK, je n'oublierai pas* — et sortit une paire de chaussettes du tiroir de sa commode. Il était plus facile de les enfiler assise que debout, et après sa douche, elle se sentait de nouveau un peu plus humaine. Le deuxième message était une répétition du premier, mais cette fois, il provenait de son père. Ils aimaient bien doubler les rappels.

Le message suivant était de Hawk, et il la fit se presser encore davantage.

> Debout devant ta porte ; ne voulais pas te réveiller. Comment tu vas ?

Peut-être que Hawk en savait plus qu'elle et qu'il pourrait lui dire ce qui s'était passé la veille au soir. Elle lui répondit — *J'arrive dans cinq minutes* — et finit de se préparer, rassemblant ses cheveux trempés en une queue de cheval et s'appliquant un minimum de maquillage. Elle se glissa dans le nouveau jean que Hawk avait pratiquement volé à l'État de l'Ouest et elle se sentit encore mieux. Il lui allait parfaitement. Elle pouvait déjà imaginer comment il ferait tourner la tête de Wade à l'école.

En pensant à Wade, elle songea à Liz et elle essaya de se souvenir du moment où elles étaient debout à l'extérieur de l'école. Elle ne se rappelait pas tout à fait ce qui s'était dit, mais en se fiant à son ventre noué, elle comprit qu'elle avait choisi Wade plutôt que Liz et que tout ne s'était pas bien passé. Pendant qu'elle descendait l'escalier, elle imita Liz en lui envoyant un message tout en marchant.

> Comment tu te sens ? Ça va ? Tu me manques. Il faut que nous parlions.

Elle secoua la tête en ayant l'impression que son geste était futile et stupide, mais elle expédia quand même son message, puis sortit de l'immeuble. Hawk était assis en tailleur sur le minuscule perron et pianotait furieusement sur sa Tablette.

— C'est sûr que nous allons être en retard, dit Hawk en se levant si rapidement que Faith se sentit de nouveau nauséeuse seulement en le regardant. Est-ce que nous devrions dire que nous avons été attaqués par des zombies et aller nous préparer un gueuleton dans ta cuisine?

— Je choisis la cuisine, répondit Faith en se rendant compte à quel point elle était affamée.

Elle indiqua du doigt son nouveau jean, et Hawk inclina la tête en signe d'approbation.

— Il est parfait, et c'est une bonne chose parce que je ne crois pas qu'on puisse le renvoyer.

— Qu'en dirais-tu si je te payais avec des œufs?

— D'accord.

Tandis qu'ils se dirigeaient vers la cuisine, Faith souhaita que Liz soit présente. C'était différent sans elle, et elle n'avait pas encore répondu à son message. Elle déposa sa Tablette sur la table de cuisine et sortit les œufs du frigo. Il en restait quatre pour la semaine, mais elle n'avait pas d'objection à les partager.

— Alors écoute, dit Hawk.

Il était plus nerveux qu'à l'habitude, prenant et déposant tour à tour la salière et la poivrière, les faisant tournoyer sur la surface plate de la table.

— Je ne suis pas certain de la façon dont tu veux affronter ça. Je veux dire, je ne veux pas m'apitoyer devant toi. Mais c'est nul. Vraiment, vraiment nul.

Faith sentit un frisson la parcourir de la tête aux pieds et se pencha sur l'évier, certaine qu'elle allait vomir.

— Ça va ? Tu ne sembles pas dans ton assiette.

— Ça va. Juste un peu fatiguée, c'est tout. Me suis couchée tard.

Qu'avait-elle fait ? Elle devait s'être saoulée avec Wade ou peut-être seule après qu'ils se furent séparés et possiblement s'être tout à fait ridiculisée. Elle souhaita de tout son cœur pouvoir seulement se souvenir de ce qui s'était passé.

Elle entendit le son d'un message qui arrivait sur sa Tablette, ce qui ne fit qu'augmenter son anxiété. Il lui venait sûrement de Liz, qui lui disait à quel point elle était une ratée. Elle allait devoir faire des efforts pour régler cette affaire et elle n'était pas certaine d'en avoir la force. Ce qu'elle aurait vraiment voulu, c'était avaler trois cachets d'aspirine et retourner au lit. Elle prit un des quatre œufs et en examina la surface, ce qui lui fit penser à Liz et à son obsession concernant la sensation que lui procuraient les objets. L'œuf était froid et lisse. Il lui paraissait étrangement réconfortant dans sa paume. De sa main libre, elle fit glisser vers elle sa Tablette sur le comptoir de la cuisine et la fit tourner à l'endroit pour pouvoir voir de qui provenait le message. Il y eut un moment de silence, long et fragile, pendant lequel elle put entendre les oiseaux chanter par la fenêtre ouverte. L'œuf lui glissa de la main et tomba sur le sol, et elle sentit le liquide visqueux imbiber son nouveau jean.

Elle leva les yeux vers Hawk et comprit finalement la raison pour laquelle il agissait de manière si étrange.

— Elle est partie.

Il s'ensuivit un silence embarrassant avant que Hawk laisse tomber :

— Je pensais que tu le savais. Je suis désolé.

Il ne savait trop quoi dire d'autre. De toute façon, il n'avait pas vraiment de talent pour les situations impliquant des filles en jean serré. Alors, il dit la seule autre chose qui lui vint à l'esprit en espérant qu'elle puisse suffire.

— C'est nul, non?

Faith ne parvenait pas à croire le contenu du message sur sa Tablette. Elle avait été tellement certaine de pouvoir se réconcilier avec Liz, aller au fond des choses et revenir au point où elles en étaient avant l'incident. Se tenir les mains, et marcher ensemble jusqu'à l'école primaire, et lire de vrais livres. La réponse à son message lui apprit que rien de tout cela n'allait se produire.

Elizabeth Brinn a déménagé dans l'État de l'Ouest. Compte d'utilisateur désactivé.

— Elle n'a pas communiqué avec toi? demanda Hawk parce qu'il ne savait quoi dire d'autre.

— Non, elle ne l'a pas fait, répondit Faith.

Elle se retourna vers l'évier et vomit.

⊙ ⊙ ⊙

Hawk avait ses propres problèmes, mais il savait que le moment était mal choisi pour en parler à Faith. Il ne la connaissait que depuis quelques semaines, mais il voyait bien qu'elle était en train de craquer. N'importe quel idiot aurait pu s'en rendre compte.

Depuis ce premier soir à l'école primaire, sa Tablette avait disparu trois autres fois. Chaque fois, il aurait juré qu'elle était tout près de lui pour constater soudain qu'elle s'était volatilisée. Chaque fois, elle avait disparu un peu plus longtemps, repoussant les limites de sa fragile résistance. Soit qu'il devenait lentement fou — une réelle possibilité —, soit que quelqu'un se jouait de lui. Il ne pouvait songer qu'à une seule personne qu'il pourrait confronter à ce sujet, alors il oublia Liz et trouva Wade Quinn.

◉ ◉ ◉

— Écoute, petit bonhomme, j'ignore de quoi tu parles. Tu me donnes seulement l'impression de me chercher.

Wade était un connard, et en ce qui concernait Hawk, il n'y avait qu'une seule façon d'aborder la chose avec lui. Mais le mec avait accès à une fortune en Pièces. Il avait toujours une grosse somme sur le compte de sa Tablette et il adorait dépenser.

— Sérieusement, tu essaies de me provoquer ? demanda Hawk. Parce que je ne vais pas encore baisser mon prix. On ne sait jamais trop à quoi s'attendre avec les psychocodes. En plus, je pourrais m'attirer de gros problèmes, mon vieux. D'énormes problèmes.

Hawk ne se sentait pas très fier de ramper devant Wade Quinn, qui se trouvait également être son seul client.

— Dis-moi seulement : tu prends ma Tablette ou non ?

Wade sourit en levant les yeux du banc où il était assis. Clara se tenait près de lui, l'air suffisant comme d'habitude, sans dire un mot.

— Je pense que tu es paranoïaque. La plupart des vendeurs de drogue le sont.

— Je ne suis pas un vendeur de drogue. C'est un coup bas. C'est toi qui me fais faire ça, tu te souviens ?

— Eh bien, je ne prends pas ta Tablette. Pourquoi je ferais ça. Je déteste devoir en transporter une tout le temps, alors deux...

— Je ne te crois pas. Tu es furieux parce que j'ai acheté un truc pour ta petite amie. Écoute, mec, elle n'est vraiment pas mon genre. Je ne fais même pas partie de son univers. Rends-moi service, OK ? Ne touche plus à ma Tablette. C'est déjà assez énervant de faire tout ça pour toi constamment.

— Tu dépenses des Pièces pour des cadeaux à des filles ? intervint Clara.

Hawk considérait Clara comme la plus grande connarde du monde. Il ne pouvait supporter son arrogance.

— En fait, ce pour quoi je dépense mes Pièces ne te regarde en rien. Et pendant que nous y sommes, je ne vais plus fabriquer de psychocodes pour vous deux. C'est fini.

Hawk était un pirate hors pair. Il n'avait pas payé les pantalons et les chemises de Faith et de Liz ; il avait contourné ce petit problème grâce à son talent de programmeur. Il avait versé dans différents comptes en ligne toutes les Pièces qu'il avait amassées. Il était en colère, mais il était aussi très petit et avait généralement peur des gens plus costauds, dont l'un venait de se lever du banc.

— Je pense que tu devrais continuer à fabriquer des psychocodes quand je suis prêt à payer pour les avoir, dit Wade. C'est dans ton intérêt.

— Je ne vais pas le faire.

— Tu veux parier ?

Wade se tenait à quelques centimètres seulement de Hawk en le regardant de haut d'un air menaçant.

— Ouais, je veux parier, répondit Hawk en songeant qu'il avait un atout dans sa manche et qu'il était temps de s'en servir. J'ai vu Faith ce matin. Tu sais, ta *petite amie* ? Elle ne semble pas trop vouloir faire la fête. Elle m'a semblé comme une personne le lendemain du jour où elle a essayé pour la première fois un psychocode. Pourquoi tu penses qu'elle est comme ça ?

— Est-ce que ce nabot essaie de te faire chanter ? demanda Clara, qui semblait sincèrement étonnée.

— Tout ce que je sais, c'est que, pour un débutant, il n'y a pas beaucoup de souvenirs auxquels se raccrocher le lendemain matin. Ils sont très fragmentés. J'ai tendance à croire que tu préférerais qu'elle ne sache pas que tu lui as fait prendre un psychocode sans son consentement. Il s'est produit autre chose que tu ne voudrais pas qu'elle sache ?

Les mains de Wade tremblaient. Hawk pensa qu'il pouvait probablement broyer chaque os de son corps d'un seul doigt, mais il ne recula pas.

— Tout ce que je te demande, c'est d'arrêter de foutre ton nez dans mes affaires, dit Hawk.

Il était tellement certain que les Quinn prenaient sa Tablette pour l'obliger à baisser le prix des psychocodes qu'il était prêt à risquer de recevoir un poing dans la figure.

— Ça sera vraiment facile parce que je te l'ai déjà dit : je ne prends pas ta Tablette. Mais je pense tout de même que j'ai besoin d'être un peu plus rassuré. Laisse Faith en dehors de ça. Il n'y a aucune raison pour qu'elle le sache ; nous ne faisions que nous amuser un peu. Tu la fermes, et je vais faire pareil. Il y a tout plein de gens dans cette école qui aimeraient savoir qui fait les psychocodes. Je crois savoir qui ça pourrait être.

— Je le sais aussi, dit Clara en tenant pour acquis qu'ils avaient maintenant la main haute sur Hawk.

— Tu oublies un détail important. C'est courant chez les accros, alors tu ne devrais pas te sentir mal. Je sais qui les *consomme*, dit Hawk. Je tiens un registre de toutes mes transactions. Pas seulement quand mes psychocodes sont achetés, mais quand ils sont *utilisés*. Et sur quelle Tablette.

Il était terrifié. Il venait de proférer un énorme mensonge et qui plus est, il avait commis une erreur monumentale. S'il avait tenu ce genre de registre, il n'y aurait eu qu'un seul endroit où le garder : sur sa Tablette ! Il venait de donner aux Quinn une raison de plus de continuer à la lui prendre, et la prochaine fois, il pourrait ne pas la récupérer avant qu'il soit trop tard. Il n'avait plus pour seul atout que Faith Daniels. Maintenant, la seule chose qui importait, c'était à quel point Wade éprouvait de l'affection pour elle.

Wade secoua la tête et sourit en s'écartant d'un pas. Il tendit le bras, puis ramena brusquement son poing à quelques centimètres du visage de Hawk, mais celui-ci ne broncha pas le moindrement.

— Alors les affaires reprennent, fit Wade.

Hawk pouvait à peine respirer, mais il réussit à répondre avant de pivoter et de s'éloigner.

— Les affaires reprennent.

Chapitre 8

Tu m'as ému

Une fois Hawk parti, Faith apporta sa Tablette au lit, s'étendit, puis regarda les dessins qu'elle avait faits quand elle aurait dû être en train d'étudier. Elle se servit d'un stylet pour améliorer les plus difficiles : les paysages et les portraits d'amis. Elle avait dessiné Liz devant les débris du vieux centre commercial, brandissant sa main devant elle à la recherche de quelqu'un pour la saisir. Il y avait un onglet en haut de l'écran, et Faith le tapa du doigt. Une photographie s'étala sur l'écran, occupant la majeure partie de l'espace sur le coin supérieur droit. La photo représentait une image miroir du dessin : Liz assise sur le banc, qui tendait la main vers l'appareil photo, ses yeux cherchant quelque chose au-delà de ce que Faith pouvait voir. Elle sentit ses yeux se remplir de larmes et sa vision s'embrouiller.

« Tu ne peux pas être partie. J'ai besoin de toi ici, avec moi. Qu'est-ce que je vais faire sans toi ? »

Faith savait à quel point il était morbide de sa part de regarder la photo, savait que ça la blesserait au plus profond d'elle-même de se complaire dans la douleur qu'elle éprouvait, mais elle ne pouvait s'en empêcher. Elle était seule au monde. Elle avait perdu sa seule véritable amie.

Faisant défiler les pages numériques avec son doigt, Faith atteignit un écran vide et saisit le stylet. Ce qu'elle aurait vraiment voulu en ce moment, la chose qu'elle aurait souhaité profondément avoir, c'était un crayon. Pendant ses moments de profonde tristesse, elle trouvait parfois réconfortant d'utiliser des outils d'expression antérieurs à l'avènement de la Tablette. Elle crut entendre exactement ce bruit : celui d'un crayon roulant vers elle sur le bureau avec ce son très particulier qu'ils font, chacun des six côtés émettant son petit bruit. Le son s'arrêta aussi rapidement qu'il avait débuté, et elle l'attribua à une gueule de bois dont elle n'était pas encore parvenue à se débarrasser.

Parfois, dans ses états d'âme plus nostalgiques, Faith adorait la sensation du plomb glissant sur le papier. Elle savait que ça ne servait à rien parce que chaque fois qu'elle écrivait sur du papier, la feuille finissait inévitablement par se perdre ou être détruite. Il était rarement arrivé qu'un de ses dessins ou une de ses notes au crayon n'aient pas été perdus ou laissés derrière elle lors de ses nombreux déménagements. Dans le monde au sein duquel elle avait grandi, on lui avait appris dès son jeune âge que tout ce dont elle avait besoin était conservé sur sa Tablette. Même si elle perdait la Tablette, ça n'avait pas d'importance parce que tout ce qu'elle avait créé depuis son enfance était entreposé dans le nuage. Il ne lui avait jamais vraiment traversé l'esprit d'écrire ou de dessiner quoi que ce soit d'important sur une chose aussi éphémère qu'une feuille de papier. De toute façon, son désir de demeurer au lit était beaucoup plus fort que l'attrait du crayon là-bas sur son bureau, alors elle resta sous ses couvertures.

Elle commença à dessiner sur l'écran avec son stylet, lentement au début, puis de plus en plus rapidement avec une sorte de fureur qui produisit un dessin grossier mais brillant. Il ne faisait aucun doute que son talent artistique s'épanouissait de la manière la plus puissante pendant ses périodes de chagrin. Ces derniers temps, elle avait eu beaucoup de peine, et ses œuvres étaient devenues à la fois plus sombres et plus matures. Elle trouvait triste, en réalité, que le monde doive devenir si inquiétant pour faire ressortir son véritable talent.

Quand elle eut terminé, elle glissa sa Tablette sous son oreiller et ferma les yeux, espérant se réfugier dans un rêve pour pouvoir tout oublier. Elle se coucha sur le côté, en chien de fusil, et tira les couvertures jusqu'à son visage, mais le sommeil ne vint pas. Elle mâchouilla l'ongle de son annulaire — un échec lamentable parce qu'elle avait réussi à y résister pendant longtemps — et grugea rapidement ce qui avait été une courbe lisse au bout de son doigt.

Un son lui parvint de sa table de travail, un bruit presque silencieux, comme s'il n'avait pas voulu se faire entendre. Il lui rappela quelque chose qu'elle ne put cerner précisément, peut-être parce qu'elle ne l'avait pas entendu très souvent. Dormait-elle sans le savoir ? Faith mordit son ongle en arrachant un morceau dangereusement près de la peau. C'était douloureux, mais moins que ce poids dans sa poitrine, la sensation particulière d'un cœur brisé qui n'allait pas guérir de sitôt.

— Hawk ? murmura-t-elle, mais il n'y eut pas de réponse.

Elle leva la tête, s'attendant à le voir, heureuse à cette pensée. Elle n'était pas vraiment proche de lui, mais c'était au moins une personne qu'elle connaissait. Elle vit un crayon et une feuille blanche glisser vers le sol et atterrir sur la moquette comme s'ils avaient été suspendus dans l'air et étaient brusquement tombés. Le crayon frappa le sol en premier, rebondit, puis demeura immobile comme un animal mort sur l'épaisse moquette grise. La feuille flotta légèrement dans l'air, puis s'abattit comme un avion s'écrasant au sol. Faith cligna des yeux trois ou quatre fois pour s'assurer qu'elle était tout à fait éveillée et constata que la feuille était vierge. Ce fut à ce moment qu'elle comprit d'où était provenu le son. C'était celui d'un crayon sur du papier, le bruit mélancolique qu'elle avait été trop paresseuse pour produire de sa propre main en quittant le confort de son lit.

Elle regarda la fenêtre de sa chambre, où elle avait descendu le store à demi, mais aucune brise ne soufflait.

« Eh bien, pensa-t-elle, il n'y a plus d'espoir maintenant. »

Il était hors de question qu'elle s'endorme. Elle était complètement réveillée et avait un terrible mal de tête, mais elle s'assit quand même. Curieuse à propos du crayon, elle alla le ramasser, l'examina comme un scientifique et conclut que, oui, il avait simplement roulé sur le bureau pour une raison inconnue. Elle ramassa également la feuille blanche, fixant sa surface vierge. Quand elle alla la replacer où elle était, Faith la retourna sans réfléchir et s'aperçut qu'elle n'était pas seulement tombée sur le plancher, mais qu'on y avait aussi écrit quelque chose.

Tu m'as ému.

— Bon sang, qu'est-ce qui se passe? dit Faith en tenant le crayon comme une arme dont elle pourrait avoir besoin si un Rôdeur surgissait de son placard.

Mais il n'y avait personne : la pièce et la maison entière étaient vides.

« Tu m'as ému ? » songea Faith tandis qu'elle retournait dans la chaleur de son lit et essayait de comprendre ce qui s'était passé.

Il y avait quelque chose d'apaisant dans le fait de tirer les couvertures sur elle, comme si elles pouvaient, d'une façon magique, servir de bouclier contre le dangereux monde extérieur. De toute évidence, elle avait perdu la tête. Elle avait pris quelque chose — Wade lui avait *donné* quelque chose sans son consentement. C'était ce qui causait ce rêve tordu dans lequel elle était piégée. Quels qu'aient été les événements étranges qui s'étaient produits la veille au soir, ça arrivait encore maintenant. Son esprit lui jouait des tours. Elle avait écrit ces mots dans son sommeil et déplacé le crayon. Elle hallucinait; c'était là la réponse. C'était la *seule* réponse.

Mais Faith n'arrivait pas à écarter l'idée qu'elle avait voulu le crayon et la feuille, souhaité les tenir et cru entendre le crayon rouler vers elle pendant un instant. Elle ferma les yeux en serrant ses paupières et essaya d'oublier, mais les mots ne cessaient de lui venir à l'esprit par vagues.

« Tu m'as ému. Tu m'as ému. Tu m'as ému ! »

◉ ◉ ◉

Faith ne s'était assise qu'une seule autre fois dans la chaise sur laquelle elle se trouvait. Elle savait que ce qu'elle était sur le point de faire était douloureux. Peut-être qu'au fond d'elle-même était-ce *pour cette raison* qu'elle allait le faire, mais elle se dit que ce n'était pas vrai. Elle ne faisait ça qu'à des moments très particuliers et très tristes. Elle savait que le tatouage allait l'aider. Il serait très douloureux et il allait extirper une partie de la souffrance qu'elle éprouvait. Il représenterait un rappel pour qu'elle n'oublie jamais. Ce serait le début d'une solitude qui s'éloignerait, et un début signifiait qu'il y aurait tôt ou tard une fin.

— Tu es certaine que c'est ce que tu veux ? demanda l'artiste.

Ses bras étaient couverts de jolis tatouages aux couleurs vives. Des tiges de lierre tatouées grimpaient de chaque côté de son cou, longeant ses joues et disparaissant dans ses longs cheveux.

— Ouais, mais ne le fais pas trop gros. Mes parents me tueraient, s'ils les découvraient.

— Je connais les parents à fond, ma petite. Tu n'as aucun souci à te faire. Mais ce sera plus douloureux que la dernière fois. Tu te laisses vraiment emporter par ça.

Elle s'appelait Glory, c'était en tout cas ce qu'elle affirmait, et elle était passablement ébahie devant le dessin que Faith avait fait. Les contours étaient terriblement nets, mais ils mettaient en relief une beauté sévère que Glory aurait à demi souhaité pouvoir tatouer sur sa propre peau. Les lignes épaisses et troubles allaient être un enfer pour Faith. Glory avait déjà vu des hommes mûrs fondre en larmes en leur appliquant ce type d'encre.

— Au même endroit, mais de l'autre côté, dit Faith d'un ton décidé. Place-le aussi haut que tu peux, d'une largeur d'à peu près une quinzaine de centimètres pour qu'il soit caché.

Glory inclina la tête et prit sa Tablette. Faith tenait la sienne, et la transaction commença. Tout d'abord, le dessin fut transféré d'une Tablette à l'autre, et ensuite, la Pièce pour payer le travail. La procédure était très dispendieuse pour elle. Faith se tourna de côté sur la chaise, puis ferma les yeux pendant que Glory préparait les aiguilles et l'encre.

— Complètement noir comme la dernière fois? demanda Glory en espérant pouvoir y mettre un peu de couleur.

— Ouais, aussi noir que tu le peux.

Glory secoua presque imperceptiblement la tête. Elle avait appris à réprimer ses sentiments en de pareilles occasions, mais le fait de voir cette pauvre fille lovée sur la longue chaise comme un bébé lui rappela de mauvais souvenirs. Faith ramena ses longs cheveux blonds en une boule sous sa tête, comme un oreiller. Ils étaient épais, à peine bouclés, et suffisamment longs pour dissimuler ce que Glory était sur le point de faire.

Faith sentit la piqûre de l'aiguille sur la peau tendre à la naissance de ses cheveux, mais ne bougea pas. Elle absorba la douleur comme une éponge et s'installa pour une longue séance. Elle se lova encore davantage, puis toucha l'autre côté de son cou, où se trouvait le premier tatouage.

— Tu sais, fit Glory par-dessus le grondement électrique de son outil, nous allons bien ensemble, toi et moi. Faith et Glory[5]. Intéressant, n'est-ce pas? Comme si nous étions destinées à nous rencontrer.

— Oui, je suppose, répondit Faith tandis que la brûlure sur son cou prenait rapidement le pas sur son mal de tête.

— Ça pourrait faire un beau tatouage, Faith et Glory, tout en courbes et en jolies spirales.

---

5. N.d.T.: Les mots *faith* et *glory* signifient « foi » et « gloire » en français.

Faith voyait clairement l'image. Elle la dessinait déjà dans son esprit, mais elle n'était ni en courbes ni en spirales. Le mot *Glory* était entouré de lierre d'un vert brillant tandis que *Faith* était emmêlé dans un fil barbelé. Et pour une fois, il y avait de la couleur — rouge — s'écoulant comme du sang du nom de Faith.

Quand ce fut terminé, Glory proposa à Faith de le lui montrer en utilisant deux miroirs, un devant et un derrière, mais Faith ne voulut pas le regarder avant qu'au moins une partie de l'affreuse enflure ait diminué. Il faudrait des jours avant que la douleur disparaisse complètement, et elle avait l'impression qu'elle n'aurait pas la force d'y jeter un coup d'œil avant ce moment. Elle allait endurer sa souffrance, imaginer le tatouage, et quand elle le regarderait finalement, sa peine serait amoindrie.

— Merci, Glory. Je ne pense pas revenir.

— Il ne faut jamais dire jamais. Ces choses créent une accoutumance.

Glory tendit les bras en partie pour montrer tous les tatouages qui lui couvraient la peau, mais aussi pour inviter Faith à l'étreindre. Faith ne tendit pas les bras, mais se contenta d'avancer d'un pas et de laisser Glory l'enlacer.

— Faith et Glory, dit cette dernière. Souviens-toi de ça. Nous sommes liées l'une à l'autre.

Faith n'en était pas si certaine, mais elle aimait l'odeur et la texture douces de la peau sombre de Glory, la façon dont son étreinte était à la fois ferme et douce.

Une heure plus tard, Faith était de retour à la maison et se tenait debout dans sa salle de bain. Elle regardait dans un miroir pendant qu'elle en tenait un autre, plus petit, dans sa main, songeant à jeter un coup d'œil. Elle ne pensait pas au nouveau tatouage, mais à l'ancien, une image qu'elle ne se permettait de regarder que de temps en temps. Il s'était écoulé un peu plus d'un mois depuis qu'elle s'était laissée aller à le regarder, et sans trop savoir pourquoi, elle commença cet exercice en soulevant le mauvais côté de sa chevelure. Était-ce par hasard ou voulait-elle vraiment voir le travail qu'avait fait Glory et n'avait pas pu se retenir ? D'une manière ou d'une autre, quand elle eut commencé à regarder le nouveau tatouage, elle ne put s'arrêter. Elle releva complètement sa chevelure et vit la peau enflée. Les tatouages ne paraissaient jamais bien la première journée. Ils ressemblaient davantage à des blessures auto-infligées avec de l'encre. Mais l'image était là, et Faith éclata de nouveau en sanglots. Elle représentait deux mains qui se tenaient, les poignets disparaissant dans ses cheveux. Les traits étaient durs, mais ils dégageaient une puissance certaine, donnant l'impression que les deux personnes ne se sépareraient jamais. Et Glory n'avait pas pu s'empêcher d'y mettre sa touche personnelle. Elle avait tatoué une minuscule tige de lierre entourant les poignets, ajoutant un peu d'espoir à une œuvre de tristesse, comme une colombe blanche dans un ciel noir infini.

— Merci, Glory, murmura Faith parce qu'elle aimait le résultat.

Il lui faisait se sentir mieux.

Faith prit une profonde inspiration et laissa retomber ses cheveux sur son épaule. Elle regarda sa Tablette et se souvint qu'elle devait aller chercher le fromage et la farine parce que c'était ce que ses parents lui avaient dit de faire.

Ou le lui avaient-ils vraiment dit ?

Tandis qu'elle relevait ses cheveux en un chignon et se tournait légèrement vers le miroir, elle décida de regarder la vérité en face. Elle avait elle-même fait en sorte que ces messages lui parviennent, des souvenirs de ses parents qui avaient à l'origine été envoyés des mois auparavant. Faith les avait copiés et se les envoyait régulièrement. Et pendant un cruel moment tous les un ou deux jours, les alertes apparaissaient, comme si sa mère et son père lui rappelaient tous deux d'aller chercher le fromage et la farine, de revenir à la maison avant la noirceur. Une fraction de seconde plus tard, elle comprenait que ce n'était pas vraiment eux, mais le bref moment qui précédait cette prise de conscience était comme le ronronnement électrique d'une aiguille de tatouage sur son âme.

Elle regarda attentivement l'image qui s'étalait le long de son cou. Elle était petite et bien dissimulée le long de la ligne de ses cheveux, de l'autre côté de son nouveau tatouage. C'était la branche d'un arbre en hiver, nue et fissurée. Sur la branche se trouvait un aigle meurtri regardant au loin comme s'il allait continuer à lutter quoi qu'il lui en coûte. Il n'abandonnerait jamais.

Les parents de Faith étaient partis. Ils avaient quitté son univers depuis un bon moment. Et ils n'étaient pas morts ni n'avaient été amenés sans elle dans un des États. Ils n'étaient pas partis accomplir quelque longue et importante mission pour revenir à un moment convenu.

Non, les parents de Faith ne reviendraient pas.

Ses parents étaient des Rôdeurs.

Deuxième partie

LES JEUX
D'ATHLÉTISME

Chapitre 9

À la dérive dans un jean moulant

Les rapports sur le terrain parvenaient à Meredith au moyen d'une série compliquée de Tablettes piratées, de communications verbales et de porteurs. Plus souvent qu'autrement, les nouvelles étaient mauvaises. Elle en était venue à considérer le flux continu de renseignements déprimants comme une partie normale de sa journée, mais le dernier rapport était différent. Il avait le poids de ce qui possédait le pouvoir de tout changer.

Dix Rôdeurs étaient morts. Onze étaient partis, et un seul était revenu vivant.

Toutes les guerres dont elle avait entendu parler avaient commencé ainsi. Dans une certaine mesure, il y avait toujours une issue si les deux côtés étaient prêts à négocier. Mais certains événements particuliers étaient conçus en songeant à la guerre. Ils étaient orchestrés de façon à transmettre un message clair. Il y avait toujours un côté qui poussait l'autre à comprendre à quel point les choses avaient changé. Il n'y aurait plus de fausses attitudes. Qu'elle aime ça ou non, l'ennemi avait lancé la fête. Meredith faisait partie du peu de gens qui savaient qu'une guerre venait de s'amorcer. Elle connaissait les plans qui étaient ourdis en secret et dans quelle mesure le monde était sur le point de se transformer. C'était un renseignement qu'elle avait gardé secret à tout prix.

— Tous sauf un ? demanda-t-elle.

Elle était assise dans un vaste espace vide, un lieu que seuls connaissaient ses porteurs les plus fiables. Il était situé plus près d'Old Park Hill qu'elle ne l'aurait souhaité, mais les circonstances étant ce qu'elles étaient, il n'y avait pas grand-chose qu'elle pouvait y faire. Elle devait demeurer près de la ligne de front, sinon se trouver exactement dessus. Comment aurait-elle pu autrement garder l'œil sur les développements les plus importants qui se produisaient ?

— Il semblerait qu'ils se soient trouvés pris dans un piège, dit Clooger.

C'était un géant barbu avec des rastas. Le peu qu'on pouvait apercevoir de sa peau blême était marqué de cicatrices, comme s'il avait boxé pendant un millier de rounds et qu'il avait été lacéré un nombre incalculable de fois. Sa peau avait la couleur du lait, en partie parce qu'il n'allait à l'extérieur qu'à la nuit tombée. Très peu de Rôdeurs le faisaient. Il tenait à la main un fusil à canon tronqué à demi dissimulé sous son long manteau.

— Raconte-moi tout ce que tu sais, dit Meredith.

Clooger s'éclaircit la gorge comme s'il était sur le point de faire son rapport à un officier supérieur, mais quand il commença à parler, son ton était plus naturel. Il s'était depuis longtemps fatigué des formalités militaires.

— Comme tu me l'as demandé, j'ai envoyé une équipe dans l'immeuble abandonné d'Old Park Hill. Huit hommes et trois femmes.

— Et ils se sont cachés dans une des pièces comme je l'ai ordonné ?

Clooger acquiesça.

— Ils sont restés tranquilles, bien cachés. Nous avons reçu un message le premier soir — *Tout va bien* —, et puis plus rien.

Meredith avait envoyé le groupe non pas pour se battre, mais pour surveiller.

— Je leur ai dit d'observer tranquillement à partir d'un immeuble vide. Comment la plupart d'entre eux se sont retrouvés morts ?

Elle savait que ce n'était pas tout à fait vrai. Elle avait entendu de la bouche d'une personne dont Clooger ne savait absolument rien qu'il y avait eu de l'activité dans l'immeuble potentiellement très important.

— J'ai recueilli le témoignage du survivant il y a environ deux heures. James, qu'il s'appelle. Nous l'avons recruté seulement le mois dernier. À mon avis, il a voulu revenir sur sa décision. Il s'est échappé par une fenêtre avant que les problèmes surviennent.

Il y avait dans le groupe certaines personnes importantes, mais James n'en faisait pas partie. Il n'avait qu'une faible utilité pour Meredith et n'était certainement pas autorisé à savoir où elle était postée.

— C'est dommage, répondit-elle, l'esprit déjà ailleurs.

Elle avait toujours été calculatrice et elle était suffisamment intelligente pour savoir que le massacre était inévitable. Elle avait su que les choses se termineraient ainsi, et pis encore, qu'il y aurait encore bien plus de victimes avant que ce soit terminé.

Elle regarda le visage mutilé de Clooger tandis qu'elle songeait aux divers réseaux de Tablettes qu'elle avait sous la main.

— Sers-toi du G10 et fais en sorte que tout le monde garde son calme. Nous devons éviter de nous retrouver avec une révolte sur les bras.

— Je vais faire de mon mieux.

— Et sois prudent. Notre situation est fragile.

Alors que Clooger se tournait et s'éloignait, Meredith fixa des yeux l'aigle meurtri au dos de son manteau. Elle se demanda combien d'armes il transportait et de quels types. Il n'y avait aucun moyen de savoir le nombre de poches dissimulées à l'intérieur de son ample manteau, mais elle savait d'expérience que Clooger maîtrisait plusieurs arts guerriers. Il connaissait cent manières différentes de tuer un homme et possédait tous les outils pour y parvenir.

☉ ☉ ☉

— Ce n'était pas ma faute. C'est seulement… arrivé. La situation a dégénéré. C'est tout.

Wade Quinn se trouvait dans une salle de classe vide, fixant sa Tablette dans ses mains. Il n'y avait que Clara qui pouvait l'entendre, mais elle se tenait près de la porte pour surveiller quiconque pourrait s'approcher dans le long corridor vide. Elle n'aimait rien tant que de voir son frère dans l'embarras. Cette situation était en train de s'enflammer, et elle n'était que trop heureuse de jeter un peu d'huile sur le feu.

— Il était avec une fille, dit-elle, se délectant de chaque seconde d'embarras de son frère. Je lui ai dit de ne pas le faire, mais tu connais Wade. Il n'arrive pas à maîtriser ses instincts devant les filles.

Wade détourna les yeux de sa Tablette, juste assez long-temps pour jeter un regard glacial en direction de sa sœur. Une main frappa bruyamment un bureau invisible dans le flux vidéo. Quand le regard de Wade revint sur la Tablette, le visage qu'il y vit semblait furieux.

— Je vous ai dit à tous les deux de vous maîtriser, et vous ne l'avez pas fait.

— Hé, un instant, dit Clara en venant se placer devant la Tablette. Je n'avais rien à voir avec ça. C'était le bordel, ici. C'est lui qu'il faut blâmer.

— La ferme, Clara.

L'ordre venait d'une voix de femme que ni Wade ni Clara ne pouvaient voir. Elle se tenait hors du champ de la caméra de la Tablette. C'était la voix d'une femme qu'ils savaient ne pas devoir contrarier.

— Retourne à la porte et garde ton calme.

Clara s'éloigna furtivement tandis qu'elle foudroyait son frère du regard.

— De toute façon, ce n'est qu'une bande de Rôdeurs, murmura Wade en essayant de se rasséréner. Ils ne vont manquer à personne.

— Ils sont plus importants que tu ne le crois; je te l'ai dit mille fois. Les as-tu tous tués ?

Wade trouva que c'était une question étrange jusqu'à ce qu'il songe que s'il y en avait eu plus de dix et qu'un s'était enfui, l'événement pourrait rapidement revenir le hanter. Il décida qu'il valait mieux mentir, puis nettoyer les dégâts plus tard si nécessaire.

— C'est arrivé vraiment vite. Ils ont sauté sur moi, et j'ai perdu la maîtrise de la situation; c'est tout. Ça a pris peut-être deux minutes. Mais, oui, ils étaient tous morts à la fin.

L'homme sur l'écran n'en était pas si sûr, mais il laissa passer.

— Et tu t'es débarrassé des corps?

— Bon Dieu, c'est vraiment dégoûtant, intervint Clara.

Elle ouvrit la porte et sortit, laissant Wade se débrouiller seul. Il commença à hurler en direction de Clara, mais l'homme sur la Tablette l'arrêta.

— Laisse-la aller. Elle ira bien si tu lui laisses un peu d'espace.

Wade ramena ses yeux vers la Tablette et fit de son mieux pour rester concentré.

— Ouais, je sais où les corps sont enterrés. C'était tout un travail.

— Tu es chanceux d'être en vie. Les Rôdeurs sont dangereux et imprévisibles.

— Un fléau sur la terre, ajouta la femme invisible. Je ne peux pas dire que ça me dérangerait qu'ils soient moins nombreux.

Il y eut un long moment de silence pendant que l'homme observait Wade.

— Savais-tu ce que tu faisais ou avais-tu l'impression qu'autre chose maîtrisait la situation?

Wade ne voulait pas répondre à cette question. Le psychocode l'avait rendu plus violent et plus vigilant. Il ne s'était jamais senti aussi puissant, et ça s'était produit très rapidement, en un éclair, puis c'était fini : des cadavres partout, Faith assise dans la voiturette et tremblant de tout son corps. Il lui avait administré un autre psychocode pour qu'elle oublie tout. C'était risqué, en particulier pour une débutante, et il s'était senti mal à l'aise en le faisant, mais il ne pouvait la laisser se souvenir de ce qu'il avait fait. C'était hors de question.

— Ils ont attaqué, et j'ai réagi, dit Wade. Franchement, tout ça est un peu embrouillé. Je ne m'en souviens pas exactement.

La situation avait été complètement chaotique, et même s'il pensait que les Rôdeurs étaient des sous-hommes trop stupides pour vivre dans les États, il avait du mal à accepter l'idée d'avoir réellement massacré dix d'entre eux.

— Reste loin de la fille, dit l'homme à l'écran. Elle représente une distraction dont tu n'as pas besoin en ce moment. Renforce-toi, entraîne-toi et sois prêt. Je vais avoir besoin que tu sois au meilleur de ta forme.

La communication s'interrompit, et Wade se réjouit qu'il n'ait pas été fait mention du psychocode. Il expira profondément, comme s'il avait retenu son souffle durant la conversation et qu'il pouvait finalement se laisser aller à éprouver ce qu'il ressentait vraiment.

— Bon Dieu de merde, Wade, se dit-il à voix haute. Tu as tué dix Rôdeurs.

Il était submergé par ses émotions. Une partie de lui tirait une fierté du fait d'être si incroyablement puissant. Les Rôdeurs étaient de mauvaises gens : des assassins, des voleurs, des escrocs. On le lui avait martelé pendant des années. Il pensait s'en prendre à cinquante, à cent Rôdeurs. Amenez les ninjas, envoyez l'as des arts martiaux mixtes ; il les abattrait tous sans broncher. Une autre partie de lui-même luttait pour comprendre ce qu'il s'était laissé devenir. Il ne se sentait pas comme un gars qui tuerait dix personnes en quelques minutes sans même y penser, mais c'était exactement ce qu'il avait fait. Il songea à Faith et à ce qu'elle penserait de lui si elle savait. Il l'aimait bien, et cette affection devenait un problème. Ça ne faisait pas partie du plan, et Wade Quinn tenait absolument à suivre le plan.

Toutes ces pensées tournaient autour d'une autre, plus importante, qui occupait la majeure partie de son cerveau.

«Quelque chose n'allait pas avec ce psychocode.»

Wade rapetissa sa Tablette, la remit dans sa poche et partit à la recherche d'une réponse qu'il ne pouvait obtenir que d'une seule personne.

«Hawk, tu ferais mieux de tout me dire», pensa-t-il en ouvrant la porte et en s'engageant dans le corridor vide. «Autrement, tu pourrais devenir la onzième victime.»

☉ ☉ ☉

— Tu comprends ce qu'il a fait, dit André.

Gretchen se tenait debout à ses côtés, immobile, mais la mine de toute évidence réjouie. Le fait de parler aux jumeaux lui faisait toujours bouillir le sang.

— Il a commencé une guerre, dit-elle. Je ne me serais attendue à rien de moins de sa part.

— Ce n'est pas le moment que j'aurais choisi.

— Nous ne sommes plus qu'à un mois des Jeux. Nous suivons toujours le plan. Ça ne change rien. Et tu devrais l'encourager davantage. Il a besoin de s'habituer à ça. Massacrer dix Rôdeurs, ce n'était que le début pour Wade.

— Je ne sais pas. Meredith peut être imprévisible. Ceci pourrait la faire exploser.

— Tu t'inquiètes trop. Elle n'est qu'une seule personne et elle est entourée de laissés-pour-compte et d'imbéciles. Je pense que c'est une bonne chose que Wade ait fait ça ; ça montre à quel point il est stupide. Si elle pense que les Rôdeurs pourraient l'aider d'une quelconque façon, Wade a montré clairement qu'ils allaient être inutiles dans n'importe quel type de confrontation réelle. Crois-moi : elle a de plus en plus peur.

André ne pouvait regarder sa femme. Elle était d'une beauté saisissante au sens le plus cruel qu'il pouvait imaginer, un trait qu'il avait trouvé extrêmement séduisant quand ils s'étaient rencontrés. Mais dans des situations comme celle-ci, son énergie le rendait nerveux. Elle voulait du pouvoir, beaucoup de pouvoir, et aussi rapidement qu'elle pourrait en obtenir. Et il y avait autre chose, une chose qu'André ne comprenait que trop bien, contrairement à Gretchen.

Meredith était beaucoup plus puissante qu'il ne l'était. Si les choses se compliquaient, leur espoir reposait sur les jumeaux. C'était un pari risqué qu'il espérait ne pas devoir faire.

⊙ ⊙ ⊙

— Où tu étais passée ?

Hawk n'avait pas vu Faith depuis une semaine. Elle avait quitté le réseau, verrouillé la porte de sa maison, disparu.

— J'étais malade. Ça arrive.

Faith s'était sentie mal pendant des jours et avait décidé de suivre ses cours à partir de chez elle, désirant se laisser du temps pour récupérer. C'était permis et d'une certaine façon, encouragé. M. Reichert et Mlle Newhouse exigeaient seulement qu'elle signale chaque jour sa présence avec sa Tablette, qu'elle leur fasse savoir qu'elle travaillait et ne s'attirait pas d'ennuis. Il lui avait fallu six jours pour se débarrasser des maux de tête et des accès de fièvre. Elle s'était sentie à la dérive, absente du monde, incapable de se reconnecter au réel.

— Tu étais déjà suffisamment maigre, dit Hawk.

Il leva les yeux vers le visage passablement pâle de Faith.

— Tu veux qu'on aille à la cafétéria? Nous avons à peu près quinze minutes avant la première sonnerie.

Ils s'assirent ensemble et mangèrent des crêpes et des céréales froides, les deux seules choses qui, à part le lait, étaient toujours offertes pour le déjeuner à Old Park Hill. Il y avait aussi là une dizaine d'autres jeunes dispersés en petits groupes autour de la cafétéria, reluquant Faith comme si elle revenait du royaume des morts.

— Je peux te demander quelque chose, Hawk? dit Faith avant d'avaler une cuillérée de flocons de maïs trempés.

— Du moment où tu continues à manger, tu peux me demander n'importe quoi.

Hawk regardait autour de lui sans arrêt au cas où Wade ou Clara apparaîtraient. Il les évitait depuis des jours, comme un agent secret, se tenant à l'écart de tout problème.

— Qu'est-ce que tu sais des psychocodes? Je veux dire, ils sont dangereux ou seulement drôles?

Hawk sentit sa gorge s'assécher.

— Ça va; tu n'as pas à me répondre. Je me disais que comme tu es un crack de l'informatique et tout ça, tu en saurais davantage que moi.

— Pourquoi tu me demandes ça ?

— Parce que je pense qu'on m'en a refilé un sans que je le sache.

Hawk commença à verser du sirop sur la crêpe qu'il n'avait pas encore touchée.

— Tu es en train de créer un petit lac, là, dit Faith en pointant sa cuillère vers l'assiette de Hawk.

Il déposa la bouteille de sirop, découpa un morceau de crêpe, puis y enfonça sa fourchette. Il la fit tourner en cercles dans le sirop sur son assiette, ce qui le fit paraître défoncé ou stupide, ou les deux.

— Oublie ça, dit Faith en secouant la tête et en se levant pour partir.

— Non, ça va. En fait, je… j'espère seulement que tu n'as pas d'ennuis.

Un jeune de la taille de Hawk éprouvait toujours un certain niveau de paranoïa, un peu comme un chihuahua essayant de survivre au sein d'une famille de quatre ou cinq personnes sans se faire marcher dessus. Mais de toute évidence, il croyait subir de plus en plus de pression. Des rumeurs circulaient dans les corridors selon lesquelles Wade Quinn le cherchait, et quelle que soit la chose qu'il voulait, elle pourrait impliquer qu'il le tabasse. Et maintenant, Faith posait des questions auxquelles il ne savait trop que répondre.

— Comment je saurais si on m'avait refilé un psychocode ? demanda Faith d'une voix tranquille en se penchant sur la table vers Hawk.

— Tu le saurais.

— De quelle façon ? Est-ce qu'il y a des effets secondaires ? Comme, ce serait possible que j'oublie des trucs ?

— Peut-être. La première fois, les effets peuvent être imprévisibles. As-tu l'impression de ne pas pouvoir te souvenir de beaucoup de choses ?

Faith, mal à l'aise, s'agita sur sa chaise. Elle détestait parler de ses symptômes encore davantage que de se mettre à plat ventre pour chercher des renseignements.

— Franchement ? Je ne me souviens de rien de ce qui s'est passé ce soir-là avec Wade. C'est le noir complet.

Hawk comprenait davantage qu'il ne le laissait paraître. Il savait que la seule façon pour qu'une personne perde complètement ses souvenirs, c'était de prendre un deuxième psychocode avant que se soient dissipés les effets du premier. Il savait aussi qu'une telle dose, surtout pour un débutant, pourrait entraîner des séquelles irréversibles au cerveau. Et il y avait aussi d'autres effets secondaires.

Pas étonnant qu'elle ait été absente de l'école pendant une semaine.

— As-tu eu mal à la tête exactement ici ? demanda Hawk en touchant le milieu de son front.

— Ouais, j'avais l'impression que quelqu'un me frappait avec un marteau.

— Tu avais soif ?

— Absolument, répondit Faith, et pour le prouver, elle but tout ce qui restait de lait dans son bol et lécha la moustache qu'il avait laissée.

Hawk ne posa plus de questions, mais Faith comprenait qu'elle avait obtenu sa réponse à la façon dont il avait blêmi et s'était abstenu de la regarder.

— Alors Wade m'a donné un psychocode ; tu en es sûr ?

— Je ne sais pas *qui* te l'a donné, mais ouais, tu en as pris un, c'est clair.

Faith était plus en colère qu'elle ne l'avait été de toute sa vie. Elle voulait trouver Wade Quinn et le gifler.

— C'est ce que je pensais, dit-elle d'une voix tremblante de colère en pensant à ce qui lui était arrivé. Pourquoi Wade m'aurait fait ça ?

Hawk en avait une assez bonne idée, mais il ne croyait pas que ça améliorerait la situation s'il le révélait à Faith.

— Je ne sais pas, décida-t-il de répondre, parce que c'était la seule chose qu'il pouvait dire sans trop s'attirer d'ennuis.

Il se sentit malade en regardant la flaque de sirop dans son assiette. Quand il leva de nouveau les yeux, Faith était déjà partie. Hawk ne pouvait s'arrêter de penser au fait que c'était le deuxième psychocode administré dans un court intervalle, et non le premier, qui faisait perdre la mémoire. Il avait dit aux Quinn de ne jamais faire ça parce que c'était dangereux. Quand une personne prenait deux psychocodes de suite, elle pouvait devenir imprévisible et parfois violente.

Qu'est-ce que Wade Quinn essayait de cacher ?

Chapitre 10

Le gars le plus petit dans la classe

Hawk trouva Wade avant Faith.

— Pourquoi tu as fait ça ? lui demanda-t-il.

Wade se trouvait seul sur le terrain d'entraînement, tenant à la main une poignée de métal attachée à une chaîne de plus d'un mètre à laquelle était liée une boule de fer qui reposait dans l'herbe.

— Je suis occupé pour l'instant, répondit Wade sans lever les yeux en oscillant d'avant en arrière. Je vais devoir te casser la gueule dans une seconde.

Le lancer du marteau était la spécialité de Clara, mais Wade avait du mal à le maîtriser. Le fait de travailler avec le marteau le rendait toujours de mauvaise humeur.

— Mon doigt flotte au-dessus du bouton d'envoi, dit Hawk sans sourciller, se tenant sur ses positions à quelques pas de Wade. Ce n'est pas le genre de message que tu voudrais voir envoyer.

Wade détourna les yeux de la boule de fer dans l'herbe pour regarder l'étendue du terrain de football rarement utilisé.

— Tu connais la distance jusqu'à l'autre bout ?

Hawk sentit une brise fraîche agiter sa chevelure hirsute, et un frisson le traversa.

— Je peux te ruiner, Wade Quinn. Dis-moi seulement
pourquoi tu as donné deux psychocodes à Faith.

— C'est cent vingt verges sur la longueur, répondit
Wade en ramenant ses yeux sur la boule et en tendant la
chaîne.

Il commença à tourner sur lui-même, et la boule s'éleva
dans l'air tandis qu'il pivotait de plus en plus vite. Quand il
lâcha la poignée, il laissa échapper un cri, et la boule fendit
l'air comme une fusée. Hawk ne put s'empêcher de reculer
d'un pas ou deux en la regardant s'envoler et atterrir près de
l'autre extrémité du terrain.

— La prochaine fois, je vais la lancer vers *toi*, dit Wade.

Il s'était rapproché silencieusement de Hawk et il lui
arracha la Tablette des mains. Hawk savait qu'il aurait dû
s'enfuir, mais l'idée d'abandonner sa Tablette était au-dessus
de ses forces.

— Tu étais sérieux? demanda Wade d'un air dubitatif.

Il fixa l'écran de la Tablette et s'aperçut que Hawk était
sur le point d'envoyer aux autorités un message à propos de
l'usage qu'avait fait Wade d'un psychocode.

— Tu étais vraiment sur le point de me dénoncer,
ajouta-t-il. Tu aurais était pris en même temps que moi. Tu
dois être follement amoureux, mon vieux.

— La ferme, Wade, s'exclama Hawk, étonné de tant de
colère dans sa voix. Elle n'était qu'une conquête pour toi,
n'est-ce pas?

Wade était déjà fragile sur le plan émotionnel. Il n'avait
pas réussi à trouver Faith Daniels et il voulait absolument
savoir comment elle allait parce qu'au fond de lui, il l'aimait

davantage qu'il n'était prêt à l'admettre. Ce stupide petit bonhomme devant lui en savait trop à son propos. Et par-dessus tout ça, il n'arrivait pas à se défaire du sentiment qu'il y avait eu ce soir-là non pas dix mais onze Rôdeurs.

— Notre conversation sera beaucoup plus utile si cette chose ne te distrait pas, dit Wade.

Il siffla bruyamment, puis souleva la Tablette au-dessus de sa tête comme un marqueur.

— Qu'est-ce que tu fais, mec ? Allez, rends-moi ma Tablette. Je ne vais pas envoyer le message, mais laisse-la tranquille. C'est tout ce que je te demande.

— Tu agis comme si tu avais un certain pouvoir, mon vieux, dit Wade. Ça ressemble à une blague, non ?

Hawk bondit, grimpant pratiquement le long de la jambe de Wade en essayant d'atteindre sa Tablette. Ce ne fut qu'au moment où Wade le poussa brutalement par terre que Hawk entendit le cri qui provenait de l'autre extrémité du terrain. Il n'y avait pas vu Clara auparavant — elle devait s'être tenue sur le côté —, mais elle y était maintenant. Elle regardait son marteau, qui fendait l'air en direction de Hawk. S'il avait pu voir son visage de près, il aurait constaté qu'elle se concentrait avec ferveur sur la boule de métal.

— Ça me fait un peu chier, dit Wade d'un ton noncha-lant. Elle est vraiment excellente à ce sport.

Il tendit la Tablette à Hawk, qui pensa pendant un bref moment pouvoir se tirer sans mal de cette situation. Il tendit la main, songeant déjà à quel point il avait été stupide et à quelle vitesse il courrait une fois qu'il aurait récupéré sa Tablette. Au moment où ses doigts allaient se refermer sur le verre lisse, Wade tira la Tablette vers lui et la lança de toutes ses forces dans les airs.

— NON ! cria Hawk.

Il était sur pied en une fraction de seconde, courant sous la Tablette qui continuait à s'élever vers le ciel.

S'il avait regardé voler le marteau, il se serait rendu compte qu'il était à une dizaine de mètres d'atterrir. Il aurait vu qu'au moment où sa Tablette volait dans les airs comme un Frisbee, le marteau modifiait sa trajectoire. Il tournait vers la droite et s'élevait plutôt que de tomber. Sa Tablette atteignit son apogée, et Hawk ne pensait à rien d'autre qu'à rester dessous et à l'attraper avant qu'elle n'atterrisse avec un bruit mat sur le terrain de football. Malheureusement pour lui, quand sa Tablette fut parvenue à deux mètres de ses mains ouvertes, le marteau la frappa directement, suivi par la chaîne et la poignée. La Tablette éclata en fragments de verre et en crépitements électriques, réduite en mille morceaux, qui retombèrent sur Hawk.

Wade secoua la tête et regarda pensivement le marteau qui gisait maintenant dans l'herbe.

— Elle est vraiment bonne avec ce marteau. On ne peut pas lui enlever ça.

Quand une Tablette se brisait en autant de morceaux, elle ne pouvait se réparer elle-même. La Tablette de Hawk était perdue pour de bon.

— Tu es le plus grand connard de l'univers, dit Hawk.

Il commença à s'éloigner, mais en passant devant Wade, celui-ci le saisit par le collet et le tint fermement.

— La prochaine fois, ce ne sera pas ta Tablette. Ça sera ton visage. J'en ai assez de tes psychocodes. Tu fabriques des foutues drogues. Disons que nous sommes quittes et restons-en là. Dis-moi que nous avons une entente.

Hawk était si en colère qu'il en tremblait. Il aurait aimé être plus costaud pour pouvoir jeter Wade Quinn au sol et le frapper à répétition. Il se promit de se venger, mais inclina la tête en signe d'acquiescement. Si Wade Quinn avait été malin, il aurait pris Hawk plus au sérieux parce que c'était à leurs risques et périls que les gens emmerdaient les intellos. Ils connaissaient mille façons de gâcher une vie et en tant que marginaux, ils avaient accumulé plein de frustrations qui n'attendaient qu'une raison pour s'exprimer.

Hawk se libéra et cria :

— Quand vas-tu grandir, mec ?

— Ouais, quand donc ?

Hawk reconnut la voix de Faith, qui s'approchait du terrain. Tout ce à quoi il pouvait penser, c'était à quel point il aimerait qu'elle le laisse seul. Il la connaissait suffisamment bien pour savoir que ça n'allait pas arriver, mais il essaya quand même de la faire taire.

— Ça va, Faith. Laisse tomber.

Faith le regarda comme pour dire : « Ça ne te regarde pas. C'est entre lui et moi. »

La sœur de Wade s'avançait au milieu du terrain. La situation était déjà suffisamment compliquée, et il souhaita qu'elle soit restée où elle était, mais à ce moment, Dylan Gilmore apparut en sortant des portes du gymnase d'un air protecteur, et Wade commença à se sentir en infériorité numérique.

— Réponds-lui, Wade, dit Faith.

Elle le poussa des deux mains sur la poitrine, mais Wade bougea à peine.

— Quand vas-tu grandir ?

— Je ne sais pas de quoi tu parles, répondit Wade.

— Tu le sais parfaitement. Tu m'as donné un psycho-code. Qu'est-ce que tu m'as fait d'autre dont je n'arrive pas à me souvenir ?

— Ce n'est pas ce que tu penses, dit Wade. C'est compliqué.

Il aurait voulu lui expliquer ce qui s'était vraiment passé, mais comment pouvait-il lui avouer qu'il avait effacé ses souvenirs parce qu'il venait de tuer dix Rôdeurs et non parce qu'il avait abusé d'elle ? Alors, il détourna l'attention vers Hawk.

— C'est à lui que tu devrais parler. C'est lui qui les *fabrique*. Et il m'a dit que c'était un ensemble de codes vraiment de bas niveau, rien de difficile, juste pour prendre son pied.

— Tu mens, dit Faith, mais elle tourna les yeux vers Hawk et elle comprit. Tu n'as pas fait ça ? dit-elle, ébahie, déconcertée et furieuse.

— Je suis désolé, Faith, intervint Wade. Mais rien n'est arrivé. Nous nous sommes seulement embrassés et c'est tout. Vraiment. Quand j'ai compris que c'était un truc puissant, je t'ai ramenée à la maison. Je te le jure.

Hawk était sans voix. Il ne trouvait pas les mots pour exprimer son immense colère et sa honte. C'était vrai qu'il avait fabriqué le code, mais seulement parce que Wade l'y avait forcé. Sa Tablette était détruite, et il allait s'écouler des jours avant que l'État de l'Ouest lui en envoie une autre. Et Faith, la seule amie qu'il lui restait au monde, le regardait comme s'il avait ruiné sa vie. Voyant arriver Dylan Gilmore d'un côté et Clara de l'autre, Hawk se mit à courir. Il le fallait parce qu'il savait que ce n'était qu'une question de secondes avant qu'il fonde en larmes, et il refusait d'être embarrassé devant tous ces gens.

Dylan arriva près de Faith à peu près au moment où Clara arrivait auprès de son frère. Tous les quatre se tenaient immobiles — deux d'un côté, deux de l'autre — et se fixaient des yeux.

— Tout va bien ? demanda finalement Dylan en ne s'adressant à personne en particulier.

— Tout va bien, n'est-ce pas, Faith ? demanda Wade en tendant une main vers elle.

Elle recula sans toutefois partir. Dylan aperçut la Tablette démolie et haussa un sourcil.

— Je devine que c'est la Tablette de Hawk. On dirait qu'on l'a frappée avec un marteau. Littéralement.

Clara éclata de rire, mais quand elle vit que Dylan réagissait avec une curieuse indifférence, elle avala sa salive et recula.

— Ne me regarde pas. Je ne connais même pas ce jeune. C'est lui que tu veux, fit-elle en pointant un pouce vers son frère avant d'aller ramasser le marteau.

— Je rends service à cette école, dit Wade en jouant un jeu dangereux, mais en sentant qu'il était dans cette situation jusqu'au cou, qu'il le veuille ou non. Il fabrique des psychocodes, de mauvais psychocodes. J'ai seulement mis fin à son commerce.

Dylan secoua les épaules comme si ça ne signifiait pas grand-chose, puis serra la vis.

— J'ai bien peur que tu doives trouver un autre vendeur alors, n'est-ce pas ? Dommage. Je crois comprendre qu'il te vendait ce que tu voulais pour presque rien.

Faith jeta un regard aux deux garçons et leva les bras.

— J'en ai assez de cet endroit. Vous êtes complètement fous.

Elle commença à s'éloigner, puis se retourna et revint devant Wade. Elle leva les yeux vers son visage, et pendant un bref mais merveilleux moment, Wade pensa qu'elle allait lui pardonner, mais elle le gifla, et le tintement dans ses oreilles lui parut horrible.

— Ne me fais plus jamais ça. Et laisse Hawk tranquille. Ce n'est qu'un enfant.

Elle se tourna pour partir, mais se retrouva face à face avec Dylan, ce qui l'obligea à le regarder dans les yeux pendant une fraction de seconde. Ils étaient foncés, profonds et inquiets, comme s'il pensait qu'elle était peut-être allée trop loin. Tout le monde à Old Park Hill la rendait malade, et tandis qu'elle s'éloignait d'un pas lourd, elle s'assura que tous le sachent.

— Et dis à ta sœur que c'est une garce !

— Je suis juste ici, dit Clara.

Elle tenait le marteau et la chaîne comme si elle était sur le point de les faire tourner au-dessus de sa tête et de viser celle de Faith.

Dylan suivit Faith à l'extérieur du terrain de football pendant que Clara se tenait debout près de son frère et lui tendait le marteau.

— À ton tour, maintenant, dit-elle en regardant Dylan comme si elle voulait tendre la main et l'écarter de Faith.

Elle ne songeait qu'à ce qu'elle pourrait ressentir si Dylan la regardait de cette façon, comme s'il la désirait. Il y avait quelque chose dans ses yeux sombres et dans son corps vigoureux qui lui faisait penser à l'inimaginable : se pourrait-il un jour qu'il s'intéresse à Clara autant qu'il avait de toute évidence de l'affection pour Faith ? Mais ça ne changeait rien à ce qu'elle éprouvait : il y avait chez Dylan Gilmore quelque chose qui donnait une impression de *puissance* — et elle voulait cette chose.

Faith ne faisait pas que distraire Wade de la tâche importante qu'il devait accomplir. Elle était aussi un obstacle entre Clara et Dylan. Et ça, commençait à comprendre Clara, c'était inacceptable.

◉ ◉ ◉

À une certaine époque, des années avant qu'il fasse la rencontre de Faith et de Liz, Hawk avait été un garçon rusé. Déjà, en troisième année, il s'était façonné une personnalité qui lui permettait de se déplacer dans l'école sans qu'on le remarque. Il avait pris l'habitude de trouver des Tablettes jetées — une chose trop courante chez les jeunes de huit ans davantage intéressés à se chamailler sur le terrain de jeux. À l'école primaire, les jeunes ne gardent pas sur leurs Tablettes beaucoup de renseignements intéressants ou personnels, mais ça l'excitait quand même de trouver quelque petite information qu'il pourrait utiliser au besoin.

Hawk était toujours le gars le plus petit dans la classe, et la plupart du temps, ça ne le dérangeait en rien. Il lui semblait que les autres petits garçons à l'école primaire faisaient trop d'efforts pour compenser leur petite taille. C'étaient tous des clowns ou des enfants survoltés, pleins d'énergie agressive, leurs voix coincées à un volume aigu énervant. Ce n'était pas dans la nature de Hawk d'être détestable ou de se mettre en évidence. Il ne parlait pas beaucoup, mais quand il le faisait, ses commentaires étaient ironiques et incisifs, un sujet de légende. Personne ne souhaitait faire l'objet d'une réplique bien tournée de Hawk, alors très peu de jeunes se mesuraient verbalement à lui à cette époque. C'était ce qui lui avait valu son surnom. Les faucons[6] étaient des observateurs tranquilles, mais quand ils étaient prêts, ils filaient à toute allure et frappaient mortellement. Il était favorisé du fait qu'il connaissait des secrets à propos de presque tout le monde, en partie parce qu'il avait une excellente ouïe et écoutait toutes les conversations, mais aussi parce qu'il avait examiné la plupart de leurs Tablettes à un moment ou l'autre.

Malheureusement pour lui, il avait complètement perdu sa confiance en soi en sixième année, et elle ne lui était jamais revenue. C'était si simple à l'école primaire : il s'agissait de rester tranquille, d'émettre un commentaire mordant quand c'était nécessaire, de rôder ici et là autant que possible. Mais l'école secondaire avait eu l'effet d'une boule de démolition sur sa personnalité tranquille. Il n'avait essayé qu'une fois de lancer une remarque incisive et il avait mal choisi sa victime, se retrouvant le nez ensanglanté aux mains d'un jeune costaud, méchant et populaire. L'incident avait représenté une humiliation qui l'avait suivi jusqu'à Old Park Hill. Son charme discret n'était plus qu'un souvenir : il était devenu reclus et bizarre. Les autres jeunes gardaient leur distance et se moquaient de lui quand il essayait de s'intégrer. On pourrait dire qu'il avait été poussé dans ses retranchements, s'était de plus en plus enfermé en lui-même, et il passait des heures entières à s'adonner au piratage sur sa Tablette. Au moment où il avait fait la rencontre de Faith Daniels à Old Park Hill, Hawk était un des

6. N.d.T.: *Hawk* signifie « faucon » en français.

rares habitants du monde extérieur qui ait déchiffré le code de la Tablette. Il savait que c'était un geste dangereux parce que ça lui donnait accès à des choses qu'il n'était pas censé voir. Il n'en avait parlé à personne parce qu'il n'avait personne à qui le confier. Ses parents étaient aussi isolés qu'il l'était, heureux avec leurs livres et leur écriture. À leurs yeux, l'extérieur était un endroit paisible où il était facile d'être seuls aussi longtemps que le monde les laisserait tranquilles.

Hawk avait toujours aimé la raison qui avait donné lieu à son surnom : le fait qu'il puisse frapper à tout moment sans que la victime s'y attende. Mais en toute justice, il n'avait jamais de sa vie frappé mortellement quiconque. Il y pensait souvent parce qu'il avait depuis longtemps acquis les compétences lui permettant d'infliger beaucoup de mal à ses ennemis, et il se complaisait souvent à y songer pendant plus longtemps que nécessaire. C'était bien de fantasmer un peu sur le fait de regarder souffrir vos tortionnaires, mais ce genre de pensées pouvait devenir un problème s'il en faisait une habitude. Hawk avait songé à mille façons de gâcher la vie de Wade Quinn depuis son arrivée à Old Park Hill. Ils y étaient tous deux depuis plus longtemps que Faith ou Liz et ils en étaient venus, d'une façon ou d'une autre, à se retrouver dans les mêmes cercles. Wade avait développé un goût pour les psychocodes à son ancienne école et il savait d'expérience que seul un gosse malin et asocial aurait pu acquérir la compétence pour en fabriquer.

— Je n'en ai jamais fait, avait dit Hawk, la première fois que Wade lui avait demandé d'en créer un, ce qui n'était pas tout à fait vrai.

En tant que pirate possédant une certaine renommée, il s'était amusé avec les psychocodes simplement pour voir s'il pouvait en fabriquer. C'était un mélange explosif de codes extravagants et de sites cachés, et bien qu'il n'en existât pas deux identiques, ils avaient tous à la base le même encodage conçu pour enflammer l'esprit.

— Voici ce que je te propose, lui avait dit Wade en le regardant de haut lors de leur première rencontre. Fais un essai. Je vais te payer vingt Pièces juste pour voir ce que tu peux faire.

Wade Quinn était le pire dur à cuire que Hawk ait jamais connu, et d'après son expérience, c'était de toute évidence un mâle alpha de la pire espèce. C'était le genre de gars qui pouvait littéralement détruire un jeune comme Hawk, mais Wade était aussi cet animal rare qui était en mesure de faire grimper un jeune comme Hawk dans l'échelle sociale. Le fait de s'associer à quelqu'un comme Wade Quinn, surtout d'une façon qui entachait instantanément le gars, avait un certain attrait.

— Je ne te promets rien, mais je peux essayer, lui avait répondu Hawk. Accorde-moi une couple de semaines.

— Disons plutôt une journée, avait rétorqué Wade.

À ce moment, la nervosité maladroite de Hawk avait atteint son apogée, et il avait balbutié pendant quelques secondes de plus avant que Wade s'éloigne sans même un au revoir. À quatre heures, cette même nuit, Hawk avait créé son premier psychocode fonctionnel, un truc vraiment minable, mais il avait pu le livrer le lendemain.

— Sois prudent avec ça, lui avait dit Hawk en ne blaguant qu'à demi. C'est radioactif. Je n'ai aucune idée de l'effet que ça aura sur ton cerveau.

Wade avait finalisé la transaction sur sa Tablette en transférant les fonds dans un des nombreux comptes indétectables de Hawk, et celui-ci avait glissé furtivement un collier encodé dans la main de Wade. Le mal était fait. Hawk, le jeune génie tranquille de l'informatique, était officiellement devenu un vendeur de drogue.

⊙ ⊙ ⊙

Hawk n'avait pas prévu se retrouver sous la fenêtre de Faith à minuit, mais il y avait quelque chose qu'il devait lui montrer, et ça ne pouvait pas attendre. Une semaine s'était écoulée depuis l'incident sur le terrain de football, et il s'était de nouveau réfugié dans sa quiétude, ne parlant à personne à l'école et évitant de regarder dans les yeux les personnes qu'il connaissait. La nuit était particulièrement fraîche tandis qu'il regardait par la fenêtre de Faith en essayant de décider comment la réveiller. Il n'était pas tout à fait certain que les parents de Faith soient absents, alors il n'était pas question pour lui d'appuyer sur la sonnette de la porte. Il songeait à frapper discrètement sur la vitre quand elle commença à remuer.

Il la regarda se retourner, puis remonter les minces couvertures sous son menton en prenant la position du fœtus. Puis, la porte de son placard commença à s'ouvrir lentement, et il baissa la tête à hauteur du carreau de fenêtre. Tout d'abord, il pensa que ça pouvait être un chien ou un chat dans la maison, ou pis encore, un coyote qui, selon la rumeur, rôdait dans la vallée. Mais comment un coyote aurait-il pu pénétrer dans le placard de Faith? Elle n'avait jamais non plus parlé d'un animal domestique chez elle.

Hawk jeta un coup d'œil par-dessus le rebord de la fenêtre, plaçant ses mains de chaque côté de ses yeux pour mieux voir à travers le verre réfléchissant. Ce qu'il vit n'avait aucun sens, et il commença à se demander s'il était suffisamment fatigué pour imaginer des choses inexistantes. Et c'était vrai qu'il n'avait pas beaucoup dormi ces derniers jours, mais il ne lui était jamais arrivé d'halluciner.

Une couverture pliée flottait au-dessus du lit de Faith, et pendant que Hawk la regardait, elle commença à se déployer. Quelques secondes plus tard, elle s'était complètement dépliée et flottait dans l'air comme un grand tapis magique.

Hawk ne put s'empêcher de frapper à la vitre parce qu'il avait de l'affection pour Faith et qu'il craignait que la couverture soit sur le point de l'étouffer. Il vit Faith se réveiller à demi, puis se retourner sur le dos. À ce moment, la couverture descendit, atterrissant doucement sur tout son corps avant qu'elle ouvre les yeux et regarde autour d'elle comme si quelqu'un d'autre pouvait se trouver dans la chambre.

Hawk cogna de nouveau sur la vitre et agita les mains comme un attardé, espérant que Faith n'allait pas le faire fuir en appelant ses parents à grands cris.

— Ce n'est que moi. Hawk. Tu n'as pas à t'inquiéter.

Faith laissa échapper un soupir de soulagement, puis sembla se demander comment la couverture avait pu se retrouver sur son lit. Elle se rendit à la fenêtre, la déverrouilla et la releva de quelques centimètres seulement, puis elle s'accroupit pour parler.

— Qu'est-ce que tu fais là ? Il est passé minuit. Au cas où ça ne t'aurait pas sauté aux yeux, je dormais.

— Oui, je sais, répondit Hawk, nerveux et frissonnant dans la froidure de la nuit. Ça ne peut pas attendre. Je te jure que le temps est compté. Je ne te le demanderais pas si je n'y étais pas obligé.

— Tu agis bizarrement.

— Je sais, je suis revenu à la normale. Tu peux me laisser entrer ? Ça ne prendra qu'une seconde.

Faith tourna la tête vers son lit comme si elle se demandait si elle rêvait encore, se frotta les yeux, puis regarda de nouveau par la fenêtre.

— C'est toi qui as mis cette couverture sur mon lit ? demanda-t-elle.

— Je suis dehors, tu te souviens ?

Faith lui jeta un regard soupçonneux, mais elle fronça les sourcils et, écartant l'idée qui lui était venue, releva suffisamment la fenêtre pour que Hawk puisse s'y glisser.

— Tu sais, il y a une porte devant la maison. Je te dis ça seulement pour que tu le saches à l'avenir.

— Je ne voulais pas réveiller tes parents, dit Hawk pendant qu'il pénétrait par l'ouverture et accrochait sa chaussure sur le rebord, puis tombait sur la moquette. J'ai toujours aimé les moquettes parce qu'elles sont beaucoup moins dures pour le corps que le bois franc. Je les adore.

— Ouais, dit Faith en refermant la fenêtre et en retournant sous les couvertures avant que Hawk puisse ajouter quoi que ce soit.

Il se tenait debout dans la lumière blafarde de sa chambre, frottant ses bras nus pour les réchauffer.

— Non, tu ne peux pas venir dans mon lit, dit Faith.

Hawk paraissait sur le point d'éclater en sanglots.

— Si c'est si important que ça, d'accord, poursuivit Faith, mais reste de ton côté.

Hawk secoua la tête pour lui signifier qu'elle avait mal compris.

— Je suis désolé, Faith. J'ai tout gâché. Je ne pensais pas que tu allais prendre ces psychocodes. Je les avais faits pour Wade.

— Ouais, dit Faith, ne sachant trop ce qu'elle était censée répondre.

Elle était fatiguée et se sentait trahie par un des seuls amis qu'elle ait au monde. Ce qu'elle souhaitait vraiment en ce moment, c'était se rendormir et oublier Wade, Hawk, Dylan — toute la bande.

— Il faut que je te dise comment c'est arrivé, fit Hawk. Il ne me demande pas de les fabriquer. Il *exige* que je le fasse. Essaie de t'imaginer que tu as ma taille et que tu te trouves devant un gars comme ça qui te dit quoi faire. Ce n'est pas facile de refuser.

Faith s'adoucit en regardant Hawk. Il paraissait si jeune et si vulnérable. Elle commençait à se dire qu'elle était peut-être un peu trop dure avec lui. Elle ne savait toujours pas si elle pouvait lui faire confiance, mais elle était prête à l'écouter. En vérité, elle se sentait seule, et Hawk était très bavard. De toute façon, c'était surtout lui qui allait parler.

— Allez, viens, dit-elle en tirant les couvertures d'un côté du lit et en tapotant le drap comme si elle essayait d'attirer un chiot.

Hawk y entra si rapidement que Faith se trouva complètement réveillée. Il n'enleva même pas ses chaussures, une chose qu'elle trouva grossière et stupide, mais il avait rabattu les couvertures sur ses jambes avant qu'elle puisse émettre une objection.

— Il fait froid dehors. C'est beaucoup mieux ici. Merci de l'invitation.

Faith était pratiquement certaine qu'elle venait de commettre une erreur. Combien de temps cela allait-il durer ?

— Alors, tu n'es pas un tristement célèbre vendeur de drogue ? demanda-t-elle.

— Non, absolument pas. Je suis extrêmement sélectif. Je ne sers que les riches connards.

— OK.

Faith fit courir ses mains sur la surface douce de la couverture.

— Comment cette chose a pu arriver ici ? Tu es sûr que ce n'est pas toi qui as fait ça ?

Hawk était nerveux, ne sachant trop quoi répondre, parce que de toute évidence, Faith ignorait que sa chambre était hantée. Quoi d'autre qu'un fantôme aurait pu faire flotter une couverture comme ça au-dessus d'un lit et la déplier ? Était-il possible qu'il l'ait imaginé lui-même ? Ces derniers temps, son niveau de stress pulvérisait des records, et la pièce était sombre. Peut-être qu'il était en train de devenir cinglé.

— C'est probablement à cause des psychocodes, mentit Hawk. Parfois, on oublie des petites choses pendant les semaines qui suivent. Tu l'as probablement mise sur le lit et tu ne t'en souviens simplement pas.

— Peut-être. Mais tu sais ce qui est étrange ? Je pensais à quel point j'avais froid sans vraiment y rêver, mais je souhaitais avoir une autre couverture, puis je me suis réveillée, et elle était là. Bizarre, non ?

Hawk haussa les épaules comme s'il n'avait aucune idée de quoi elle parlait.

— Tu sais, si tu le veux, je pourrais probablement dormir ici jusqu'au matin. Mes parents ne savent même pas que je suis sorti.

— Tu le voudrais bien, dit-elle d'un ton sarcastique.

— Oui, je le voudrais.

— Oh, ça va alors, mais enlève tes chaussures de mon lit. C'est dégoûtant.

Les chaussures de Hawk atteignirent le plancher avant que Faith puisse revenir sur sa décision. Pour Hawk, c'était de loin la chose la plus renversante qui lui soit arrivée depuis des mois. Il sortit la nouvelle Tablette qu'il avait reçue trois jours auparavant et l'étira au maximum.

— Je t'ai apporté quelque chose. Ça a une durée limitée.

— Ça paraît mystérieux, dit Faith, un peu comme cette couverture sur mon lit. Je t'assure que je ne l'y ai pas placée.

— À part le fait que ta chambre est hantée par des articles de décoration de maison, je trouve que c'est joli ici.

Faith ne put s'empêcher de sourire en voyant Hawk regarder autour de lui d'un air approbateur. C'était un parfait idiot, mais il était gentil.

— Qu'est-ce que tu m'as apporté? Si c'est un câlin, tu peux remettre tes souliers et partir tout de suite.

Hawk tapa sur l'écran de sa Tablette, qui s'illumina. Sa lumière éclairait la pièce d'une lueur étrange. Des ombres dansaient sur les murs pendant que Hawk se servait de ses deux mains pour programmer quelques commandes, contournant plusieurs mesures de sécurité pour atteindre le service auquel il voulait accéder.

— Nous ne pouvons faire ça que pendant environ deux minutes avant que ça disparaisse, dit Hawk. Tu devras faire vite. Et je ne sais pas si je vais pouvoir le refaire. Cette nouvelle Tablette comporte une trappe à l'arrière, et c'est une chose que je n'ai jamais vue.

Faith n'avait aucune idée de quoi Hawk parlait, mais il lui tendit sa Tablette, et elle comprit immédiatement.

Le visage de Liz Brinn était apparu sur l'écran et la regardait.

— Liz ? C'est… c'est vraiment toi ? balbutia Faith.

Un mignon garçon aux cheveux châtains apparut dans l'œil de la caméra.

— Salut Faith ! Merci d'avoir pris soin de Liz pendant que nous étions séparés. Je t'en dois une !

— Pas de souci, répondit Faith en riant doucement pendant que ses yeux s'emplissaient de larmes.

— Oh, oh. Ta copine ne va pas trop bien, dit Noah.

— Arrête ça, dit Liz en repoussant joyeusement son petit copain.

Elle paraissait en excellente santé et heureuse.

— Hé, ça va. Ne pleure pas. Tout va bien, vraiment.

Faith n'en était pas si certaine. Elle avait réellement tout gâché le soir où Wade Quinn l'avait entraînée.

— Je suis tellement navrée, Liz. Je ne sais pas à quoi je pensais. Et tu me manques. Ce n'est pas pareil ici toute seule.

— Tu as Hawk ; c'est ton protecteur. Il va prendre soin de toi.

Hawk se délectait de s'être fait qualifier de protecteur d'une jolie fille.

— Un instant. Tu es au lit avec lui ? demanda Liz. Whoa.

— Ce n'est qu'une nuit chez une amie, dit Hawk en se penchant vers l'écran. Mais elle m'a laissé enlever mes chaussures.

— Cool, dit Noah hors du champ de la caméra.

D'un coup d'épaule, Faith repoussa Hawk vers son côté du lit alors que Liz recommençait à parler.

— Il ne nous reste qu'à peu près une minute. Je veux seulement que tu saches que je vais bien. J'ai retrouvé Noah, de toute évidence.

— Comment c'est ? demanda Faith. L'État, je veux dire. C'est aussi super qu'ils le disent ?

Liz réfléchit à la question pendant quelques secondes. Elle ne semblait pas savoir exactement quoi répondre.

— Ouais, c'est bien. Je veux dire, tout est propre et joli. Et je peux capter un milliard de chaînes sur ma Tablette ; c'est fou. Nous les regardons tout le temps maintenant. En plus, il y a tout plein de beaux gosses.

— Ils ont tous les mains rugueuses, intervint Noah.

— Il ment, dit Liz en levant les yeux au ciel. En tout cas, j'espère que tu vas venir bientôt. Je sais que ce n'est qu'une question de temps, mais tu peux me faire confiance là-dessus ; tu ne vas pas détester ça. C'est un peu, comment dire, ennuyeux, je suppose, mais c'est bien.

Faith comprenait exactement ce que Liz voulait dire parce qu'elles avaient plusieurs fois imaginé la vie dans les États. Elles avaient vu des tas d'images et de vidéos emballantes sur l'État de l'Ouest, mais elles en étaient tou-jours venues à la conclusion qu'il y manquait l'ambiance de la vraie vie. Il y manquait quelque chose de réel. Faith ne savait pas quoi dire d'autre. Elle était si heureuse de voir Liz, mais elle était également triste parce qu'elle savait qu'elle n'irait jamais dans un des États à moins d'y être forcée. L'écran commença à se remplir de parasites.

— Je suis vraiment, vraiment désolée, Liz. Et je suis heureuse pour toi.

Comme un rêve qui s'évanouit et qu'on oublie rapidement, l'image de Liz commença à disparaître sur l'écran de la Tablette.

— Je t'aime, dit-elle.

L'écran n'affichait plus que des parasites, mais Faith l'entendit, puis Liz disparut.

— Je t'aime aussi.

Hawk songea à prendre la main de Faith pour qu'elle se sente moins seule, mais il était pratiquement certain que tout mouvement brusque dans sa direction le ferait expulser du lit. C'était un risque qu'il n'était pas prêt à courir, alors il demeura parfaitement immobile jusqu'à ce que Faith lui rende la Tablette.

— Comment tu fais ça ? demanda-t-elle. Je pensais que c'était impossible de communiquer avec des gens à l'intérieur des États.

— Techniquement, c'est illégal et aussi impossible. Je le sais parce que j'essaie depuis qu'elle est partie. La nouvelle Tablette a été mal programmée ou quelque chose du genre. Tout ce que je peux dire, c'est que c'était un cadeau des dieux et que ça n'arrivera probablement plus.

Faith était bouleversée de reconnaissance pour ce que Hawk venait de lui accorder. Il lui avait fait un énorme cadeau, et elle n'était pas certaine de pouvoir un jour lui rendre la pareille.

— Qu'est-ce qui arriverait s'ils t'attrapaient ? se demanda-t-elle à voix haute.

— Tu sais ce qui est drôle à ce propos ? Personne ne le sait vraiment. J'ai fait beaucoup de piratage ces dernières années, mais je prends toujours soin d'effacer mes traces. Pour autant que je sache, les gens qui s'aventurent à faire une chose pareille et se font prendre disparaissent tout simplement. Je ne sais pas s'ils s'envolent en fumée, mais ils perdent leur identité sur la Tablette.

Faith émit un bâillement. Il était passé minuit, et elle commençait à se rendormir tandis qu'elle glissait sur le lit et regardait Hawk.

— Ce n'est pas réjouissant, dit-elle. Dormons un peu et reparlons-en au matin.

Hawk aurait voulu lui demander où étaient ses parents et ce qu'ils penseraient de la situation, mais il ne dit rien. Soit que c'était une fille très indépendante, ce qui était probablement vrai, soit que ses parents étaient en voyage quelque part. Quoi qu'il en soit, il était beaucoup plus intéressé à savoir si, oui ou non, il avait vraiment vu la couverture se déployer dans la chambre. En laissant reposer sa tête sur l'oreiller, il se promit de ne pas s'endormir pendant au moins une heure, au cas où quelque chose d'autre bougerait dans la pièce. Par mesure de sécurité, il installa sa Tablette sur la table de chevet, enclencha l'enregistreur vidéo et l'orienta vers le placard.

Quatre minutes plus tard, il dormait.

⊙ ⊙ ⊙

Dylan Gilmore avait le cerveau fatigué. Son corps allait bien ; il était rempli d'énergie, mais son esprit, qu'il avait soumis à de dures épreuves pendant des mois, était au bout du rouleau. Il se tenait debout sous la fenêtre de Faith et essayait de comprendre pourquoi Hawk était étendu dans le lit près d'elle.

« Je n'avais pas prévu ça », pensa-t-il.

Même s'il était pratiquement certain qu'ils ne pouvaient avoir le béguin l'un pour l'autre, il éprouvait le même déchirement au cœur que quand Faith et Wade étaient partis ensemble.

Il vérifia l'heure sur sa Tablette et vit qu'il était passé deux heures du matin. Normalement, il aurait eu du travail à faire, mais la présence de Hawk dans la chambre rendait la chose risquée. Il avait remarqué la lumière rouge clignotante sur la Tablette de Hawk et compris immédiatement qu'il enregistrait.

— Bel essai, petit homme. Mais il est trop tôt pour ça.

Pendant que Dylan regardait la Tablette, elle commença à bouger dans l'air en se dirigeant vers lui. La fenêtre n'était pas verrouillée, et il la releva lentement de quelques centimètres. La Tablette glissa à travers l'ouverture, et il la saisit, puis arrêta l'enregistrement. Il était sur le point d'effacer la vidéo, mais il la mit plutôt en avance rapide, l'arrêtant et la reculant quand quelque chose bougeait dans la chambre. Il la laissa se dérouler à vitesse normale pendant quelques secondes, observant silencieusement pendant que Faith Daniels se soulevait dans l'air, entraînant les couvertures avec elle.

— Intéressant, dit-il en effaçant le fichier et en faisant glisser de nouveau la Tablette par l'ouverture sous la fenêtre. *Très* intéressant.

Il demeura à la fenêtre pendant deux autres heures, regardant Faith Daniels et songeant aux progrès qu'il avait réalisés. Les choses bougeaient plus vite qu'il s'y était attendu, peut-être plus vite qu'il n'était prudent compte tenu des circonstances. Alors qu'il s'éloignait à quatre heures dix du matin, il prit une décision. Il lui avait fallu beaucoup de temps pour y parvenir, et plusieurs mois de travail épuisant, mais le moment était finalement arrivé.

Il était temps de dire la vérité à Faith Daniels.

Chapitre 11

Comment tu as réussi à me faire grimper jusqu'ici ?

Chaque année, les Jeux d'athlétisme avaient lieu dans différents États de la planète. Il y avait cinq ans que les États-Unis les avaient accueillis, et l'État de l'Ouest avait créé des installations à la fine pointe de la technologie comme personne n'en avait jamais vu. Chaque événement sportif serait diffusé en direct sur des millions de Tablettes par des milliers de caméras. Les Jeux d'athlétisme étaient même diffusés sur les Tablettes des pauvres malheureux qui vivaient encore à l'extérieur des États, bien qu'il y ait un délai pour en permettre le montage. Pendant les jours précédant les Jeux, des nouvelles alimentaient les Tablettes vingt-quatre heures par jour, prenant le pas sur toutes les autres émissions en ce qui avait trait aux spéculations à propos des compétitions.

— Bon sang, je suis fatiguée d'entendre parler des Jeux, dit Faith pendant qu'elle entrait dans la classe avec les autres élèves en traînant les pieds. Qu'on en finisse au plus vite.

Pendant les mois qui s'étaient écoulés depuis l'arrivée de Faith à Old Park Hill, plusieurs élèves avaient cessé de se présenter. La population de toute l'école ne se résumait plus qu'à la seule classe où elle se trouvait, c'est-à-dire dix-neuf élèves, et à une autre pièce où une vingtaine de jeunes attendaient. Amy, que Faith se faisait un devoir d'éviter, avait été intégrée à sa classe une semaine plus tôt. Elle avait une opinion différente de celle de Faith à propos des Jeux.

— Des gars sexy qui courent en collants ? C'est le meilleur spectacle sur ma Tablette.

— Ouais, murmura Faith en essayant de ne pas se laisser entraîner dans une conversation.

— As-tu vu sauter Wade ? Oh, mon Dieu. Il est extraordinaire.

Wade et Clara Quinn n'étaient pas encore apparus lors des réchauffements, également connus sous le nom de « phase d'envol ».

— Ils ne parlent pas de Wade ou de Clara, dit Faith.

Elle prit son siège en espérant qu'Amy aille s'asseoir ailleurs, mais elle choisit plutôt de s'installer à côté de Faith et cliqua sur sa Tablette.

— C'est parce que les Quinn viennent de l'extérieur. Ils ne mettent pas l'accent sur les gens de l'extérieur, tu sais ça. Mais Wade m'a dit que ceux de l'intérieur étaient inquiets. La dernière chose qu'ils souhaitent, c'est qu'une personne d'ici se retrouve tout à coup sous les feux de la rampe.

— Ça n'aurait pas d'importance, dit Faith, que la conversation ennuyait de plus en plus. Une fois qu'ils y sont, ils y sont. L'État tournera la chose en une autre victoire, de toute façon.

Faith leva les yeux et vit qu'Amy venait de comprendre quelque chose qui lui avait échappé jusque-là. Elle n'était pas la personne la plus brillante de la classe, mais même

Faith se disait qu'il était impossible qu'Amy n'y ait pas pensé.

— Une fois Wade et Clara acceptés dans le cadre des Jeux, expliqua Faith, ils ne reviennent pas. Personne n'en revient. Tu sais ça, non ?

Amy parut embarrassée et commença à promener nerveusement son doigt sur sa Tablette. Elle avait le béguin pour Wade, même si celui-ci s'en fichait complètement.

— Bien sûr que je sais ça. Mais cette fois, c'est différent. Il a dit qu'il reviendrait. Et s'il ne le fait pas, c'est bien, parce que de toute façon, mes parents vont bientôt déménager dans l'État de l'Ouest.

Faith en doutait, mais ne voulait pas gâcher complètement la journée d'Amy même si elle le méritait parce qu'elle était stupide au point de s'intéresser à Wade, une chose qui lui ressemblait tout à fait. Faith savait que lorsque Wade aurait quitté l'État et serait devenu une sorte de superstar, il ne fréquenterait jamais quelqu'un comme Amy.

— Je pensais que tes parents faisaient partie de l'équipe de nettoyage. Est-ce que ça ne dure pas un peu plus longtemps ? demanda Faith.

— Tu ne sais pas de quoi tu parles, répondit Amy. Ils peuvent partir quand ils le veulent.

Faith savait comme tout le monde que c'était faux. Les parents qui intégraient l'équipe de nettoyage étaient très bien payés, mais ils signaient des contrats annuels. Amy en avait encore pour au moins six mois à l'extérieur et probablement davantage.

— Les filles, que diriez-vous de vous mettre au travail ? Ça vous irait ? demanda Mlle Newhouse.

Faith était plus qu'heureuse de l'interruption. Elle s'empressa de s'y mettre en annotant un cours d'anglais pendant qu'un enseignant expliquait sur sa Tablette les détails subtils des *Raisins de la colère*, une histoire qui interpellait Faith en raison de ses personnages marginaux, nomades. Elle s'installa confortablement, puis jeta un coup d'œil autour de la pièce à la recherche de Hawk. Il ne s'était pas présenté en classe. Elle aperçut une chaise vide au fond de la pièce où Wade aurait dû être assis. Son absence était moins étonnante : comme il ne restait que deux semaines avant les Jeux, il ne venait presque plus jamais en classe. Selon les rumeurs qui circulaient, Clara et lui allaient partir dans six ou sept jours, ce qui convenait tout à fait à Faith.

Dylan était assis dans la rangée du fond, tout au bout de la pièce, sous la lumière douce provenant d'une fenêtre qui donnait sur la cour. Il leva les yeux, se rendit compte qu'elle le regardait et sourit. Faith lui retourna son sourire d'une manière un peu maladroite. Intérieurement, elle était nerveuse parce qu'elle ressentait un malaise en sa présence…

Quand elle tourna de nouveau les yeux vers sa Tablette, elle vit apparaître un message en haut de l'écran.

Pas pu y aller aujourd'hui ; mes parents ont une dure journée.

Hawk ne parlait pratiquement jamais de ses parents, et Faith non plus. C'était un sujet qu'ils voulaient tous deux éviter, alors ni l'un ni l'autre ne l'abordait. Faith pensa un instant ne pas répondre au message. C'était une porte qu'elle ne voulait pas ouvrir parce qu'elle était sûre qu'à un moment ou l'autre, la conversation s'orienterait vers elle. Toutefois, il s'agissait de Hawk. Combien de temps pouvait-elle vraiment se retenir de lui dire que ses parents étaient des Rôdeurs?

Désolée. Tu t'es retrouvé coincé au milieu de ça ou quoi?

Faith essaya de prêter attention au flux audio dans ses écouteurs pendant qu'elle attendait une réponse et tapait quelques notes sur l'écran tactile.

C'est compliqué.

Faith lui répondit :

Serions pas mieux d'en parler en personne plus tard?

Elle se demandait s'il s'agissait de partir pour l'État de l'Ouest. C'était la plupart du temps le sujet de discussion avec les parents. D'une manière étrange, tacite, les Jeux d'athlétisme donnaient l'impression d'être un moment important pour quiconque habitait encore l'extérieur. C'était une occasion pour tous de briller, de montrer au reste du monde qu'ils formaient un peuple uni ayant la volonté de faire ce qu'il fallait pour survivre.

Hawk lui répondit :

Ma mère a entendu dire que les États allaient arrêter de laisser entrer des gens. J'ai fait une recherche, mais je n'ai trouvé aucun indice de ça. Si c'est vrai, ça va causer des remous.

Ça n'avait jamais été une menace à laquelle Faith pensait souvent, mais elle en entendait parler autour d'elle depuis des années. La Chine et l'Afrique s'étaient fermées des années auparavant, et presque tout le monde s'était soumis à cette décision. Parmi les milliards d'habitants de la Chine, il n'y en avait eu que quelques milliers qui manquaient à l'appel un mois après l'annonce. La Chine avait déjà institué onze États interreliés et elle tentait toujours d'en ajouter, mais le reste du pays était vide. L'Afrique, avec ses quatorze États hautement évolués, constituait une vaste étendue de déserts, d'arbres et d'animaux d'où la vie humaine était pratiquement absente.

Faith songea à tous les endroits du monde où il n'y avait personne. Elle savait qu'elle pourrait marcher pendant des jours et des jours dans des villes jadis fourmillantes de gens sans rencontrer âme qui vive. C'était ce qui rendait différent l'endroit où elle habitait maintenant. Il y avait des centaines de gens, tous regroupés à l'extérieur, comme si un berger les avait rassemblés pendant qu'ils se rendaient ailleurs.

Elle fit apparaître sur son écran une carte interactive des États-Unis. Il y avait beaucoup d'espaces vides avec deux cercles qu'on ne pouvait pas rater. L'un se trouvait à l'endroit où s'était déjà situé le Nevada, sauf que le cercle était plus vaste. Il débordait sur l'Orégon, l'Idaho et sur ce qui restait de la Californie après les inondations. C'était l'État de l'Ouest, d'une étendue de plus de trois cents kilomètres carrés, si vaste qu'il était presque inimaginable. À l'est se trouvait l'autre cercle, qui comprenait des parties du

Kentucky, de l'Arkansas, du Missouri et du Tennessee ; c'était l'État de l'Est. Il était tout aussi vaste et s'étendait davantage de jour en jour.

La vieille école secondaire était représentée par un minuscule point rouge, et en le voyant là, dans l'ombre de l'État de l'Ouest, Faith comprit ce qu'il en était.

Elle envoya un message à Hawk :

> De toute façon, nous allons être englobés très
> bientôt par l'État à moins de déménager encore,
> et je suis passablement fatiguée de me déplacer.

Et c'était la dure vérité. Les États se montraient généreux en laissant les gens habiter à l'extérieur, mais ceux-ci ne pouvaient pas trop s'éloigner dans l'inconnu. Il devait être possible de les joindre en quelques heures de route pour que les camionnettes blanches de l'État puissent revenir avant la nuit tombée. Et les États ne cessaient de prendre de l'expansion, absorbant de plus en plus d'espace à mesure que leur population croissait.

Un autre message apparut, et Faith le lit sans vraiment réfléchir :

> J'ai quelque chose à te montrer. Rejoins-moi à
> vingt et une heures dans le stationnement du
> vieux centre commercial. Merci.

Elle était sur le point de répondre à Hawk qu'elle y serait quand elle s'aperçut que le message ne venait pas de lui. Il était de Dylan Gilmore. Elle sentit son cœur s'affoler et elle espéra qu'il ne l'observait pas au cas où elle paraîtrait nerveuse. Ne sachant trop quoi répondre, elle commença à mâchouiller l'ongle de son petit doigt sans même s'en apercevoir.

Elle reçut un autre message de Hawk :

Tu as probablement raison. Question de temps. À ton avis, qu'est-ce que tes parents vont faire ?

Comme elle s'y était attendue, la conversation s'était orientée vers ses parents, un sujet dont elle refusait de parler. Alors, elle décida plutôt de répondre à Dylan.

Qu'est-ce que tu veux me montrer ? Comment tu as fait pour m'envoyer un texto pendant un cours ? As-tu parlé à Hawk ?

C'était risqué, mais elle était curieuse. La dernière fois où elle avait suivi un garçon pour voir quelque chose qu'il voulait vraiment lui montrer, elle s'était retrouvée à consommer deux psychocodes et à tout oublier de l'événement. Dans ses moments les plus sombres, il lui arrivait d'imaginer qu'un tas de mauvaises choses lui étaient arrivées ce soir-là. D'une certaine manière, elle avait l'impression qu'il valait mieux qu'elle ne le sache pas, mais elle trouvait également difficile de ne pas pouvoir se souvenir. Elle allait peut-être passer le reste de sa vie à se demander ce qui s'était passé.

À la fin du cours, quarante minutes plus tard, Faith n'avait toujours pas reçu de réponse de Dylan, et quand Mlle Newhouse laissa partir tout le monde, Dylan sortit avant que Faith puisse trouver le courage de lui parler.

⊙ ⊙ ⊙

— J'ai menti, mais seulement un peu.

Ce n'étaient pas les paroles rassurantes que Faith avait espérées en arrivant dans le stationnement vide du vieux centre commercial. Elle songea à faire marche arrière, à partir avant que cette situation devienne compliquée ou dangereuse. Elle le fixa à trois mètres de distance, où elle s'était arrêtée et se tenait immobile sur le trottoir de béton fissuré.

— C'est une terrible entrée en matière, dit Faith.

Dylan sourit et fit deux pas prudents dans sa direction.

— Les relations se fondent sur la confiance, alors j'ai pensé que je ferais mieux d'être franc dès le départ.

La logique bizarre de Dylan n'impressionna pas Faith, mais elle aimait l'allure qu'il avait dans son jean et son blouson de cuir tandis qu'il faisait deux autres pas vers elle.

— Laisse-moi deviner, dit-elle. En réalité, tu es un vampire, tu as mille ans et tu penses que ça va me dégoûter. Tu as raison.

Dylan laissa passer le commentaire en arrivant près d'elle et lui tendit la main. Faith recula.

— Oh non, pas de ça. Pas avant que j'obtienne quelques vérités de ta part. À propos de quoi tu as menti ?

— En fait, j'ai deux choses plutôt qu'une à te montrer.

— Est-ce que l'une ou l'autre est déplaisante ?

— Je ne pense pas, mais je me trompe souvent.

— Ce n'est pas rassurant.

Dylan sourit, et leurs regards se croisèrent pendant un instant, puis il la dépassa et continua de marcher sans se retourner.

— Hé, tu ne peux pas partir en me laissant seule ici.

— Suis-moi alors. Je vais te montrer la première chose. Ça ne sera pas long.

Faith voulait lui emboîter le pas, mais elle était inquiète. Elle craignait d'avoir encore des ennuis parce que Dylan paraissait encore plus mystérieux et imprévisible que Wade Quinn.

« Pas de doute, tu as vraiment un don pour les choisir », pensa-t-elle.

Il n'y avait plus d'électricité dans le vieux centre commercial, alors aucun lampadaire ne répandait sa lumière tandis qu'elle suivait Dylan avec appréhension. Tous les vieux bâtiments étaient sombres, et pendant une fraction de seconde, elle pensa voir une silhouette se déplacer derrière une des fenêtres brisées. Elle accéléra le pas jusqu'à ce qu'elle rejoigne Dylan.

— Tu n'as pas peur des Rôdeurs ?

La réponse de Dylan la surprit.

— J'en ai déjà rencontré quelques-uns. On les comprend mal.

« Ouais, deux d'entre eux sont mes parents. Je connais tout à propos de l'incompréhension », aurait-elle voulu dire, mais elle se tut.

C'était son secret, et elle n'allait sûrement pas le partager avec un gars étrange qu'elle connaissait à peine.

— Es-tu une bonne grimpeuse ? demanda Dylan.

Il regardait l'arrière de l'ancien Nordstrom, un immeuble renommé pour sa hauteur. Faith pouvait à peine apercevoir les contours d'une échelle d'incendie dans l'obscurité.

— Je ne grimpe pas pendant un premier rendez-vous. C'est une règle que j'ai.

Dylan parut un peu déçu, puis il entreprit de monter l'échelle métallique, laissant Faith décider si elle le suivrait pour la deuxième fois en autant de minutes.

— Les deux choses que je veux te montrer sont sur le toit, fit Dylan, qui était rapidement parvenu au premier palier.

Il la regardait de là-haut, et leurs regards se croisèrent.

— Tu es sûre de ne pas venir voir avec moi ? ajouta-t-il. Je te jure que ce n'est pas dangereux.

Faith n'avait pas vraiment peur des hauteurs ; c'était seulement qu'elle n'était pas souvent allée dans des endroits élevés. Elle n'avait jamais eu de bonnes raisons de quitter la terre ferme.

— T'es-tu déjà demandé ce qu'on pouvait ressentir en volant dans un avion ? demanda-t-elle en le regardant d'en bas tandis que les cheveux noirs de Dylan lui tombaient sur le visage.

— Ouais, ça devait être cool, acquiesça Dylan. Voici ce que je te propose : tu viens me rejoindre, et je te promets de trouver un moyen de te faire voler très bientôt.

— Comment tu vas pouvoir tenir une pareille promesse, Roméo ? demanda Faith en posant un pied sur le premier barreau de l'échelle qui menait au palier où se trouvait Dylan.

Il ne répondit pas, décidant plutôt de monter jusqu'au deuxième palier avant que Faith puisse changer d'idée. Il y avait une série d'escaliers métalliques en zigzags qui menaient jusqu'au toit, et avant que Faith atteigne le premier palier, il était déjà à plus de trois étages devant elle. Dylan se pencha par-dessus la rambarde et lui cria :

— Tu es lente.

— Désolée de te décevoir.

Faith avait un esprit de compétition naturel et elle était réellement curieuse. Toute sa réticence s'évanouit d'un coup alors qu'elle grimpait deux marches à la fois vers le sommet du vieil immeuble. Elle ne fit qu'une fois l'erreur de regarder en bas, en arrivant au quatrième palier, et elle en eut le souffle coupé. Ensuite, elle garda les yeux fixés vers le haut, criant plus d'une fois à Dylan de l'attendre. Pourtant, elle avait du plaisir, tellement en fait qu'il ne lui vint pas à l'esprit que la situation n'était pas tellement différente de sa soirée avec Wade Quinn. Son rendez-vous avec Dylan n'avait commencé qu'une quinzaine de minutes plus tôt, et elle grimpait déjà le long d'un immeuble.

— OK, maintenant, tu m'impressionnes, fit Dylan au moment où Faith atteignait la dixième plateforme avec lui.

— Je parie que tu dis ça à toutes les filles, répliqua Faith en reprenant son souffle pendant qu'elle levait les yeux vers le mur de l'immeuble. Cette partie me paraît effrayante.

Pour atteindre le toit, il fallait grimper de nouveau une échelle d'au moins trente barreaux, et cette fois, Dylan n'allait pas la laisser derrière.

— Vas-y en premier. Je vais t'attraper, si tu tombes.

— Pourquoi je ne me sens pas rassurée?

Dylan lui adressa un bref sourire, ses yeux brillant comme de petits diamants dans la faible lumière. Peut-être était-ce l'altitude ou la fraîcheur de l'air, mais Faith se sentit l'esprit léger pendant un moment en regardant ce mystérieux garçon.

— Comment tu as réussi à me faire grimper jusqu'ici? demanda-t-elle sans s'attendre à recevoir une réponse.

— Continue; ça en vaudra la peine.

Faith lui rendit son sourire, se tourna vers la dernière échelle et décida de grimper aussi vite qu'elle le pouvait. En arrivant là-haut en premier, elle aurait le temps de vraiment vérifier ce qui s'y trouvait avant que Dylan y parvienne. Elle grimpait rapidement, se retrouvant en peu de temps à mi-chemin le long du mur. Si elle avait regardé en bas à ce moment, elle aurait pu perdre son sang-froid. La lune et les étoiles éclairaient le sol sous elle en des teintes sinistres de gris et de noir. Aussi loin qu'elle pouvait voir, il y avait très peu de lumières, mais une chose était sûre : le sol était vraiment loin.

— Tu t'es arrêté, ou je suis trop rapide pour toi? demanda-t-elle en espérant découvrir qu'il se tenait encore sur la plateforme sous elle.

Dylan ne répondit pas, alors elle continua de monter, encore plus vite, sans lui jeter un regard, jusqu'à ce qu'elle pose une main sur la bordure de béton froide et glissante qui entourait l'édifice. Elle prit pied sur le toit et regarda autour d'elle. Il y avait une table montée pour deux, un bar-becue à gaz et des chandelles, mais ce n'était pas là les choses les plus étonnantes à propos du toit de l'ancien Nordstrom.

La chose la plus surprenante, c'était que Dylan Gilmore était en train d'allumer les chandelles.

Chapitre 12

Ce n'est pas seulement un hamburger

— Comment tu as fait ça? demanda Faith.

Elle commençait à se sentir effrayée, comme si on lui avait donné un autre psychocode ou quelque chose de pire, et que tout cela n'était que le fruit de son imagination. Dylan, les échelles, le palier, la table — tout cela était-il même réel?

Après avoir allumé les chandelles, Dylan ouvrit le barbecue et craqua une autre allumette. Quand il se tourna vers Faith, la lumière orangée de la flamme dansait sur son visage.

— Ce n'est qu'une autre manière de monter, commença-t-il. Je fais des hamburgers; j'espère que ça t'ira. Malheureusement, les boulettes étaient des rondelles de hockey congelées il y a une heure. Le mieux que j'aie pu faire, ça a été de piller le congélateur de la cafétéria d'Old Park Hill.

— Qu'est-ce que tu veux dire par «une autre manière de monter»? demanda Faith, encore debout sur l'échelle.

— Je promets de te le dire après le dîner. C'est seulement une autre façon; il n'y a pas de quoi en faire un plat.

Les boulettes de hamburger avaient fondu avant que Dylan les dépose sur la grille et elles grésillèrent quand il les plaça au-dessus des flammes. Une fumée blanche s'éleva en volutes dans l'air de la nuit, et Faith prit tout à coup conscience des lumières au loin.

Elle n'aurait pu dire ce qui la poussa finalement à grimper les derniers barreaux de l'échelle et à venir sur le toit : les lumières, l'odeur de la nourriture ou le fait qu'elle avait les jambes fatiguées, mais ça n'avait pas vraiment d'importance. Que ça lui plaise ou non, elle était maintenant sur le toit avec Dylan.

— C'étaient les lumières que je voulais te montrer en premier, fit Dylan.

Il retourna la viande et ferma le barbecue, puis regarda vers l'extrémité du toit. On voyait filtrer à travers les arbres éloignés une lueur orange. Quelle qu'en soit la provenance, ça semblait énorme, comme si le soleil était sur le point de se lever à l'horizon et d'enflammer le monde.

— Est-ce que c'est ce que je pense que c'est ? demanda Faith, ébahie par la taille et la forme de la lumière.

— L'État de l'Ouest. Il n'est qu'à environ cent cinquante kilomètres.

— C'est plus près que je le croyais, dit Faith.

La peur s'infiltra dans sa voix.

— Ils ne lambinent pas, poursuivit Dylan.

Il retourna faire cuire les boulettes en silence, ajoutant sur chacune d'épaisses tranches de fromage cheddar qu'il regarda fondre. Faith continuait de fixer la lumière. Il n'y avait ni montagnes ni endroits élevés près d'Old Park Hill, et c'était la raison pour laquelle on avait au départ donné ce nom à l'école. En l'occurrence, *hill* signifiait « tertre ». La pente était douce jusqu'au campus, et celui-ci était entouré de grands arbres. Le toit de l'immeuble Nordstrom était beaucoup plus haut, et il n'y avait rien d'autre en bas qu'un stationnement plat. Les arbres étaient suffisamment éloignés pour qu'on aperçoive la lumière à une telle distance.

— Je pense que ces chefs-d'œuvre sont prêts, dit Dylan en déposant chacun des minces hamburgers sur une assiette blanche.

Faith laissa Dylan tirer sa chaise pour elle et s'assit. Au centre de l'assiette, il y avait un disque orange, mais pas de pain.

— Ce n'est pas vraiment un hamburger, sans pain, blagua Faith.

Elle savait qu'il était difficile de se procurer du pain.

— J'ai pensé utiliser des crêpes, mais ça ne me semblait pas aller. Ce n'est pas seulement un hamburger. C'est un *cheese*-burger. Grosse différence.

— J'aime bien le fromage, répondit Faith en inclinant la tête vers la boulette sur son assiette.

Elle toucha un coin fondant, tira un filet de fromage qu'elle entoura autour de sa fourchette comme un spaghetti.

— Il s'approche de plus en plus, dit-elle après avoir mâché un peu de sa viande.

— J'ai entendu dire qu'il s'étendait d'une douzaine de kilomètres par mois dans certaines zones, fit Dylan.

C'était encore plus inquiétant.

— Alors, tu penses que Old Park Hill aura disparu dans moins d'un an? demanda Faith.

— Ils préparent le terrain à seulement une quarantaine de kilomètres par là, fit Dylan en pointant avec sa fourchette l'extrémité du toit. Je pense que ça ne prendra même pas un an avant qu'ils allouent cette terre aux États. Ça prend énormément d'espace pour contenir cent millions de personnes, n'est-ce pas ?

— Ouais, je suppose.

Ils mangèrent en silence, Faith prenant de petites bouchées seulement pour être polie tandis que Dylan engloutissait tout son cheeseburger.

— C'est vraiment bien, dit Faith. Merci.

— Ne laisse pas l'État te faire peur. C'est pour une bonne raison. Sauver le monde et tout ça.

— C'est le mur qui le fait briller comme ça ? demanda Faith.

Il n'y avait aucune raison pour que Dylan le sache, mais en ce qui concernait l'État, il semblait connaître des choses que les autres ignoraient.

— Je le crois, oui. C'est drôlement bizarre, mais assez cool.

Faith acquiesça. Tout ce qu'elle savait, c'était que les États étaient entourés par des murs amovibles qui n'étaient pas vraiment des murs, en fait. Il s'agissait davantage de champs d'énergie qui s'élevaient dans le ciel pour garder des choses à l'intérieur et d'autres, à l'extérieur. À mesure que les États grandissaient, les murs se déplaçaient, englobant l'espace qui leur était nécessaire.

— Il y a autre chose que je veux te montrer, fit Dylan. C'est un peu plus important.

— Laisse-moi d'abord te poser une question, dit Faith. Comment as-tu réussi à t'introduire dans ma Tablette et à m'envoyer un message pendant le cours aujourd'hui ?

Dylan bougea nerveusement sur sa chaise et haussa les épaules, mais il voyait bien que Faith n'allait pas se contenter d'un silence.

— Hawk n'est pas le seul qui sache comment pirater une Tablette. Restons-en là, OK ?

Faith hocha lentement la tête. Elle commençait à penser que Dylan était mystérieux, romantique *et* doué. Une combinaison plutôt attrayante.

— OK, répondit-elle avec appréhension. Qu'est-ce que tu veux me montrer d'autre ?

Elle tenait ses mains sur ses genoux, se demandant où tout cela la mènerait. La soirée avait été emballante et lui avait paru comme un rêve, mais elle l'avait également rendue nerveuse. Après avoir vu l'État de l'Ouest si proche, elle se sentait inquiète pour elle-même, pour ses parents, pour tous les gens qu'elle connaissait. Il y avait quelque chose de diabolique dans la façon dont il s'étirait vers elle.

— Je voudrais d'abord que tu fasses quelque chose pour moi, dit Dylan.

Il se pencha sans toucher la table, mais regarda Faith comme si rien d'autre n'existait au monde, ce qui était vrai. À ce moment, Faith représentait à elle seule tout son univers.

Elle soutint son regard, et même dans la faible lueur de la chandelle, ses yeux brillaient de teintes de bleu et de vert. Ses lèvres s'écartèrent, et elle était sur le point de parler, mais se retint avec un soupir, inclinant légèrement la tête de côté comme pour dire « Qu'est-ce que tu veux que je fasse ? ». Elle accrocha une longue mèche de cheveux blonds derrière son oreille délicate et attendit la réponse.

— Ferme les yeux.

C'était une demande quelque peu troublante pour Faith. Elle se souvenait vaguement de Wade Quinn lui demandant de faire de même ou quelque chose du genre.

— Pourquoi?

— Prête-toi au jeu, tu veux?

Faith avait l'impression que Dylan allait la surprendre en lui offrant des fleurs ou un cadeau. Elle aimait la façon dont il la traitait et elle songea à toutes ces choses en même temps qu'elle fermait les yeux et souriait.

— Quoi maintenant? demanda-t-elle, à la fois nerveuse et excitée.

Elle imaginait sentir ses lèvres sur les siennes pendant qu'il se penchait au-dessus de la table et l'embrassait, mais elle entendit plutôt sa voix.

— Maintenant, quoi que je dise, tu dois vraiment garder les yeux fermés pour moi. Tu peux faire ça?

— Je crois que oui, répondit Faith.

— Pense au verre sur la table, celui dans lequel tu as bu. Tu t'en souviens?

— Oui, je m'en souviens. Il y avait de l'eau dedans.

— OK, c'est bien. Maintenant, imagine-le faire autre chose que ce qu'il fait à cet instant.

— Tu veux dire, plutôt que d'être simplement là sur la table? C'est bizarre.

— Je sais, je sais, fais-le seulement pour moi, s'il te plaît. Garde les yeux fermés et pense au verre. Imagine-le faire autre chose que d'être simplement là.

Si Faith avait eu les yeux ouverts, elle aurait vu le verre tomber sur le côté et déverser son eau sur la nappe blanche. Elle entendit le verre qui heurtait la table et, ouvrant les yeux, commença à s'inquiéter davantage. Elle avait imaginé le verre se renverser, et le fait qu'il gisait sur le côté, toute son eau répandue, pouvait signifier un tas de choses. Peut-être Dylan avait-il lu ses pensées et renversé le verre pour la surprendre. Ou peut-être qu'il faisait tout le temps ce truc avec les filles et savait que, la plupart du temps, les gens qui fermaient les yeux et pensaient à ce qui pourrait arriver à un verre d'eau l'imaginaient se renverser. Et il y avait une autre possibilité, celle qui effrayait le plus Faith. Dylan avait pu lui administrer un psychocode dont elle ne se souviendrait pas, et peut-être que la soirée tout entière ne serait remplie que d'hallucinations qu'elle finirait par oublier avoir eues.

Elle songeait à toutes ces possibilités en regardant Dylan retirer son blouson de cuir et le suspendre au dossier de sa chaise. Ses bras, couverts de poils fins, paraissaient puissants.

— OK, fit Dylan. Maintenant, relève-le.

— Pardon? dit Faith.

— Tu n'as pas besoin de fermer les yeux, cette fois. Pense seulement au verre. Pense à le replacer comme il était. Ne t'inquiète pas d'y remettre l'eau.

« N'y remets pas l'eau? pensa Faith. Il est fou, ou c'est moi?»

Elle repoussa sa chaise de la table, mais ne se leva pas.

— Savais-tu que Wade m'avait donné un psychocode, non, un instant, *deux* psychocodes, sans me le dire?

Dylan inclina la tête sans émettre une parole. Il y eut un moment de silence, puis il murmura:

— Remets le verre en place, Faith. Je dois te voir le faire.

— Soit que je suis folle, soit que tu m'as droguée. Lequel des deux ?

— Ni l'un ni l'autre. Personne n'est fou, et je ne donne pas de psychocodes aux gens. Et Wade Quinn est un sale connard pour à peu près un million d'autres raisons.

Dylan prit une profonde inspiration et essaya une dernière fois :

— S'il te plaît, contente-toi de redresser le verre. Tu peux le faire.

— C'est peut-être toi qui es fou, dit Faith.

Elle se leva et se tourna vers l'échelle menant à l'escalier d'incendie.

— Écoute-moi, Faith...

— NON, cria-t-elle en songeant aux quelques petites gorgées d'eau qu'elle avait prises. Tu as mis quelque chose dans mon verre, n'est-ce pas ? Tu voulais abuser de moi ? C'est ça ?

— Tu ne comprends pas.

— Tu es exactement comme Wade Quinn, mais en pire. Et tes hamburgers sont dégueulasses.

Faith était furieuse et déconcertée tandis qu'elle regardait le verre qui gisait sur la table. En songeant à celui-ci, elle ramena brusquement son bras devant son corps. La table se trouvait à deux mètres d'elle, mais au moment où elle bougea son bras, le verre s'envola à la vitesse de l'éclair, comme si un vent terrible l'avait propulsé. Il monta de plusieurs mètres dans les airs, puis retomba violemment sur le toit, se brisant en mille miettes.

— Nous allons devoir maîtriser ça, fit Dylan.

Elle ne savait trop s'il se réjouissait ou s'il enregistrait seulement l'événement dans son esprit.

Tout en reculant, Faith secoua la tête, au bord des larmes.

— Pourquoi tu me fais ça? Tu en tires un plaisir pervers?

— Écoute-moi, Faith… ce n'est pas ce que tu crois.

— Je parie que non.

Elle tourna les talons, espérant échapper à quoi que ce soit qui lui arrivait avant qu'il soit trop tard.

— Tu vas t'en souvenir demain, Faith, entendit-elle Dylan lui dire.

Elle était presque arrivée au mur de soutènement qui entourait le toit, quand Dylan apparut tout à coup devant elle. Il était debout sur le rebord et la regardait. Était-il apparu d'un coup, ou était-il arrivé là avant que Faith puisse le voir faire? Il faisait suffisamment sombre pour qu'elle n'en soit pas sûre.

— Qu'est-ce qu'il va falloir pour que tu restes avec moi? demanda Dylan.

Faith était si fâchée et effrayée qu'elle aurait voulu hurler. Dylan avait glissé quelque chose dans son verre d'eau, et Dieu sait ce qu'il avait fait ensuite. Tout ce qu'elle savait, c'était que rien de tout ça ne pouvait être réel et que ça ne pouvait qu'empirer. Elle était tellement furieuse qu'elle ne pensait qu'à pousser Dylan pour le faire tomber du toit. Et au moment où elle eut cette pensée, Dylan se pencha vers l'arrière, perdit son équilibre et tomba.

— Dylan! cria Faith.

Le cauchemar s'amplifiait en elle, et l'espace d'un instant, elle vit des corps bondir contre les casiers dans un immeuble d'une école secondaire abandonnée — l'éclair d'un souvenir perdu avec Wade —, puis l'image disparut.

Elle devenait folle ; c'était ce qui se passait. Elle s'en trouva assurée quand la voix de Dylan s'éleva de derrière elle.

— Je ne pense pas que tu vas me croire, n'est-ce pas ? dit-il.

Elle se retourna vivement, puis posa les mains contre le mur bas autour du toit.

— S'il te plaît, Dylan. Ramène-moi seulement chez moi. Tu me fais *vraiment* peur.

Dylan parut visiblement blessé, comme s'il avait fait une terrible erreur qu'il n'aurait pu réparer.

— Tu as quelque chose de spécial, Faith, dit-il. Et tu es importante. Plus importante que tu ne le crois.

— Arrête de me mentir !

Faith grimpa sur le rebord et se tint prudemment debout. Il y eut un souffle de vent qui la fit vaciller, et Dylan tendit la main vers elle.

— Si tu sautes, je vais faire en sorte que tu atterrisses en douceur. Tu peux compter là-dessus.

Elle ne songeait pas à sauter d'un immeuble ; elle voulait seulement s'éloigner le plus possible de Dylan. Elle aurait voulu courir, mais ne le pouvait pas. Regardant autour d'elle pendant que ses cheveux s'agitaient dans le vent, elle commença à pleurer. Elle baissa les yeux et s'aperçut qu'elle ne se tenait pas au-dessus de l'échelle, ce qui n'aurait représenté qu'une chute de trois mètres jusqu'au premier palier de l'escalier d'incendie. Ce qu'elle vit plutôt, ce fut une longue chute dans les ténèbres. Il y eut tout à coup une rafale de vent, et elle se pencha, perdant son équilibre en essayant de le retrouver.

— Tu n'aurais pas dû faire ça, fit Dylan en regardant ses bras battre l'air, et elle disparut par-dessus le rebord en hurlant à pleins poumons.

Il ferma les yeux et pencha la tête, puis retourna à la table et s'assit. Il pouvait l'entendre crier tandis qu'elle s'élevait dans les airs bien loin au-dessus de sa tête. Faith volait à six ou sept mètres au-dessus du toit dans l'obscurité, puis elle s'arrêta en demeurant suspendue au-dessus de sa chaise.

— Dis-moi quand tu seras prête à descendre, fit Dylan.

Faith agitait les pieds et hurlait dans les airs, ce qui la faisait se balancer dans toutes les directions. Quand elle s'arrêta finalement, elle respirait lourdement, une douce brise agitant ses cheveux blonds. Elle ressemblait à un fantôme.

— Maintenant, je vais te faire descendre lentement. Si tu te mets à bouger en tous sens, tu vas te faire mal, alors s'il te plaît, reste calme jusqu'à ce que tu sois de nouveau assise. Tu peux encore t'enfuir si tu le veux.

Faith ne bougea pas un muscle ni ne prononça un mot. Elle avait encore peur, mais elle commençait à ressentir le calme de Dylan dans l'air ambiant. D'une manière étrange, elle avait l'impression qu'il la tenait dans l'air comme si ses bras l'enlaçaient.

— Dylan, dit-elle tandis qu'elle descendait lentement vers sa chaise.

— Oui?

Faith ne dit pas un mot jusqu'à ce que ses pieds touchent le sol et qu'elle soit assise dans la chaise. Elle laissa échapper un soupir de soulagement en constatant qu'elle n'était pas morte, puis regarda Dylan directement dans les yeux.

— Je te crois. Maintenant, tu vas me dire ce qui se passe.

Dylan ne put s'empêcher de lui sourire. Les cheveux de Faith étaient complètement ébouriffés, et sa chemise s'était tortillée comme si elle l'avait portée toute une nuit pour dormir. Elle tendit le bras par-dessus la table et lui prit la main. Elle voulait s'assurer qu'elle ne se trouvait pas prise au piège dans un rêve ou un cauchemar et, en sentant la peau douce de la paume de Dylan, elle se sentit davantage certaine que tout allait bien se passer.

— Tu me promets de ne plus paniquer? demanda Dylan.

— Je te le promets. Ou en tout cas, je vais essayer, mais ne me faisons plus voler. Ça aidera.

— D'accord, répondit Dylan.

Puis, il lui confia une petite partie seulement de ce qu'elle avait besoin de savoir.

Chapitre 13

Hotspur Chance

Quand Dylan eut obtenu de Faith le minimum de confiance nécessaire, il lui révéla le premier de nombreux secrets.

— Tu peux faire bouger les choses avec ton esprit. Pas encore avec précision ou compétence, mais tu peux le faire.

Dylan lui laissa le temps d'assimiler cette information pendant qu'il essayait de trouver une façon de tout lui expliquer. Il avait songé à ce moment pendant de longues nuits interminables, debout dans le froid devant sa fenêtre, mais les mots étaient plus difficiles à trouver qu'il ne s'y était attendu. Par la fenêtre de sa chambre, elle avait toujours paru si douce et chaleureuse, toute en membres étalés et en cheveux ébouriffés, une Belle au bois dormant attendant d'être tirée de son sommeil. Mais maintenant, elle était éveillée et se révélait plus complexe qu'il l'avait imaginé.

Faith fixa sa fourchette, fronçant les sourcils et serrant les lèvres alors qu'elle se concentrait.

— Assure-toi de savoir où tu envoies cette chose avant de trop y réfléchir, fit Dylan en sentant intuitivement ce qu'elle était sur le point de faire. Tu ne voudrais pas qu'elle se plante dans ton front. Ou dans le mien.

Faith ne tint pas compte de son avertissement, et la fourchette s'envola de la table en un éclair, franchissant le rebord du toit pour se perdre dans la nuit.

— Elle se dirige vers le cul de Wade, dit-elle.

Dylan rit doucement.

— Tu devras t'occuper de ça de la vieille façon. Si tu ne sais pas où il est, la fourchette ne va pas savoir où aller.

— Alors, où elle est allée?

Dylan secoua les épaules.

— Elle va s'arrêter quand elle va frapper quelque chose, et il pourrait s'agir d'un autre être humain. Nous ferions mieux de la faire revenir.

Dylan bougea légèrement la main et, un moment plus tard, la fourchette se retrouva sur la table. Ses pointes étaient tordues vers l'arrière.

— Je pense qu'elle a frappé quelque chose de dur, commenta Dylan. Dommage.

— J'ignorais que tu aimais tant les fourchettes.

— Tu es drôle quand tu ne hurles pas.

Faith commençait à se calmer. Elle fit glisser ses doigts dans ses cheveux emmêlés, essayant de les replacer tant bien que mal, puis abandonna et en fit une queue de cheval lâche qui ne mettrait pas en évidence ses deux petits tatouages. Elle tourna les yeux vers le verre brisé sur le toit de l'immeuble Nordstrom.

— Tu sais que tout ça est complètement ridicule? demanda-t-elle.

Dylan acquiesça, rassembla ses idées et tenta une explication.

— Te souviens-tu des cours sur les premières étapes de la formation des États? Tu étais très jeune quand tu as appris ces choses, en deuxième année, probablement.

— Et ils continuent de l'enseigner, ajouta Faith. Mais tu ne le sais peut-être pas. Tu ne sembles pas vraiment suivre les cours sur ta Tablette.

— Je suis flatté que tu le remarques. Fais-moi plaisir et dis-moi ce que tu as appris à l'école pendant toutes ces années.

— Quel est le rapport entre les cours et une fourchette que j'ai fait s'envoler en bas d'un immeuble *avec mon esprit*?

— Alors tu ne te souviens de rien à propos de l'histoire? Je crois que les rumeurs sont fausses. J'ai entendu dire que tu étais passablement futée.

— Tu devrais faire attention. Je peux te planter une fourchette dans un œil sans même bouger ma main.

— Non, tu ne peux pas, mais ça n'a pas d'importance pour le moment. Dis-moi ce qu'ils t'ont enseigné. Commence par ce que tu crois savoir.

La confiance qu'affichait Dylan agaçait Faith, mais il en savait beaucoup plus qu'elle. Elle était suffisamment maligne pour jouer le jeu, tout au moins pour l'instant.

— En 2025, la côte californienne a glissé dans la mer, provoquant trois millions de morts. C'est à peu près là que tu veux que je commence?

— Oui, c'est le vrai point tournant. Partons de là.

Faith s'appuya contre le dossier de sa chaise et croisa les bras sur sa poitrine en regardant Dylan comme s'il était un enseignant suppléant.

— Tu sais déjà tout ça. Pourquoi je dois le répéter?

Dylan demeura silencieux. Il prit son verre d'eau et en but une gorgée, attendant patiemment.

— Hotspur Chance, dit Faith en inclinant la tête vers Dylan comme pour dire : « Pourquoi j'irais dans les détails à propos de ce type? Tu sais déjà ça. »

— Qu'est-ce que tu connais de lui ? demanda Dylan.

Faith en eut assez. Elle décida de tout déballer en une longue explication plutôt que d'attendre plus longtemps que Dylan la laisse tranquille.

— La Californie glisse dans la mer, déclenchant des signaux d'alarme dans le monde entier à propos du réchauffement climatique. Alors, ils rassemblent les gens les plus intelligents qu'ils peuvent trouver partout sur la planète et les enferment dans le même édifice pendant trois ans. Personne ne leur parle ; personne n'entend rien de leur part. Ils travaillent seulement en isolement, comme s'ils étaient sur la lune ou quelque chose du genre. Quand ils en sortent, ils ont nommé un chef, Hotspur Chance, un scientifique, qui l'aurait cru, de l'Oklahoma. Sans être autiste, le gars a quelques problèmes de personnalité, alors il ne parle pas beaucoup. Ce qu'il fait toutefois, c'est de démontrer hors de tout doute que le monde se dirige tout droit vers sa perte et que ça va se produire beaucoup plus rapidement que quiconque l'aurait imaginé. Il existe plein de diagrammes et de simulations d'ordinateurs avec lesquels sont d'accord quatre-vingt-quinze pour cent des scientifiques du monde. Les cinq pour cent restants sont des idiots, ce qui signifie apparemment que cinq fois sur cent, même les gens idiots peuvent obtenir un diplôme en sciences. Peu après que Hotspur Chance eut dévoilé ses conclusions, la Nouvelle-Orléans est engloutie à son tour avec un autre million de personnes, ce qui fait pratiquement taire les derniers cinq pour cent.

— Et ensuite ? demanda Dylan.

Il était devenu attentif plutôt que condescendant. Pendu à ses lèvres, il la regardait avec ses grands yeux sombres.

— Euh…, fit-elle en regardant la table et en faisant tourner lentement son assiette avec ses doigts.

— Hotspur Chance et les autres membres du groupe sont retournés dans l'anonymat. Ils avaient prouvé que le réchauffement climatique allait détruire de vastes régions du monde dans moins d'un siècle. C'était la grande nouvelle. La perte d'une ou deux côtes, c'était une chose, mais selon le rapport de Hotspur Chance, la situation allait drôlement empirer, et à toute vitesse. Il n'y aurait aucun moyen d'arrêter ça complètement — peu importe ce qu'on ferait, le monde allait devenir un endroit où il serait beaucoup plus difficile de vivre —, mais si nous agissions assez vite, il y avait un moyen d'atténuer les dommages.

— Comment ? demanda Dylan. Comment a-t-il proposé que nous y parvenions ?

— Les États. C'était la réponse simple.

— Mais pourquoi les États ? Quel était son raisonnement ?

— Ils ont tous accepté de créer des États — tous les pays, tous les scientifiques — pour un tas de raisons. En rassemblant tout le monde dans des zones restreintes, on allait ouvrir de vastes étendues de terre. Ils estimaient que pour survivre, quatre-vingt-trois pour cent du territoire nord-américain devrait être vide et dix-sept pour cent, habité. Ça ne tenait pas compte de l'agriculture, seulement des humains. Tout le monde devait se rassembler aux mêmes endroits, d'*immenses* endroits. Et ces endroits devaient être créés à partir de zéro comme étant des lieux propres, modernes, parfaits pour y vivre. Finies les voitures alimentées à l'essence parce qu'elles allaient disparaître sous le coup d'une interdiction mondiale des carburants fossiles.

S'en servir pouvait vous envoyer en prison ou pire ; c'était essentiel.

— Et les gens ont vraiment accepté ça ?

— Non, pas au début, mais est survenue la sécheresse mondiale, et ensuite, des régions entières du Japon et de la Chine se sont retrouvées sous le niveau de la mer. Mais c'est vraiment à partir du séisme de 2029 qu'ils ont commencé à y croire. Le tremblement de terre a vraiment réveillé beaucoup de gens.

— Tu t'en sors très bien jusqu'ici. Qu'est-ce qui s'est passé ensuite ?

— Eh bien, c'est à ce moment-là que Hotspur Chance et tous les autres scientifiques se sont remis au boulot, mais cette fois, ils ont invité les plus brillants ingénieurs, planificateurs et architectes à se joindre à eux. Pendant quelque temps, il y a eu des milliers de personnes qui travaillaient dans un secret relatif. Je veux dire, les gens savaient ce qu'ils faisaient, mais ils vivaient sur un campus fermé et n'émettaient des rapports ou des nouvelles que très rarement. Le monde continuait à s'effondrer pendant qu'ils travaillaient.

— Combien parmi les milliers de personnes qui se sont jointes à eux en sont sorties à la fin ?

Faith se dit qu'il s'agissait d'une question bizarre.

— Je ne suis pas sûre de comprendre ce que tu veux dire. Beaucoup d'entre elles n'en sont pas sorties parce qu'elles ont continué à travailler. Hotspur Chance était la seule personne que le public voyait de temps en temps.

Dylan inclina la tête en signe d'acquiescement et lui fit signe de poursuivre.

— Les premiers États ont vu le jour en 2032, et les gens ont commencé à y emménager quelques années plus tard.

Les États étaient conçus pour s'étendre à mesure que les gens arrivaient, mais je ne connais pas grand-chose de la façon dont ils vivent à l'intérieur. Tu sais, je n'y suis jamais allée.

— Et quel pourcentage de la population mondiale vit présentement dans un État?

— Plus de quatre-vingt-dix pour cent. C'est vraiment époustouflant. En seulement vingt ans, le monde s'est pratiquement vidé. C'est fou, non?

— Ça montre ce que nous pouvons faire quand nous nous mettons vraiment à la tâche, mais, ouais, ça fait beaucoup de gens.

Faith haussa les épaules.

— Je ne sais pas ; je suppose qu'à l'intérieur, c'est parfait et propre et merveilleux. Mes parents sont tellement entêtés à ce sujet. Ils n'iront jamais dans l'État. Je pense qu'ils ont peut-être déteint sur moi à ce propos.

— Ce n'est pas un crime de vivre dans un État.

— Ça pourrait tout aussi bien l'être. Interdit de conduire un véhicule, de faire brûler du bois, d'avoir des animaux domestiques, d'aller se promener au milieu de nulle part pour trouver un peu de paix et de tranquillité.

Le côté conformiste des États avait toujours agacé Faith. Ce n'était pas dans sa nature de marcher au pas avec tout le monde.

— Nul doute que la liberté est précieuse, fit Dylan avant de tourner légèrement la tête et de regarder Faith comme s'il essayait de lire ses pensées. As-tu déjà entendu parler du mouvement d'intelligence?

— Le quoi?

Dylan hocha la tête, comme si l'ignorance de Faith était la seule réponse dont il avait besoin.

— Une autre fois, répondit Dylan. Je comprends ce que tu sais.

— Comment je m'en suis sortie ? Avec un A+, n'est-ce pas ? demanda Faith.

— Tu as, disons, à demi raison. Et la moitié à propos de laquelle tu as tort a beaucoup à voir avec le fait que tu puisses saisir un verre avec ton esprit et le projeter sur le sol.

— J'en suis désolée, soit dit en passant. Il t'a coûté cher ?

Dylan sourit et secoua la tête.

— Non, ils étaient bon marché. Je les ai trouvés dans l'arrière-salle du Target juste au bas de la rue.

Dylan tendit la main vers elle par-dessus la table.

— Je peux toucher ton poignet ? Ça m'aidera à t'expliquer.

— Nous avons terminé le cours d'histoire, et maintenant, tu veux que je tienne les mains du prof ?

— C'est mon tour de t'enseigner, si tu veux bien me faire confiance.

Faith sentit son cœur s'accélérer dans sa poitrine. Il y avait chez Dylan quelque chose de sombre et de mystérieux qui le rendait très attirant. Mais les beaux gosses mystérieux avaient été récemment bannis de sa vie. Wade l'avait rendue nerveuse, et elle n'allait pas se laisser aller à s'amouracher d'un autre pauvre type.

Elle regarda sa cuillère, dont elle ne s'était pas servie, et pensa lui faire faire autre chose que de rester posée là. La

cuillère s'éleva lentement dans l'air, puis descendit doucement dans la main de Dylan.

— Alors pas de main, seulement une cuillère ? demanda
Dylan.

Il n'obtint pas de réponse de la part de Faith ; seulement
un haussement d'épaules.

— J'ai des problèmes de confiance.

Dylan tourna les yeux vers l'État de l'Ouest, qui brillait
au loin.

— Au cours de ces années, il s'est produit derrière ces
portes closes beaucoup plus de choses que n'en a révélé
Hotspur Chance. Je ne vais pas tout te dire maintenant ; ce
n'est pas l'endroit pour le faire. Mais je peux t'en dire une
partie. J'espère que ce sera suffisant pour l'instant.

— Ça me semble équitable, répondit Faith.

Elle se sentit bouger doucement. D'abord, ses pieds s'élevèrent du toit avec la légèreté d'une plume. Elle ne sentait
plus le poids de son corps, mais une énergie s'accumu-
lait dans ses entrailles. C'était une sensation qu'elle n'avait
jamais eue auparavant, et une inquiétude soudaine lui fit
agripper la chaise sur laquelle elle était assise.

— Qu'est-ce qui se passe ? Qu'est-ce que tu me fais ?

— Il vaut mieux que tu ne t'accroches à rien, fit Dylan
en s'éloignant de la table et en se levant. Tu vas devoir laisser
tomber ta chaise à un moment ou l'autre.

La sensation qu'éprouvait Faith s'amplifia comme une
onde sur l'eau, grandissant de plus en plus, jusqu'à ce que
Dylan lui lance un drôle de regard, et son monde tout entier
se transforma en un instant. Elle se propulsa dans les airs
comme une fusée en accélérant. Elle se força à ouvrir les

yeux et vit que Dylan se trouvait droit devant elle, filant lui aussi dans les airs. Il faisait noir et froid, et en baissant les yeux, Faith s'aperçut qu'elle était encore sur sa chaise, ses jointures blanches fermement agrippées au siège.

— Tu devrais vraiment laisser tomber cette chose, intervint Dylan tandis qu'ils s'arrêtaient.

Faith était si terrifiée qu'il lui était impossible de parler. Elle avait le souffle coupé tandis qu'elle regardait en bas, puis fermait les yeux, terrorisée. Si elle avait pu se voir, elle aurait peut-être ri devant la sottise d'une fille flottant à plus d'une trentaine de mètres du toit d'un immeuble en s'agrippant à une chaise.

— Ça deviendra plus facile, je te le promets, dit Dylan.

Il tendit un bras, puis lui toucha le dos, et elle tressaillit en laissant un côté de la chaise glisser de ses doigts. Elle essaya en vain de se retenir de l'autre main, mais une seconde plus tard, la chaise tomba du ciel. Elle s'était sentie en sécurité dans cette chaise, comme si elle n'était pas vraiment éloignée du sol sans avoir quelque chose à quoi se tenir. En entendant la chaise se briser en morceaux sous elle, Faith perdit finalement tout sang-froid. Elle agrippa Dylan, le retournant sur place comme s'ils flottaient dans l'eau, puis l'attira contre elle, étreignant son large torse avec ses bras et ses jambes. Il ne dit pas un mot, se contentant de la laisser se calmer et le tenir ainsi pendant qu'il regardait au loin. Il posa ses mains sur les siennes à l'endroit où elles s'accrochaient sur le devant de son t-shirt.

— Ce n'est pas toi qui fais ça ; c'est moi, dit-il, et je suis vraiment doué. Tu n'as pas à t'inquiéter.

— Facile à dire pour toi, murmura Faith.

Elle tremblait encore. Peut-être était-il allé trop vite.

— Je vais seulement commencer à parler, fit Dylan. [tu] n'as besoin de rien faire. Ne pense pas à l'endroit où nous nous trouvons ou à ce que nous faisons. Je te tiens et je ne vais pas te laisser tomber. Il m'a fallu beaucoup de temps pour te trouver, bien plus que je le croyais au départ. Comme je te l'ai dit tantôt, tu es une personne spéciale. Je dirais que c'est évident maintenant.

Dylan entendit Faith laisser échapper un petit rire.

— Je ne sais pas si je peux composer avec ça.

— Tu es forte. Tout ira bien.

Faith desserra légèrement sa poigne et sentit le même état d'apesanteur qu'elle avait éprouvé sur le toit.

— J'ai encore peur, dit-elle.

— Fais-moi plaisir et garde les yeux ouverts. Je veux que tu voies quelque chose.

Faith leva sa tête du dos de Dylan et jeta un coup d'œil par-dessus son épaule tandis qu'il pivotait dans les airs. Ils avaient le dos tourné à l'État de l'Ouest, mais maintenant, ils pouvaient le voir clairement. Il était plus beau qu'elle s'y était attendue : une immense ville la nuit, comme un univers entier isolé dans l'obscurité de l'espace. Le mur, qui n'en était pas vraiment un, brillait d'une douce lumière jaune. Il ressemblait à un mur de brouillard pris dans un parfait rayon de lune.

— Wow, murmura Faith à l'oreille de Dylan.

— Ouais. Wow.

Faith se demanda où pouvait se trouver son amie Liz parmi tous ces immeubles blancs. L'État était si immense, s'étendant sur des kilomètres et des kilomètres, et parsemé un peu partout des plus hauts gratte-ciel qu'elle ait jamais vus. Même à plus de cent cinquante kilomètres de distance, de l'altitude à laquelle elle se trouvait, elle pouvait voir que l'État de l'Ouest représentait tout un monde en soi.

— Je vais te ramener chez toi maintenant, si ça te va, fit Dylan.

Faith ne répondit pas. Elle n'aurait pas su quoi dire. Les événements de la soirée avaient de si loin dépassé tout ce qu'elle aurait pu imaginer que le fait de voler jusqu'à la maison en écoutant la voix de Dylan commença à lui paraître normal. Elle aimait la sensation de se trouver sur son dos tandis qu'il filait dans l'espace, et elle commença à se détendre. Il lui dit qu'elle ne devrait jamais essayer seule, en tout cas pas tout de suite. Et qu'elle devait s'assurer de ne pas faire bouger des objets avec son esprit à moins qu'ils soient tous les deux ensemble. C'était dangereux et surtout imprévisible pour une personne comme elle qui ne s'était pas entraînée.

En arrivant dans l'obscurité à l'extérieur de la maison de Faith, elle souhaita que ça ne s'arrête pas. Le fait de se tenir debout sur le sol se révéla davantage une déception qu'un réconfort.

— Tu aimes voler, dit Dylan en se tournant vers elle. J'ai pensé que tu aimerais ça.

— C'est bien, je suppose, répondit-elle en riant.

— Je te promets que je vais t'en dire davantage très bientôt. Ça va prendre un peu de temps, alors il faudra que tu sois patiente, et ce n'est pas moi qui vais tout te dire, mais quelqu'un d'autre. Promets-moi que tu ne vas pas essayer de faire bouger quoi que ce soit en mon absence. S'il te plaît ?

Faith acquiesça même si elle mourait d'envie de se retrouver dans sa maison à faire voler les oreillers autour de sa chambre par sa seule pensée.

— Depuis quand tu m'observes ? demanda-t-elle.

Dylan refusa de répondre à sa question.

— Je peux te former, mais seulement sur le toit où nous étions. Tu veux m'y rejoindre demain, à la tombée de la nuit ?

— Tu ne vas pas passer me prendre ?

— Je crains que non. Il faut vraiment que nous ne faisions ça que sur le toit, dans la mesure du possible. Ça te va ?

Faith hocha la tête, et Dylan sourit, puis il disparut.

Tandis qu'il flottait au-dessus d'elle dans l'obscurité, il s'inquiéta de ce qu'il avait fait. C'était plus tôt qu'ils en avaient discuté, et il n'en avait pas demandé la permission. Il ne savait trop comment il allait expliquer à Faith qu'il l'avait observée chaque soir pendant des mois. Et il y avait beaucoup de choses encore plus graves qui l'inquiétaient aussi. Il savait qu'une catastrophe pouvait s'abattre à n'importe quel moment sur les États. Et il savait qu'il était sur le point de soumettre Faith Daniels à un grave danger.

Il aurait aimé retourner chez lui et se reposer, mais il n'avait pas le choix. Il allait laisser Faith seule pendant une heure, puis retourner à sa fenêtre où il allait passer le reste de la nuit.

Il l'avait entraînée à faire bouger des objets avec son esprit. Elle était maladroite, mais c'était un début. Ce que Faith ignorait, c'était qu'elle n'avait découvert que la moitié des aptitudes dont elle allait avoir besoin. Il y avait, encore dissimulé en elle, quelque chose de plus rare et de plus important.

S'il pouvait l'aider à trouver cette chose, il y avait une chance qu'elle survive aux horreurs qui allaient se déclencher.

Chapitre 14

Ne laçons pas nos souliers

— Mais nous venons juste d'arriver ici, dit Faith. Ils ne peuvent pas être sérieux.

Elle était assise dans une classe, épuisée et déconcertée après sa nuit sur le toit de l'immeuble Nordstrom avec Dylan quand elle avait entendu l'annonce sur le système de diffusion publique.

— Je vous le répète, dit de nouveau M. Reichert pendant que Faith regardait dans la classe tous les élèves ébahis.

Elle aperçut Wade Quinn et détourna rapidement la tête.

— Old Park Hill demeurera ouverte deux autres semaines, poursuivait M. Reichert, et à ce moment, on vous désignera un autre endroit. Des autorités de l'État de l'Ouest communiqueront avec vos parents et vos tuteurs pour organiser les choses. Merci. J'espère que vous tirerez entièrement profit de vos derniers jours à Old Park Hill.

Faith savait ce que ça signifiait vraiment. Chaque fois qu'une école fermait, le nombre d'élèves diminuait. Elle était certaine que l'État se servait des fermetures pour inciter les parents à quitter le monde extérieur. Fort probablement que la moitié des élèves dans la classe ne se rendraient pas à la prochaine école. Liz lui manquait plus que jamais, et elle se demanda pour la première fois si elle ne devrait pas tout simplement baisser les bras. Si ce n'avait été des bizarres événements de la nuit dernière avec Dylan Gilmore, elle aurait décidé à ce moment même de mettre fin à son éternelle attente.

— J'ai apprécié le temps passé avec vous, dit M. Reichert même s'il semblait fatigué et peu sûr de lui-même, comme si lui aussi ne trouvait plus de raisons de rester. Faisons de notre mieux pour finir ça en beauté et oublions le reste.

« Alors ça y est, pensa Faith. Old Park Hill sera fermée dans moins de deux semaines à compter de vendredi. Parfait. »

Elle fit de nouveau des yeux le tour de la pièce en cherchant Hawk, mais découvrit que Dylan Gilmore la fixait depuis la rangée du fond. Il secoua les épaules, lui adressa un petit sourire et retourna au cours qu'il n'écoutait pas réellement.

— Nous devrions faire une fête, dit Wade Quinn.

Faith leva les yeux au ciel, mais tous dans la classe, y compris le prof, semblaient trouver que c'était une bonne idée.

— Allez, vous tous ! poursuivit Wade en encourageant les élèves. Une vraie méga fête de fin de monde. Qu'en dites-vous, prof ?

Mlle Newhouse regarda autour de la classe comme si tout ça ne la concernait pas.

— Je ne suis ici que pour observer. Du moment où vous faites vos travaux, je n'ai pas d'objection à ce que vous fassiez une fête de départ. Ce sera la mienne aussi. Vous étiez ma dernière affectation.

— Un instant. Vous n'êtes même pas *de* cette école ? demanda Faith.

Il ne lui était pas venu à l'esprit que l'école puisse être dirigée par des enseignants venus d'ailleurs.

Mlle Newhouse rit doucement et secoua la tête.

— Personne n'est d'ici, Faith. Tout le monde dans cette école a dû déménager autant de fois que toi.

Comme à un signal, une pause commerciale apparut sur la Tablette de chacun, interrompant le cours personnel que tous ignoraient. La publicité mettait l'accent sur les tout nouveaux divertissements offerts à ceux qui vivaient à l'intérieur des États. Pendant la semaine suivante, cinq nouveaux films sortaient en primeur sur toutes les Tablettes de l'État, mettant en vedette les plus célèbres acteurs, et une nouvelle Tablette-série débutait sur les Tablettes le vendredi suivant. C'était là une des choses les plus difficiles pour quelqu'un vivant à l'extérieur. Tous les nouveaux contenus, et les meilleurs, n'étaient pas diffusés sur la Tablette de Faith parce qu'elle ne faisait pas partie du réseau en circuit fermé de l'État. De plus en plus, des gens de l'extérieur cessaient de recevoir les meilleures émissions, et même s'ils les recevaient, il fallait attendre longtemps.

— Vous êtes à l'extérieur des États ? demandait le narrateur. Jetez un coup d'œil à ce que vous allez rater à vingt heures ce soir, heure normale de l'Ouest. Vous n'allez pas vouloir manquer ça !

« C'est cruel », pensa Faith.

C'était de cette façon que l'État finissait par décourager les gens. Ils ne forçaient jamais quiconque à partir ; ils se contentaient de les attirer avec un flux incessant de trucs cool que vous ne pouviez pas obtenir si vous restiez à l'extérieur. À la fin de chaque publicité, ils faisaient défiler un message pendant une dizaine de secondes : « Prêts à vous faire un chez-soi dans l'État ? Vous n'avez qu'à nous faire signe, et nous irons vous chercher en un rien de temps. » Un bouton s'affichait à l'écran sur lequel était inscrit « un foyer pour vous ». Faith s'était trouvée dans des classes où les gens avaient appuyé sur ce bouton de leur Tablette pour découvrir qu'en fin de compte, cette décision revenait à leurs parents et non à eux.

— Ça a été un plaisir de vous servir, dit Mlle Newhouse quand la publicité fut terminée, mais il était évident qu'elle en avait assez.

Elle n'avait pas vraiment enseigné depuis des années, et les publicités avaient fait leur œuvre sur elle aussi.

— Pourquoi êtes-vous restée ici si longtemps ?

Faith s'étonna d'entendre la voix de Dylan provenant de l'arrière de la pièce. Elle ne l'avait jamais entendu parler en classe auparavant. Elle ne put s'empêcher de se souvenir de ce qu'elle avait ressenti quand elle avait entouré son torse de ses bras alors qu'ils volaient dans le ciel nocturne.

Mlle Newhouse ajusta son chemisier et essaya de prendre un air serein.

— Parce que je suis une enseignante. Je voulais enseigner.

Il y eut un long silence pendant que tous fixaient leurs Tablettes, puis Dylan dit une chose à laquelle personne ne s'attendait et encore moins Mlle Newhouse.

— Alors, enseignez-nous quelque chose.

Mlle Newhouse semblait ne pas savoir comment traiter la demande.

« Enseigner ? Tu veux dire, comme inculquer un sujet ? » semblait-elle demander.

— Dites-nous quelque chose que nous ne savons pas, l'encouragea Dylan en s'appuyant sur ses coudes, attendant une réponse.

— Je pensais que nous organisions une fête, intervint Wade.

Quelques-uns des élèves s'exclamèrent en faveur de l'organisation de la fête, mais Mlle Newhouse ne dit rien. Elle commença à hocher la tête lentement, comme si elle en était venue à une décision importante, puis elle regarda la classe, et la confusion s'évanouit sur son visage.

— Vous n'avez pas besoin de moi, dit-elle.

— Nous le savions déjà, blagua Wade en provoquant quelques rires ici et là.

Mais c'était plus triste que drôle. Mlle Newhouse appuya sur l'écran de sa Tablette, et tous comprirent qu'elle était sur le point de les abandonner. Wade se redressa sur sa chaise, puis la regarda comme si elle était sur le point de prendre une décision qui allait changer non seulement la vie de l'enseignante, mais également la sienne.

— J'aurais dû faire ça il y a longtemps, dit-elle en se dirigeant vers la porte. Parce que vous avez raison, M. Quinn. Je vous suis inutile. Vous n'avez besoin de personne. Tout ce dont vous avez besoin, c'est votre Tablette.

Quelques secondes plus tard, Mlle Newhouse était partie, et tous s'attendaient à ce que Wade prenne la tête du groupe. Il restait assis là en silence, comme tous les autres.

Puis, il leva les yeux en souriant, comme si une grande aventure allait bientôt commencer.

— On dirait que notre fête vient tout juste de débuter, fit-il en marchant jusqu'à l'avant de la classe.

Il frôla l'épaule de Faith avec sa hanche en passant, essayant de flirter, mais Faith n'éprouva que du dégoût. Ce fut à ce moment que sa détermination commença à s'ébranler. Même si ses parents étaient encore là-bas, elle en arrivait au point où elle ne pouvait plus agir comme à l'habitude. Elle décida à ce moment précis, pendant que Wade donnait des directives à propos de la musique et des boissons, que quand Old Park Hill allait fermer et que les élèves restants se verraient attribuer une nouvelle école, elle n'en ferait pas partie. Qu'on soit à l'intérieur ou à l'extérieur de l'État, l'école n'avait tout simplement plus de sens.

Faith était incapable d'écouter Wade établir sa domination sur la classe, alors elle fixa plutôt le plancher en espérant que tout serait bientôt fini. Son soulier était délacé, et même si Dylan lui avait interdit de le faire, elle ne put s'empêcher de penser au lacet. Un des bouts s'éleva légèrement du plancher, et elle entendit immédiatement un toussotement provenant du fond de la classe. Quand elle se retourna, elle vit Dylan qui la fixait en secouant lentement la tête comme si elle venait de faire une chose très dangereuse.

⊙ ⊙ ⊙

Clara Quinn était une jeune fille perspicace. Rien à Old Park Hill ne lui échappait. Elle sentait des choses que les autres personnes ne sentaient pas et savait des choses qu'elles ignoraient. Et à mesure que le nombre d'élèves diminuait, elle passait de plus en plus de temps à proximité de Faith Daniels. De fait, elle était dans la même pièce quand son frère avait pris audacieusement la tête de la classe. Elle y était aussi quand Mlle Newhouse avait quitté la pièce. Elle avait compris la gravité de cette décision tout autant que Wade, même si personne d'autre n'en avait une quelconque idée.

Dylan Gilmore l'attirait depuis longtemps. Il avait un certain type d'énergie qu'elle aimait. Elle pouvait s'imaginer faire toutes sortes de choses complètement folles avec lui. C'était pour elle une préoccupation. Mais il était si tranquille et songeur qu'il était aussi difficile de l'amener à parler que de se faire arracher une dent. Elle était extrêmement belle et très athlétique, une déesse parmi les mortels. Et elle le savait, ce qui ne contribuait pas à susciter une personnalité gagnante. C'est pourquoi elle ne pouvait se convaincre de courtiser Dylan Gilmore. Elle se contentait de l'observer de loin et ne pensait à lui que dans les moments plus tranquilles quand elle était seule. Ce fut pour cette raison qu'elle vécut deux événements inattendus qui lui paraissaient reliés même si elle savait que c'était impossible. Elle regarda Dylan tousser, lever les yeux, puis secouer lentement la tête, comme s'il avertissait quelqu'un d'arrêter de faire ce qu'il était sur le point de faire. En même temps — et c'était là la partie étrange —, elle avait ressenti quelque chose.

Une *pulsation*.

Faible mais réelle.

Quelqu'un avait fait bouger quelque chose. Elle le savait parce qu'on lui avait dit d'être sans cesse aux aguets, de toujours être à l'écoute d'une pulsation qui ne proviendrait ni de son frère ni d'elle. C'était une sensation qu'elle pouvait éprouver davantage que son frère même si lui aussi aurait pu la ressentir en se donnant la peine d'y prêter attention, ce qu'il n'avait pas beaucoup fait ces derniers temps.

Clara parcourut la classe des yeux en se demandant :

« Est-ce que c'est Wade qui a fait ça ? Est-ce que c'était quelqu'un d'autre ? Ou est-ce que je meurs tellement d'ennui que je l'ai imaginé ? »

Elle ne pouvait être tout à fait certaine de la vérité, mais en regardant de nouveau Dylan, elle se sentit perturbée par le fait qu'il avait lui aussi semblé y réagir. C'était ça ou bien une simple coïncidence. Ce ne fut qu'après le cours, tandis qu'elle marchait avec son frère, qu'elle apprit la réponse.

— Tu as fait bouger quelque chose là-bas ?

Heureusement pour Faith Daniels, Wade avait été assez irresponsable pour faire démarrer des chansons sur sa Tablette avec son esprit plutôt qu'avec son doigt. Il ne l'avait fait que pendant quelques secondes, mais, ouais, il avait probablement envoyé la pulsation que Clara avait ressentie.

— Tu te souviens du moment où tu l'as fait ?

Parfois, elle laissait la pulsation de Wade glisser en arrière-plan parce qu'elle la sentait trop. Celle qu'elle avait perçue était plus forte, comme quelque chose de nouveau et de débridé.

— Non, je ne m'en rappelle pas. Et tu devrais arrêter d'être si paranoïaque. Nous allons partir bientôt — je veux dire *vraiment* partir ; tu comprends ce que je veux dire ? Reste concentrée sur les Jeux, c'est important.

— Important pour qui ? demanda Clara. Et sur quoi je dois me concentrer ? Je ne peux pas perdre.

— Oui, mais tu pourrais gagner de manière trop évidente. N'oublie pas que nous devons nous maîtriser. C'est la partie difficile.

Clara acquiesça du chef. Elle comprenait parfaitement. Le fait de se trouver parmi une bande de gens normaux sans aptitudes l'ennuyait au plus haut point. C'était dégradant de devoir constamment abaisser son niveau d'aptitudes.

Elle n'arrêtait pas de penser à la façon dont Dylan avait toussé et incliné la tête, à la façon dont il semblait sans arrêt prêter plus d'attention à Faith Daniels. Il était impensable à ses yeux que Dylan choisisse Faith plutôt qu'elle. L'idée la rendait malade.

C'était heureux que Wade ait été insouciant en classe. Et encore davantage qu'il n'ait pu se souvenir quand et exactement comment il avait bougé quelque chose par la pensée.

C'était grâce à lui que Faith était encore en vie. Parce que si Clara Quinn avait su ce que Faith pouvait faire, celle-ci n'aurait pas vécu suffisamment longtemps pour assister à la fête que Wade prévoyait organiser.

Chapitre 15

Imagine-toi un caillou qui tombe dans un étang

Hawk attendit que le soleil se soit presque couché avant de se diriger vers l'immeuble abandonné sur le campus pour effectuer une reconnaissance. Il y avait maintenant deux semaines qu'il se posait des questions sur la soirée que Wade et Faith avaient passée ensemble, mais il avait attendu pour faire enquête que la situation s'apaise un peu avec Wade. Puis, il avait appris que l'école allait bientôt fermer pour de bon et compris que le temps filait. S'il n'y allait pas bientôt, il n'irait jamais. Et il lui importait de découvrir tout ce qu'il pourrait à propos de cette soirée.

— Qu'est-ce que tu mijotais là-bas, Wade Quinn? demanda-t-il à haute voix.

Il avait facilement déjoué le système de sécurité et s'était retrouvé à marcher le long d'un corridor sombre parsemé de rais de lumière pâle de chaque côté. Dans une quinzaine de minutes, l'aile vide de l'école serait complètement obscure.

Hawk n'était pas seulement futé; il avait aussi de l'intuition. Il aurait fait un bon détective parce qu'il avait un regard objectif qui pouvait enregistrer tout ce qu'il voyait, analysant le moindre élément pour y trouver un sens caché. Il y avait moins de lumière quand il tourna le coin et trouva le couloir où Wade s'était amusé avec sa voiturette. Il examina celle-ci et constata qu'elle avait subi d'importants dommages. Elle avait perdu une roue, et sa structure métallique soudée était tombée sur le côté, appuyée contre un mur. Les câbles élastiques qu'il avait utilisés pour lancer la voiturette serpentaient sur le plancher comme un fouet depuis longtemps abandonné.

La Tablette de Hawk comportait diverses options d'éclairage, et il en choisit une qui illuminait l'espace, mais discrètement. Le couloir brillait comme s'il était éclairé par sept ou huit chandelles rassemblées dans sa main.

Il fit tourner une des roues restantes, laquelle se trouvait à hauteur de ses yeux parce la voiturette était à demi retournée, et il commença à marcher. Certains casiers portaient des marques de violence, et en les examinant de plus près, il conclut qu'elles n'avaient pas été causées par le véhicule. Il y avait des renfoncements qui semblaient avoir été faits par des épaules et des têtes. Apparemment, les dommages avaient été causés par des corps humains projetés à grande vitesse dans les casiers. En parcourant le sol des yeux, Hawk trouva d'autres articles : deux douilles de fusil ; de la chevrotine éparpillée sur le plancher ; et un élément plus curieux encore, du sang séché. Ce n'était qu'une tache dans l'obscurité, et comme les casiers étaient rouges, il était facile de voir comment on aurait pu ne pas l'apercevoir en effectuant un nettoyage rapide.

— Quoi qu'il se soit passé ici, c'était une sorte de bataille, dit Hawk.

— Tu ne crois pas si bien dire, petit bonhomme.

Hawk se retourna brusquement et, à son grand désarroi, aperçut Wade Quinn appuyé contre un des casiers à l'autre bout du corridor. Sa voix se répercutait d'une façon menaçante dans l'immense espace vide. Hawk pivota sur lui-même et commença à courir en direction de la voiturette, espérant trouver une sortie de secours. Au bout du corridor, il tourna vers la gauche et, ce faisant, il crut sentir un vent léger au-dessus de sa tête dans la quasi-obscurité. Il s'arrêta brusquement en voyant Wade debout à quelques pas devant lui.

— Comment tu as fait ça ? demanda Hawk.

— Qu'est-ce que je peux dire ? Je suis rapide, blagua Wade. C'est ça ou tu es vraiment lent.

Hawk se mit à courir dans la direction opposée et, quand il atteignit la voiturette, il en saisit le rebord supérieur et la fit tomber derrière lui en espérant ainsi ralentir Wade. Il y avait une porte de classe à sa droite, et quand il passa devant, elle s'ouvrit, et il s'y trouva malgré lui aspiré à l'intérieur. Il se sentit comme une plume soulevée par un vent invisible.

« Je commence à penser que quelqu'un m'a fait prendre un psychocode », pensa-t-il.

La porte se referma lentement et silencieusement derrière lui, et il rampa sur le plancher jusqu'à ce qu'il atteigne le bureau du professeur. Avant même de comprendre comment il était arrivé là, Hawk se blottit sous le bureau où étaient censés se trouver les pieds de l'enseignant. Il se pencha, jeta un coup d'œil par-dessus le rebord du bureau et regarda l'ombre de Wade passer devant la vitre au centre de la porte.

— Tu es peut-être plus rapide que je te l'accordais, fit Wade en riant. Mais je vais te trouver. Et à ce moment-là, nous allons avoir une autre discussion, toi et moi.

Il y avait sur le mur du fond une longue rangée de fenêtres qui donnaient sur la cour obscure de l'école. Hawk songea à en ouvrir une et à s'y glisser, mais les fenêtres étaient loin du bureau, et il craignait de se lever. Il entendit un bruit derrière lui, si près qu'il en eut le souffle coupé, et il était certain que s'il sortait de sous le bureau, il trouverait Wade Quinn debout à cet endroit. Hawk n'avait aucune idée de la façon dont Wade aurait pu s'y trouver, mais il commençait à penser que tout était possible dans le monde imprévisible d'Old Park Hill. Il prit une grande inspiration silencieuse, puis se tourna pour voir ce qui avait provoqué le bruit. Il aperçut la porte de ce qui avait dû être un placard derrière le bureau de l'enseignant. Elle était entrebâillée, et il ne voyait que l'obscurité derrière. Il se demanda si Wade avait d'une façon ou d'une autre pénétré dans la pièce à son insu, puis avait ouvert la porte et s'était caché à l'intérieur. Il pouvait s'imaginer là, dans les ténèbres avec ce type beaucoup plus costaud et la porte qui se refermait derrière lui.

— Tu ne fais qu'étirer le temps en te cachant, Hawk, dit Wade.

Sa voix était moins menaçante, plus amicale, mais Hawk savait très bien que ce n'était là qu'une des nombreuses armes de persuasion de Wade.

— Sors de là, mon vieux, poursuivit Wade. Je vais remettre la roue sur ma voiturette et t'emmener faire un tour. Tu vas adorer ça.

Sachant maintenant que Wade n'était pas arrivé dans le placard, Hawk rampa dans cette direction aussi rapidement qu'il le pouvait sur le carrelage froid du plancher. Il ouvrit la porte un peu plus et se glissa à l'intérieur, puis la referma et entendit le clic du loquet. Il retint son souffle dans l'obscurité, espérant que Wade ne l'avait pas entendu.

— Je commence à perdre patience, Hawk, dit Wade.

Hawk devinait qu'il se tenait debout dans le couloir et se reprocha d'avoir laissé la porte faire ce bruit en se refermant. Il n'osait pas éclairer l'intérieur du placard avec sa Tablette par crainte que Wade aperçoive la lumière sous la porte dans la classe. Il pouvait l'entendre se rapprocher, probablement pour regarder sous le bureau et, ensuite, il regarderait dans le placard, et c'en serait fini de lui.

Hawk glissa sa Tablette dans sa poche arrière et commença à explorer l'endroit, les mains levées devant lui. Il prenait soin de ne pas bouger trop rapidement, agitant ses bras en cercles, sentant les étagères. Au fond, il trouva une autre porte, tourna la poignée, et elle s'ouvrit lentement. L'odeur de la pièce lui coupa le souffle, et il se mit à avoir des haut-le-cœur, mais à ce moment, il entendit cogner sur la porte du côté de la classe.

— C'est impossible que tu sois là, n'est-ce pas, Hawk?

Hawk prit une profonde inspiration et franchit la deuxième porte vers une obscurité plus profonde encore. Quand il la referma derrière lui, il prit le risque de sortir sa Tablette et d'éclairer l'endroit. Wade n'avait toujours pas franchi les deux premières portes, alors il était en sécurité pour au moins un bref moment. Il souhaita immédiatement ne pas avoir vu ce que contenait la pièce à l'instant où la lumière éclaira tous les cadavres. Il était tombé sur l'idée que se faisait Wade Quinn d'un cimetière. Il ne s'était pas servi d'une pelle pour enterrer les Rôdeurs qu'il avait tués.

Il s'était contenté de les empiler dans cette pièce et de les y laisser pourrir. Hawk éteignit la lumière sur sa Tablette et la remit dans sa poche, non pas parce qu'il ne pouvait supporter de voir ce qu'il voyait, mais parce que Wade avait ouvert la première porte. Au moment où il atteignit la deuxième, Hawk avait fait l'inconcevable : il s'était caché parmi les corps, parmi les trench-coats, et les fusils, et les membres en décomposition. Quand Wade ouvrit la deuxième porte, il projeta sa propre lumière sur le contenu macabre de la pièce.

— Je savais que j'aurais dû enterrer ces foutus corps, se lamenta-t-il en se bouchant le nez. Bon Dieu, quel gâchis.

Et sur ce, il referma violemment la porte et partit à la recherche de Hawk ailleurs dans l'immeuble. Celui-ci resta immobile pendant cinq autres minutes seulement par précaution, et pendant ce court laps de temps, il en vint à la conclusion que sa vie n'allait pas être aussi facile qu'il aurait pu l'espérer. Elle avait toujours été difficile, mais elle le devenait encore davantage, et il faisait de plus en plus partie de quelque chose qui le dépassait de loin — une chose dont il était pratiquement sûr qu'elle pourrait le faire tuer. Quand il se sentit certain que Wade Quinn avait abandonné ses recherches, il quitta furtivement la zone fermée de l'école. Il ne savait trop comment Wade avait fait ce qu'il avait fait, mais il ne doutait pas qu'il ait été responsable de cette tuerie.

S'il avait pu voir à l'extérieur de la longue rangée de fenêtres de la classe, Hawk aurait remarqué que Dylan Gilmore avait observé tout ce qui s'y était déroulé. Au moment où Dylan avait su que Hawk était en sécurité, il était parti. Il y avait un autre endroit où il devait être, et il était déjà en retard.

⊙ ⊙ ⊙

— Tu es vraiment loin de pouvoir faire ça, et il y a d'autres risques aussi, déclara Dylan en atterrissant sur le toit derrière Faith.

Elle se tenait debout près du rebord de l'immeuble, observant au loin la lumière qui émanait de l'État de l'Ouest, et elle tressaillit en entendant son ton mécontent.

— Tu aurais pu me prévenir. J'ai failli mourir de peur.

Dylan se dirigea vers la table où ils s'étaient assis la nuit précédente. Il y avait disposé certains objets sur lesquels il avait besoin qu'elle travaille, mais en s'assoyant, il se demanda si elle et lui devraient même se trouver à cet endroit.

— Je n'aurais pas dû te le dire. C'était trop tôt.

Faith était agacée. Elle avait eu beaucoup de difficultés à retourner sur le toit dans l'obscurité et, quand elle y était finalement parvenue, elle avait constaté qu'elle était seule. Elle craignait qu'il lui ait posé un lapin. Ou, pis encore, que tout cela n'ait été en réalité qu'un mauvais rêve ou un mauvais trip.

«Peut-être que je suis vraiment folle», s'était-elle dit en regardant les lointaines lumières.

L'insensibilité de Dylan frôlait la cruauté.

— Tu te comportes comme un pauvre type.

— On m'a déjà qualifié de pires choses.

— Je le parierais. Souvent.

Faith marcha jusqu'à la table et se laissa tomber sur la chaise, puis tourna les yeux vers le rebord où se trouvait l'échelle en se demandant si elle ne devrait pas simplement partir. Dylan ne la regardait pas, ni ne lui parlait. Il fallut à Faith environ dix secondes pour briser le silence.

— OK, j'ai foiré; mais sérieusement, qu'est-ce que ça peut faire? J'ai fait bouger mon lacet, et après?

Dylan la regarda directement dans les yeux, l'air grave.

— Ils peuvent te sentir.

— Quoi? Qui?

— Ça n'a pas d'importance qui c'est, répondit-il. Je t'ai dit de ne pas faire bouger des objets ailleurs qu'ici. S'il te plaît, fais-moi confiance là-dessus. Tu ne *dois* pas le refaire. Jamais.

— Ça a de l'importance pour moi, dit Faith.

Elle comprenait qu'elle avait commis une erreur, mais elle commençait aussi à se sentir manipulée.

— J'ai besoin de savoir ce qui se passe, Dylan. Mets-toi dans ma situation. Je déplace des objets par la pensée! On ne peut pas dire que ça soit normal.

Dylan retira son blouson et le suspendit au dossier de sa chaise. Il portait une chemise de flanelle et commença à en rouler les manches.

— Il est temps de se mettre au travail, dit-il en ignorant la plaidoirie de Faith.

Elle s'appuya le dos contre sa chaise et croisa les bras sur sa poitrine.

— Je m'en contrefiche.

Dylan avait fini de rouler la manche sur son bras gauche et entreprit de faire la même chose sur le droit. La table était recouverte de balles, de blocs et de gobelets de différentes couleurs.

— Déplace la balle jaune dans le gobelet bleu, dit-il.

— Fais-le tout seul. Je lace mon soulier.

Dylan se pencha sous la table et vit que le lacet détaché sur le soulier gauche de Faith se formait en une double boucle parfaite. Il s'étonna de constater avec quelle facilité elle avait pu le faire, compte tenu du peu d'entraînement qu'elle avait eu. Quand il se redressa, tous les objets sur la table avaient disparu. Faith lui adressa un sourire sarcastique, puis les objets se mirent à tomber du ciel en atterrissant un à un sur la tête de Dylan. Heureusement pour lui, les balles et les blocs étaient en styromousse, et les gobelets, en plastique.

— Très drôle, dit-il en remettant immédiatement chaque article où il avait été placé sur la table.

Il manquait une balle, verte, qui rebondit sur sa tête et roula sur le toit.

— Il t'en manquait une, dit Faith.

— Je constate que tu vas devenir une élève modèle.

Faith ne répondit pas. Elle n'allait pas laisser Dylan mener la partie, en tout cas pas sans avoir obtenu d'abord quelques réponses. Dylan voyait qu'il n'arrivait à rien, alors il décida à contrecœur de marchander.

— Si tu déplaces la balle jaune dans le gobelet bleu, je vais te dire pourquoi tu ne peux utiliser ton tout nouveau talent qu'ici, sur le toit d'un édifice abandonné.

Faith le fixa des yeux, mais ne bougea pas. Elle leva un sourcil, lui adressa un petit sourire narquois, puis la balle jaune se souleva de la table. Elle monta devant le visage de Dylan et flotta trois fois autour de sa tête avant d'aller atterrir dans le gobelet bleu.

— Smash au panier, dit-elle. Tu as une lacune côté défense.

Dylan fit ressortir la balle du gobelet, la retourna à sa place, puis il s'affala dans sa chaise comme s'il allait faire une sieste.

— Essaie encore, dit-il, la provoquant suffisamment pour qu'elle oublie pendant un temps qu'il lui devait une récompense. Elle se remit au travail en pensant à la balle jaune, mais rien ne se produisit. Elle continua d'essayer de la faire bouger, mais elle s'était transformée en granit sur la table. Non seulement ça, mais les trois gobelets bondirent dans les airs et s'empilèrent les uns après les autres en équilibre sur la balle. Elle essaya encore de la faire bouger, mais en vain. Dylan était, et de loin, beaucoup plus puissant qu'elle. Ce n'était rien pour lui que d'empêcher les objets de bouger, même lorsque Faith y déployait tous ses efforts.

— La raison pour laquelle nous devons faire ça ici, fit Dylan tandis qu'il faisait danser les gobelets dans l'air comme s'ils étaient mus par un jongleur invisible, c'est parce qu'ici, personne ne peut sentir ce que nous faisons.

— Pourquoi pas ? demanda Faith.

— Du moment où nous nous trouvons plus haut que les autres porteurs, ils ne peuvent pas détecter la pulsation.

— Alors, quels que soient les gens que tu veux empêcher de me trouver, ils sont en bas pendant que nous sommes ici ?

Dylan acquiesça en laissant se déposer les gobelets sur la table.

— Le signal ne se propage pas très loin vers le haut ou vers le bas. Mais au même niveau, la pulsation va se propager sur une dizaine de mètres. Imagine-toi un caillou qui tombe dans un étang. L'onde se propage seulement à l'horizontale et non vers le haut et vers le bas. C'est ce que fait une pulsation.

— Tu n'arrêtes pas de parler d'une pulsation. Tu veux dire, comme celle dans la veine de mon cou, comme mon pouls ?

Faith posa un doigt sur la zone tendre sous sa mâchoire, cherchant le minuscule pouls qu'elle savait être là sous sa peau. Une fois de plus, Dylan choisit de ne pas répondre à moins que Faith travaille un peu plus. Il lui fit empiler les blocs, déplacer les balles dans différents gobelets, amener tous les articles de styromousse à flotter en même temps dans les airs. Il était surpris de la vitesse à laquelle elle apprenait et à quel point ses mouvements étaient précis.

— Je commence à avoir mal à la tête, dit Faith au bout d'une quinzaine de minutes.

Elle posa les doigts sur sa tempe et baissa les yeux vers la table.

— C'est normal. Ça deviendra plus facile, et tu deviendras plus habile. En ce moment, tu déplaces des objets qui ne pèsent pratiquement rien, mais c'est un début.

Faith sourit doucement et posa ses mains à plat sur la table. Dylan fut époustouflé quand il se sentit lui-même monter lentement dans l'air jusqu'à ce qu'il se retrouve allongé sur le dos à trois mètres au-dessus de la table.

— Impressionnant, dit-il, mais à cet instant, Faith sentit une vive douleur dans son cou, et brusquement, Dylan retomba comme une brique.

Il aurait dû atterrir sur la table en envoyant voler les balles, les blocs et les gobelets dans tous les sens, mais son corps s'arrêta à quelques centimètres de la table, puis il flotta dans l'air, se retourna et se rassit sur sa chaise.

— Tu n'es peut-être pas prête pour quelque chose d'aussi lourd que moi, dit-il. J'ai une énorme tête.

Faith émit un rire nerveux. Elle toucha de nouveau son cou et songea à la douleur dont la sensation ressemblait beaucoup à celle d'une aiguille de tatouage plantée dans sa chair.

— Il n'y a pas de quoi s'inquiéter, fit Dylan. Ta douleur va diminuer au fil du temps.

Faith inclina la tête et sourit faiblement. Quand il disait des choses comme ça, elle pensait inévitablement à quel point sa vie ne redeviendrait jamais comme elle avait été.

— Combien de gens peuvent faire bouger les objets, comme toi et moi?

Dylan prit son temps pour répondre et même quand il le fit, il demeura vague.

— Il n'y a pas que toi et moi.

— Ce n'est pas vraiment une réponse. Combien? Disons, un millier?

Dylan éclata de rire.

— S'il y avait un millier de porteurs, ça ne serait pas vraiment un secret. C'est rare. Jusqu'à ce que nous en sachions davantage à propos de tes aptitudes, je pense que je t'ai dit tout ce que je pouvais.

— Ne me fais pas encore t'élever dans les airs. Je pourrais te laisser tomber beaucoup plus loin la prochaine fois. Je suis imprévisible.

Dylan commençait à avoir un bon pressentiment à propos de son élève. Elle était vraiment futée et rapide aussi, et elle n'avait aucun mal à travailler dur une fois qu'il l'avait mise sur la bonne voie. Mais il était de plus en plus pressé par le temps, et le temps était une de ces choses qui, une fois disparues, ne revenaient pas. Il allait devoir profiter au maximum de chaque seconde qu'il avait avant que l'école ferme.

⊙ ⊙ ⊙

Au cours des nuits qui suivirent, Dylan entraîna Faith sans relâche. Elle posa beaucoup de questions auxquelles il répondit de la même façon : « Tu le découvriras au moment opportun. » Faith voulait savoir pourquoi elle et lui étaient des porteurs, qui d'autre détenait ce pouvoir, comment il avait été découvert, et ainsi de suite.

Le soir suivant, Dylan travailla avec les gobelets, les balles et les blocs, enseignant à Faith comment les prendre et les mouvoir à différentes vitesses et de différentes façons. Le troisième soir, il remplaça les objets par des boules de billard, des blocs de bois et des gobelets de métal. Elle trouva qu'il lui était plus difficile de travailler avec ces objets. Elle éprouva encore plusieurs fois sa douleur au cou alors que tous les objets retombaient sur la table en même temps. À la fin d'une soirée particulièrement épuisante, Dylan enleva tous les articles sur la table en ne laissant qu'une boule de billard noire. La boule numéro huit. Faith allait s'en souvenir longtemps après que Dylan s'en fut servi pour lui enseigner une dure vérité.

— Tu m'as posé beaucoup de questions sur la pulsation, lui dit-il en faisant rouler la boule d'avant en arrière sur la table devant elle. La tienne est particulière, très rare. C'est ce qui te permet de faire ces choses. Et j'ai le même type de pulsation, alors je peux faire les mêmes choses.

Faith devina à son attitude qu'il ne lui avait pas tout révélé. Leur relation devenait de plus en plus intime — ils pouvaient savoir ce que l'autre pensait seulement en le regardant dans les yeux.

— Il y a autre chose à propos de la pulsation, n'est-ce pas ? Quelque chose que tu ne me dis pas ?

Dylan inclina la tête, puis fit monter la boule par la pensée. Elle flotta à moins d'un mètre pendant qu'il posait ses mains à plat sur la table en dessous. Il cligna des yeux, et la boule tomba comme si elle avait été tenue au bout d'une corde qu'on venait de couper. En atteignant sa main, la boule se déplaça de côté, roulant sur la table pour atterrir finalement sur le sol avec un bruit sourd. Avant qu'elle ne rebondisse, Dylan la ramena sur la table avec son esprit et la saisit.

— Il n'y a pas qu'une pulsation, dit-il. Il y en a une autre, beaucoup plus profonde que la première.

— Une *seconde pulsation*? demanda Faith, mais c'est impossible. Personne n'a deux pouls.

— Tu n'es pas obligée de me croire, mais je vais quand même te dire ce que ça fait et pourquoi c'est si important. Si on est un porteur, on a une seconde pulsation, et il faut beaucoup de travail et une compréhension particulière pour la faire surgir. Elle se trouve au plus profond de toi, et c'est la partie la plus importante du fait d'être porteur. Tu veux savoir pourquoi?

Faith se sentait étourdie, mais elle était terriblement curieuse et voulait absolument obtenir des réponses. Elle hocha la tête, mais ne dit rien, espérant pouvoir mieux comprendre.

— Mets ta main sur la table comme je l'ai fait, lui commanda Dylan.

— Sommes-nous de retour à l'école? Je pensais que tu allais me révéler un secret.

Dylan ne répondit pas, ce qui était sa façon de dire qu'il avait fini de parler jusqu'à ce que Faith fasse ce qu'il lui avait ordonné. Elle leva les yeux au ciel, se sentant fatiguée qu'on lui dise quoi faire. Mais elle posa sa main à plat sur la table en espérant *quelque chose.*

— Maintenant, promets-moi de ne pas bouger quoi qu'il arrive, fit Dylan.

— Je ne vais pas bouger.

Dylan projeta la boule noire dans les airs, et elle s'arrêta environ trois mètres au-dessus de la table. Elle tourna sur elle-même tout en demeurant au même endroit. Il savait qu'elle ne pourrait pas tenir sa promesse alors, à son insu, il lui tint la main en place avec son esprit. Peu importe à quel point elle pourrait vouloir la bouger, rien au monde ne pouvait faire en sorte que ça se produise tant que Dylan ne le voudrait pas. Il laissa la boule tomber, et comme elle approchait de la main de Faith, celle-ci ne put s'empêcher d'essayer de l'écarter de la trajectoire. Son bras bougea, les muscles se tendant jusqu'au coude, mais sa main demeura immobile. Quand la boule de billard lui frappa directement les jointures, elle cria de douleur. Sans y penser, elle se servit de son pouvoir pour reprendre la boule et la projeter vers la poitrine de Dylan qui, à son tour, la lança vers elle, la frappant au sternum.

— Arrête de me lancer cette boule ! cria-t-elle.

— Je vais le faire si tu le fais.

Faith détestait plus que tout être manipulée.

Elle aurait voulu se lever et partir, mais elle en était incapable. Sa main était encore collée à la table.

— Combien de temps tu vas me tenir la main là ? demanda-t-elle ?

Dylan se pencha vers elle.

— Lance-la de toutes tes forces directement sur mon front.

— Tu es fou.

Dylan fit bouger la boule de façon à atteindre Faith sur le côté de la tête. Pas trop fort, mais suffisamment pour qu'elle la sente sans l'ombre d'un doute.

— Fais-le. Frappe-moi avec la boule. Mets-y toute ton énergie.

Faith devenait furieuse : ses yeux se rétrécirent, et ses lèvres se plissèrent. La boule la contourna, puis se dirigea vers Dylan comme si elle avait été propulsée par un canon. Quand elle arriva à son front, il ne broncha pas, ne bougea pas, ne s'en soucia pas. Elle sembla le frapper, mais il ne réagit pas. Elle parut rebondir sur son front. En ricochant, elle atteignit l'épaule de Faith. L'impact lui fit plus mal que les deux coups ensemble à la poitrine et à la main.

— Ouch! OK, celle-là a vraiment fait mal. Elle va laisser un bleu.

— Probablement. Désolé. Je n'avais pas l'intention que ça arrive, mais ça démontre ce que je te disais. Il se produit des accidents quand on fait ça. De *graves* accidents.

Il se leva et vint du côté de la table où se trouvait Faith, se pencha et s'assit sur le bord en lançant la boule d'une main à l'autre.

— Comment va ta tête? demanda Faith.

Elle avait l'impression qu'ils venaient de faire une petite guerre dans laquelle ils s'étaient mutuellement infligé des blessures mineures sans raison.

— J'ai une seconde pulsation, Faith, dit Dylan. Pas toi.

Faith sembla finalement comprendre qu'il y avait quelque chose de fondamentalement différent entre le pouvoir de Dylan et le sien.

— Un instant. Tu veux dire que tu n'as rien senti du tout?

— En fait, elle ne m'a pas frappé, mais elle a failli tout de même.

Faith resta bouche bée et le regarda dans les yeux, déconcertée.

— Pour un porteur, la première pulsation, c'est ce qui nous procure notre aptitude à faire bouger les choses, mais la deuxième est tout aussi importante. Elle sent tout ce qui l'entoure. Elle sait quand quelque chose va faire mal et le fait dévier.

— Sers-toi de la force, Luke, dit Faith d'une voix monotone en blaguant à demi.

— Tu n'es pas très loin de la vérité. Regarde.

Dylan partit comme une fusée, droit vers le ciel.

— Dylan? l'appela-t-elle en fixant le ciel étoilé, qui ne lui retourna qu'un silence glacial.

Dix secondes passèrent, et Faith se leva, se demandant s'il s'agissait d'une épreuve qu'elle était censée comprendre, mais n'y parvenait pas. Au moins, Dylan avait libéré sa main de la table.

— Dylan? l'appela-t-elle de nouveau avant d'ajouter, davantage pour elle-même que pour lui : tu es un mec vraiment mystérieux, Dylan Gilmore.

Puis elle le vit. Il plongeait la tête la première à toute vitesse, comme s'il voulait s'enfoncer dans le toit de l'immeuble Nordstrom et se briser tous les os du corps. Elle essaya de crier, mais aucun son ne vint. Elle baissa la tête, observant Dylan rigide, les bras ramenés le long du corps. Quand sa tête frappa le toit, c'était comme une scène de film, un astéroïde frappant la chaussée, de la poussière et des débris formant un nuage autour du point d'impact. Faith tomba à genoux, posa ses mains sur le toit. Elle se sentait en état de choc, et chaque respiration représentait un combat. Son esprit lui disait qu'il était parti, qu'il avait fait une erreur calculée. Dylan était mort, et elle restait seule avec mille questions auxquelles elle ne pourrait jamais répondre.

La poussière retomba rapidement, ne laissant que la douce lumière des étoiles et de quelques chandelles qui avaient été placées par terre autour de la table. Dylan n'était pas là. Son corps avait traversé le toit et n'avait laissé qu'une ouverture ébréchée de la taille d'un couvercle de bouche d'égout. Elle s'approcha un peu plus en rampant jusqu'à ce qu'elle aperçoive avec étonnement la boule noire, qui surgit du trou et roula vers elle, s'arrêtant à un centimètre à peine de son genou. Elle la prit, examina sa surface lisse, sentant le marbre dur contre ses doigts.

— J'en ai peut-être fait un peu trop, cette fois, fit Dylan.

Il secouait le plâtre et la poussière de sa chevelure hirsute et de ses épaules en même temps qu'il s'élevait hors du trou qu'il venait de faire dans l'immeuble.

— Tu crois? demanda Faith, qui se leva tout à coup, courut vers lui et le serra contre elle.

Quand elle s'écarta, Dylan parut un peu abasourdi, une chose à laquelle elle ne savait trop comment réagir. Cédant à sa nature, elle eut recours à la finesse face à la confusion.

— Tu sens comme une bâtisse. Une nouvelle eau de Cologne?

Dylan sourit pendant qu'elle époussetait son t-shirt en col en V, noir cette fois, qu'elle avait aimé dès qu'il était arrivé.

Dylan la fixa droit dans les yeux, comme s'il cherchait une chose qu'il ne pouvait trouver, mais qu'il souhaitait ardemment.

— C'est la seconde pulsation. Tu pourrais me laisser tomber une voiture sur la tête, mais elle sait. Je n'aurais pas une égratignure. Ce que tu possèdes n'est que la moitié de ce dont tu as besoin.

— Tu veux dire que je ne te sers à rien à moins de pouvoir recevoir une voiture sur la tête ?

C'était une façon amusante de présenter les choses, mais Dylan était fondamentalement d'accord, acquiesçant avec un demi-sourire.

— Mais pour quelle raison quelqu'un pourrait vouloir me faire du mal ?

Faith posa la question, mais elle comprit aussi tout à coup une chose qui lui avait à peine effleuré l'esprit jusqu'à ce que Dylan se serve de sa tête pour creuser un trou dans le toit de l'immeuble Nordstrom.

— Tu me recrutes, dit-elle. Pour quelque chose qui n'a rien à voir avec le plaisir et les jeux.

Dylan ne répondit pas. Tandis qu'il retournait à la table et s'assoyait, il ne laissa paraître aucun sentiment à propos de ce qu'elle suggérait.

— Remettons-nous au travail et voyons si nous pouvons te faire lever des trucs plus lourds.

Faith commençait à comprendre que la seule façon d'obtenir les réponses qu'elle souhaitait, c'était de continuer. Si Dylan voulait se montrer difficile, d'accord ; il pouvait le faire. Mais bientôt, elle serait trop puissante pour qu'il puisse la maîtriser et alors, elle obtiendrait toutes ses réponses, qu'il le veuille ou non.

— OK, faisons ça, dit-elle.

Ils passèrent le reste de cette soirée et plusieurs autres par la suite à travailler sur les aptitudes de Faith liées à la première pulsation. En l'espace de quelques jours, elle soulevait des boules de quille et des poids de plus de vingt kilos. Et elle volait, puis atterrissait prudemment toute seule. Elle était tellement immergée dans le renforcement de ses propres pouvoirs que les réponses à ses questions commencèrent à avoir de moins en moins d'importance. Elle se sentait plus forte que jamais, et pourtant, son cœur était de plus en plus envahi par la peur. Le fait de voir une boule de bowling voler à travers les airs se mit à avoir l'effet énervant de la faire s'écarter même quand elle n'était pas près d'elle. L'idée même de se faire frapper par cette boule avant de pouvoir bouger prenait le dessus, et elle perdait sa concentration. C'était une chose que de mouvoir des objets comme des blocs de styromousse et des gobelets de plastique qui ne pouvaient faire aucun mal s'ils s'écartaient de leur trajectoire, mais c'en était une tout autre quand les objets devenaient suffisamment lourds pour la tuer.

Et plus important encore, Faith commençait à éprouver pour Dylan des sentiments qu'elle ne pouvait nier. Elle n'arrêtait pas de se dire qu'elle devait éviter de se laisser dominer par ses sentiments. Et plus elle passait de temps avec Dylan, plus l'idée qu'il ait quelque chose qu'elle n'avait pas était intrigante. Des deux, lui seul avait une seconde pulsation.

⊙ ⊙ ⊙

— Je ne vois pas pourquoi je ne viendrais pas aussi, dit Hawk.

C'était la dernière journée d'école, et il essayait de se faire inviter là où Faith disparaissait chaque soir.

— Surtout ce soir, ajouta-t-il. C'est la fin !

— Je te l'ai déjà dit : ce n'est pas moi qui décide. Dylan a refusé. Je le lui ai même demandé.

Ce n'était pas tout à fait vrai. Elle avait demandé si elle pouvait apprendre à Hawk l'existence des porteurs, et Dylan avait carrément refusé. Elle n'avait jamais demandé si Hawk pouvait venir sur le toit.

— Dylan, Dylan, Dylan, répéta Hawk. Quand tu tombes en amour, tu ne fais pas les choses à moitié.

— Allez, ce n'est pas si mauvais. Et nous ne faisons que parler, y aller très lentement.

— Mmmm-hmmmm, marmonna Hawk.

Le foyer avait semblé vide au moment où ils étaient entrés dans l'école pour la dernière journée de cours à Old Park Hill, mais ils croisèrent Clara Quinn, qui se tenait à l'écart et fixait sa Tablette. Elle réduisit la taille de l'écran, plaça la Tablette dans sa poche arrière et se dirigea vers Faith et Hawk.

— Qu'est-ce qui se fait lentement ? demanda-t-elle à Faith.

Faith tenta de contourner Clara, mais celle-ci était grande et plus forte et n'arrêtait pas de se placer devant Faith chaque fois qu'elle essayait de la contourner.

— Tu n'es pas censée partir pour les Jeux ou quelque chose du genre ? demanda Faith.

Ce qu'elle aurait vraiment souhaité, c'était de balancer Clara à travers une porte. Le seul fait de savoir qu'elle en était capable suscitait chez elle plus de confiance que d'ordinaire.

— Nous partons dans une couple d'heures, répondit Clara. Je dois rester pour la méga fête de Wade, n'est-ce pas ? On ne peut pas manquer ça.

— Je m'occupe de la musique, intervint Hawk. Je joue au DJ maintenant. Je pense que tu vas me trouver pas mal bon dans ce domaine.

Clara ignora complètement Hawk et fixa Faith de son regard perçant. Faith avança d'un pas, regardant Clara d'un air furieux, et lui demanda poliment de s'écarter.

— Dylan et toi semblez bien vous entendre, dit Clara.

— Pourquoi tu te soucies de ce qui se passe ici, de toute façon ? Tu fais partie des Jeux d'athlétisme. À partir de demain, nous ne te verrons jamais plus. Contente-toi de *partir*.

— Holà, Faith, tu y vas fort avec elle.

Hawk la tira doucement par la manche, mais elle se dégagea.

— Je pense que je vais aller me placer là, ajouta-t-il en reculant. Près de ces casiers. Au cas où on aurait besoin de moi.

Comme d'habitude, Amy se pointa juste à temps — elle avait le don d'appréhender une querelle et comme elle adorait l'idée de voir Faith se faire amocher, elle resta là pour observer.

— Amy, dit Clara, fous le camp d'ici. Maintenant. Toi aussi, petit morveux.

Hawk était sur le point de rétorquer, mais il pensa que trouver Dylan serait peut-être une meilleure idée. Amy et lui filèrent le long du corridor au moment où Clara avançait d'un pas vers Faith.

— Je vais te le dire seulement une fois, dit Clara.

Sa voix était tranquille, mais tellement confiante, comme une fille qui pourrait renverser un gorille d'un seul coup de poing.

— J'ai l'œil sur Dylan Gilmore depuis que nous sommes arrivés dans ce trou merdique. Reste loin de lui parce que je vais revenir, et en revenant, je vais avoir de l'or autour du cou. Je pense que ça va l'impressionner un peu plus que tes traits d'esprit.

— J'ai une meilleure idée, dit Faith, puis elle perdit patience.

Elle savait qu'elle avait tort. Elle savait que ça rendrait Dylan furieux et qu'il pourrait l'exclure pour de bon du club du toit de l'immeuble Nordstrom, mais elle en avait assez de cette Amazone. Faith imagina qu'elle jetait Clara Quinn contre un mur de casiers, puis de l'autre côté du corridor où elle se frapperait contre d'autres casiers. L'instant d'un éclair, elle vit des Rôdeurs faire la même chose, mais le souvenir disparut immédiatement. Quand elle secoua la tête pour écarter le souvenir, Clara Quinn était effondrée sur le sol à sa droite. Elle songea d'abord à s'enfuir, mais une vive douleur surgit dans son cou, qui faillit la faire plier en deux. Elle regarda à sa droite, s'attendant à y voir Clara, mais elle n'y était plus. D'une manière ou d'une autre, Clara s'était relevée et était partie en une fraction de seconde. Elle se tenait debout derrière Faith, murmurant à son oreille d'une voix menaçante :

— Je vois que nous avons un nouveau joueur. Intéressant. *Très* intéressant.

La gorge de Faith commença à se serrer comme si quelqu'un pressait ses mains froides autour de son cou en augmentant lentement la pression.

— Tu peux prendre ça aussi bien que tu peux le donner ?
demanda Clara.

Sa voix était douce à l'oreille de Faith, et tout à coup, elle
se sentit projetée vers l'avant. Son épaule frappa les casiers
en premier, puis sa tête se tourna violemment sur le côté et
claqua sur le métal. Faith cligna des yeux en essayant de
faire cesser le tintement dans ses oreilles. Elle entendit la
voix de Clara.

— Ce sera notre petit secret, OK ? Tu es un monstre,
tout comme moi. Seulement, je vois que tu n'as que la moitié
de ce qu'il faut.

Faith sentit un coup rapide dans ses côtes et pensa
qu'elle avait été frappée, mais quand elle leva les yeux, pliée
de douleur, Clara était à mi-chemin le long du couloir, lui
lançant par-dessus son épaule :

— Reste loin de lui. Je suis sérieuse.

Faith vola au-dessus du plancher, se frappa contre les
casiers sur lesquels elle venait de jeter Clara et glissa sur le
sol. Elle y demeura pendant seulement quelques secondes,
regagnant ses forces et se redressant tandis qu'elle essuyait
les larmes de ses yeux. Elle pensa à trois choses alors, et rien
d'autre ne comptait.

Premièrement, Dylan devait ignorer ce qui s'était produit. Il ne le lui pardonnerait jamais.

Deuxièmement, et c'était énorme : Clara Quinn avait la
pulsation. Elle pouvait faire bouger les choses par la pensée.

Et troisièmement, elle devait trouver sa seconde pulsation pour pouvoir tuer Clara Quinn si jamais elle revenait.

Chapitre 16

Le lancer du marteau

Tout le monde, y compris les quelques âmes demeurant encore à l'extérieur, regardaient les Jeux. C'était une version réduite des Jeux olympiques d'été consacrée seulement aux disciplines individuelles. Les Jeux ne s'attardaient qu'à l'unique personne, homme ou femme, qui surpassait tous les autres. Personne ne voyageait d'un État à l'autre, ni au niveau national ni international, mais les records mondiaux étaient encore brisés presque chaque fois. Tous les États de la planète tenaient les Jeux pendant la même période d'une semaine, avec une couverture en direct, vingt-quatre heures par jour, sur des dizaines de canaux de Tablette.

Il y avait vingt épreuves principales dans lesquelles les hommes et les femmes compétionnaient séparément : les courses de 100, 200, 400, 800 et 1 600 mètres ; les lancers du javelot, du disque, du poids et du marteau ; le saut en hauteur, le saut en longueur, le triple saut et le saut à la perche ; le 100 mètres haies, le 200 mètres haies, le 400 mètres haies ; et trois compétitions de combat : la lutte, la boxe et le judo.

Les vingtièmes Jeux représentaient une version modernisée du décathlon rassemblant les seize principales épreuves dans une compétition de trois jours. C'était pour le décathlon que Wade et Clara s'étaient entraînés au gymnase et sur le terrain d'Old Park Hill. Compte tenu de leurs aptitudes particulières, ça n'aurait pas été pratique pour eux de s'exercer dans un centre d'entraînement de l'État. Il y avait des caméras partout et des milliers d'athlètes. De plus, la participation aux Jeux d'athlétisme ne visait pas à gagner pour les gens qui finançaient l'entraînement de Clara et de Wade. L'enjeu était beaucoup plus important que ça.

Les jumeaux arrivèrent sans tambours ni trompettes, passant pratiquement inaperçus alors qu'ils passaient sous le mur dans une camionnette blanche banalisée. Les voitures étaient rares à l'intérieur des États, où il n'y avait que très peu de routes conçues pour la conduite. Le transport collectif, qui s'étendait sur des milliers de kilomètres de rails pour véhicules légers à grande vitesse, conduisait des millions de gens d'un endroit à l'autre.

Personne ne parla pendant le trajet. Wade et Clara ne firent aucun effort pour regarder le panorama à l'extérieur parce qu'en réalité, il n'y avait pas grand-chose à voir. Les routes étaient recouvertes de tubes blancs semi-circulaires, et ils croisaient très peu d'autres camionnettes. La route était unie et droite, le tube blanc, bas et oppressant au-dessus de leurs têtes.

Après une vingtaine de minutes, la camionnette tourna vers une sortie précise le long d'un tube secondaire, puis s'arrêta. Clara et Wade rassemblèrent leurs bagages et entrèrent dans un immeuble par des doubles portes coulissantes. Il n'y eut aucune inscription à la réception de l'hôtel, et Wade et Clara prirent un ascenseur aux murs vitrés.

— Nous y voilà, dit Clara en appuyant sur le bouton du 300e étage.

— Ouais, dit Wade, nous y voilà.

L'immeuble dans lequel ils étaient entrés comportait trois cent un étages, et c'était un des plus hauts édifices dans l'État de l'Ouest. Alors qu'ils commençaient à monter, l'ascenseur émergea à l'extérieur de l'édifice après les premiers étages, leur offrant une vue spectaculaire. Au début, ils ne virent que des gratte-ciel les entourant de toutes parts. Des structures de métal et de verre modernes aux lignes pures étaient si hautes qu'ils n'en voyaient pas les sommets. Mais très vite, tandis qu'ils passaient le 150e étage, ils commencèrent à entrevoir des espaces entre les immeubles. Il y avait partout des passerelles blanches joignant les édifices les uns aux autres. Plus ils s'élevaient, plus il y avait de passerelles. D'en haut, on commençait à avoir l'impression que les immeubles étaient tous pris dans une énorme toile d'araignée qui s'étendait sur des centaines de kilomètres : des milliers de gratte-ciel reliés par des couches et des couches superposées de passerelles blanches.

— C'est cool, fit Wade en appuyant le front contre un des murs de l'ascenseur. La semaine dernière, ils ont dépassé les quatre millions de passerelles. C'est époustouflant.

Les sommets des immeubles plus bas commencèrent à apparaître, d'un vert brillant et grouillant de vie. Les toits géants servaient à faire pousser la majeure partie de la nourriture qu'on consommait dans l'État de l'Ouest. Toutes les fermes sur les toits étaient gérées mécaniquement pour planter, faire pousser et récolter les aliments sans intervention humaine. Leur distribution se faisait par des systèmes de livraison automatisés qui laissaient des fruits et des légumes frais dans chaque résidence selon un horaire régulier. Les progrès en matière de gestion des sols et des graines produisaient constamment de nouvelles récoltes hors saison.

Dans l'ascenseur, Clara sortit sa Tablette, l'étira et l'alluma. Elle espérait envoyer un message à quelqu'un pendant qu'ils s'élevaient dans les airs, mais elle fut surprise de découvrir que sa Tablette s'était réinitialisée pendant qu'ils voyageaient. On avait mis à jour le système d'exploitation, et elle était reliée au réseau G12.

— Hé, regarde ta Tablette, dit Clara. Nous sommes sur le réseau. Il y a tout plein de canaux.

Wade alluma sa Tablette et commença à parcourir le guide des canaux. Au moment où ils atteignaient le 250ᵉ étage, ils prirent tous les deux conscience de ce qu'ils avaient raté jusque-là. Leur vieux réseau ne présentait que des reprises vieilles de plusieurs décennies, des conférences et de la propagande à propos de tout ce que rataient les gens de l'extérieur. Maintenant qu'ils se trouvaient à l'intérieur, les choix étaient infinis. Ils auraient voulu se recroqueviller sur un canapé et regarder de nouvelles émissions pendant des semaines, mais un message sur la Tablette de Wade les ramena à la réalité avant qu'ils puissent même commencer à jouir de l'idée de paresser dans leurs chambres.

— Il dit que nous devons être sur le terrain d'exercice dans deux heures, fit Wade alors qu'ils arrivaient au 300ᵉ étage et que l'ascenseur s'arrêtait.

— Qu'est-ce qu'il dit d'autre ? demanda Clara en sortant de l'ascenseur dans un corridor flanqué de multiples portes.

Elle tourna à gauche.

Wade éclata de rire.

— Il dit de ne pas trop en faire jusqu'à ce qu'il nous fasse signe.

— Ça ne m'étonne pas, dit Clara en s'arrêtant devant une porte près de l'ascenseur.

Elle rapetissa sa Tablette et tint l'écran devant un lecteur sur la porte. Un léger bourdonnement se fit entendre, et la porte se déverrouilla.

— S'il en fait à sa tête, nous ne pourrons jamais montrer à quiconque ce que nous pouvons faire.

— Il veut que nous l'appelions aussitôt installés, dit Wade en remettant sa Tablette dans sa poche.

Contrairement à Clara, qui pouvait devenir tout à coup maussade sous la pression, Wade était tout à fait enthousiasmé en marchant jusqu'à l'immense fenêtre et en regardant le panorama en bas.

— Viens, Clara. Tu ne peux pas ne pas être emballée en regardant ça.

Clara vint se tenir debout près de son frère, essayant de ne pas se sentir manipulée par des forces qu'elle ne pouvait maîtriser. En fait, elle aurait voulu commencer à faire voler des objets à travers la pièce avec son esprit, mais elle savait que ça ne résoudrait rien. Elle regarda en bas et vit l'espace réservé aux Jeux d'athlétisme, un spectacle renversant qui mettait en valeur l'architecture moderne. Les édifices s'élevaient tout autour d'un toit en terrasse. Le vert éclatant de la pelouse l'emportait sur l'océan de blanc et d'argent. Il y avait autour de la piste des sièges pouvant accueillir cent mille personnes, et cinquante mille autres sièges au sommet des édifices environnants. Des centaines de millions de personnes autour du monde allaient regarder les Jeux sur leur Tablette ou sur de plus grands écrans dans leurs appartements, mais cent cinquante mille verraient les compétitions en direct. Clara songea à ces personnes, surtout à tous ces gens chanceux qui seraient assis près du terrain, et elle se mit à réfléchir à une chose qu'elle envisageait depuis des jours.

— Appelons-le, dit-elle. Je veux commencer mon échauffement aussitôt que possible.

Wade était heureux de voir sa sœur changer d'humeur, ne serait-ce qu'un peu, et se mit immédiatement à établir une connexion. Il n'était pas possible d'accéder au réseau G12 à l'extérieur de l'État de l'Ouest, mais Wade s'était fait dire comment contourner ce petit problème. Après quelques frappes sur son clavier, il était déjà relié à de multiples réseaux, et quelques secondes plus tard, Clara et lui étaient assis sur un canapé et regardaient deux personnes. C'étaient M. Reichert et Mlle Newhouse. Toutefois, ils n'utilisaient plus ces noms comme couverture et ne dirigeaient plus Old Park Hill, qui avait été fermée la veille.

— Pas de problème pour vous installer ? demanda l'homme.

Il s'appelait André Quinn, et même s'il avait vraiment une tête en forme d'œuf et une mauvaise coupe de cheveux, il avait une présence formidable quand il ne faisait pas semblant d'être un directeur d'école épuisé.

— Aucun, dit Wade. Et on peut voir le terrain de notre fenêtre. C'est renversant.

Le père de Wade sourit fièrement. Il adorait l'exubérance enfantine de son fils. Contrairement à sa sœur, qui pouvait se montrer difficile, Wade ne souhaitait rien de plus que de plaire à son père.

— N'oublie pas, l'avertit André Quinn. Il faut faire ça avec délicatesse. Si vous compétionnez à un niveau trop élevé, ce sera plus difficile pour nous de mener à bien notre plan. N'attirez pas sans raison l'attention sur vous.

Clara détestait cette partie du « plan ». Elle savait qu'elle pouvait remporter chaque compétition sans même s'efforcer. Devoir faire semblant qu'elle était empotée comme tous les autres athlètes sur le terrain allait être très difficile. Et le projet l'agaçait depuis longtemps surtout parce qu'elle n'en comprenait pas complètement la nature.

— Je ne sais même pas pourquoi nous devons participer à tout ça, dit-elle.

Le fait d'arriver dans l'État de l'Ouest et de voir les installations avait stimulé sa nature compétitive.

— À quoi ça sert d'y participer si vous n'allez même pas nous laisser compétitionner ?

— Il y a un boulot à faire. La dernière chose dont nous ayons besoin, c'est que vous attiriez l'attention sur vous, dit la femme d'André.

Son nom n'était pas Mlle Newhouse et ne l'avait jamais été. Elle s'appelait Gretchen Quinn et elle tenait toujours le rôle du mauvais flic quand il s'agissait de composer avec Clara.

— Il ne s'agit pas de gagner ici, Clara, poursuivit-elle. En tout cas, pas encore.

Clara roula des yeux. Elle ne pouvait supporter sa belle-mère et pensait qu'elle était une idiote avide de pouvoir.

— Comme vous voudrez, ma chère mère.

— C'est assez, Clara.

André n'était que trop heureux de laisser Gretchen composer avec le comportement de Clara, mais il y avait une limite qu'il ne laisserait pas franchir à cette dernière.

— Nous sommes au début d'un long parcours. C'est un marathon et non un sprint, et ça commence par des petits pas. Ces ridicules Jeux d'athlétisme ne vont plus rien signifier à la même date l'an prochain. Et je te promets qu'à ce moment, tu auras tellement de pouvoir que tu ne sauras pas qu'en faire. Fais-moi confiance sur ce point, Clara. Je sais ce que je fais.

Clara avait effectivement confiance en son père, même si son goût en matière de femmes frôlait la démence. Mais Clara avait son propre projet qui lui trottait dans la tête depuis le moment même où Gretchen était entrée dans leur vie.

« Tu ne perds rien pour attendre », pensa-t-elle en regardant sa belle-mère d'un air furieux. « Je vais venir te trouver, et alors, tu vas souhaiter n'être jamais venue au monde. »

— Quand tu vas t'échauffer, fais-le normalement ; ne fais rien qui sorte de l'ordinaire. Reste vers l'arrière de la meute pendant le décathlon et fais ce que nous t'avons dit le moment venu. Souviens-toi que vous n'êtes pas là pour remporter les Jeux. Vous êtes là pour faire un travail.

Wade éprouva un pincement au cœur en songeant à tous les efforts qu'il avait déployés en s'entraînant pour les Jeux. C'était beaucoup moins que ce que les vrais athlètes des Jeux d'athlétisme avaient investi, mais malgré cela, il y avait eu beaucoup d'après-midis interminables à sauter par-dessus une barre ou à jeter une boule de métal. Il y avait eu de nombreux moments d'ennui terrible pendant lesquels il s'était demandé pourquoi donc quelqu'un pouvait s'engager à fond dans des activités si inutiles. Et pourtant, au plus profond de lui-même, il voulait gagner. Il allait avoir besoin de toute sa maîtrise de soi pour ne pas se placer au sommet du podium quand l'occasion se présenterait.

— Souviens-toi toujours qu'il ne s'agit pas de nous, dit Gretchen en portant son regard glacial sur chacun des jumeaux. Nous avons le pouvoir de changer le monde, de le façonner à la manière dont il devrait être. Nous n'allons pas gaspiller un tel pouvoir. Je me fais bien comprendre?

Clara et Wade acquiescèrent docilement, regardant leur père pour voir s'il avait d'autres conseils à leur prodiguer.

— Vous vous trouvez maintenant en plein territoire ennemi. N'oubliez pas ça. Et ne vous laissez pas emporter par vos émotions même une seule seconde. Faites le boulot et revenez à la maison.

Wade était sur le point de terminer la conversation, mais Clara l'arrêta.

— Il y a une fille d'Old Park Hill, une de mes amies. J'aimerais qu'elle ait un siège. Un bon siège, près du terrain.

Gretchen vit cela comme une façon de calmer son imprévisible belle-fille et saisit immédiatement l'occasion.

— Je connais quelqu'un de haut placé ; ça ne sera pas un problème. Dis-moi son nom.

Gretchen tourna les yeux vers une Tablette près d'elle où elle fit défiler la liste de sièges à laquelle elle avait accès par l'entremise d'un associé dans l'État.

— Liz Brinn, dit Clara.

Wade lui décocha un regard surpris, mais Clara l'ignora et poursuivit :

— C'était une amie vraiment proche, et ça signifierait beaucoup pour elle. Elle aimerait emmener une autre personne, si ce n'est pas trop demander.

Gretchen n'aimait pas l'idée que Clara ait eu une amie proche à Old Park Hill, mais elle laissa aller. Si ce petit geste pouvait instaurer une bonne volonté plus que nécessaire entre elles, d'accord.

— Je vais lui faire envoyer deux billets, tous deux près du terrain. A213 et A214, au cas où tu voudrais les saluer. Est-ce que ça te rend heureuse ?

— C'est parfait, merci, Gretchen. J'apprécie beaucoup.

Clara pouvait se montrer charmante au besoin, et tout semblait en ordre quand la conversation se termina.

⊙ ⊙ ⊙

André et Gretchen avaient déménagé dans un nouvel endroit, à une douzaine de kilomètres au nord d'Old Park Hill, d'où ils pouvaient regarder les Jeux se dérouler dans la paix et la tranquillité.

— Ils ont presque dix-sept ans, nous ne devrions plus les traiter comme des enfants, dit Gretchen.

— Eh bien, c'est tout de même un beau geste, répondit André. Tu sais à quel point elle peut être imprévisible. Il vaut mieux prévenir que guérir.

Gretchen regarda André sans un soupçon d'émotion.

« Le fruit ne tombe jamais très loin de l'arbre », pensa-t-elle.

Et elle avait raison. André était demeuré calme pendant plusieurs mois, mais il pouvait se révéler aussi imprévisible que sa fille.

Si les choses ne se déroulaient pas comme prévu dans l'État de l'Ouest, il n'y avait pas moyen de savoir comment il réagirait.

⊙ ⊙ ⊙

— Un cas de bienfaisance ; ça arrive à chaque année.

Wade entendit un des autres athlètes utiliser la même expression au moment où il commençait son échauffement pour le saut en hauteur dans la salle d'entraînement une heure plus tard. Il y avait quatre autres sauteurs et ils semblaient tous être d'accord : Wade était celui qui venait de l'extérieur, une concession pour aider les gens dans le besoin à se sentir mieux. Ça l'exaspérait de penser à quel point ils étaient une bande de parfaits losers, et pour évacuer sa frustration, il les fit ressembler à des amateurs à chacun de leurs sauts d'échauffement. Il les regardait s'élever, puis quand ils se trouvaient exactement au-dessus de la barre, il se servait de son esprit pour abaisser leurs jambes et faire tomber la barre. Il le fit à tous les autres sauteurs, jouant avec leur esprit tandis qu'ils regardaient tomber la barre et pensaient : « Qu'est-ce qui se passe, nom de Dieu ? » Quand le gars qui avait émis le stupide commentaire s'avança pour effectuer son premier saut, Wade prit un malin plaisir à le faire trébucher et tomber à plat ventre. Le gars n'atteignit même pas les montants.

— Hé, les mecs, vous vous réchauffez à deux mètres ? Vraiment ? demanda Wade. Eh bien !

À son premier saut, Wade ne put résister. Il dépassa la barre de plus de quarante-cinq centimètres, un dangereux indice de talent qui s'approchait du record mondial. Puis, il passa devant le groupe pour se rendre à la zone de lancers.

— Je pense qu'une fois suffit.

Il poursuivit le même petit jeu à chacune des zones d'échauffement, se réjouissant de chaque regard ébahi qu'ils lui lançaient pendant qu'il montrait à tous à qui ils avaient affaire. La partie compliquée de tout cet étalage de talent était le fait qu'il chamboulait vraiment les idées de Wade. Clara avait déjà exposé son point de vue pendant qu'ils se rendaient au terrain d'exercice : ils devraient faire ce qu'ils voulaient plutôt que ce que disait leur père et sa sorcière Gretchen.

— Pour qui elle se prend ? avait dit Clara. Il n'y a aucune raison pour que nous fassions ce qu'elle dit.

Wade avait essayé de la convaincre que c'était leur devoir de suivre le plan à la lettre.

— Ils nous ont obligés à nous entraîner pendant quoi, trois ans ? Ce n'est pas notre problème, Wade. Ce n'est pas notre guerre ; c'est la leur. Je ne vois pas pourquoi nous devons être les pions sur l'échiquier de quelqu'un d'autre.

Mais Wade devait toujours se souvenir que Clara était terriblement persuasive. Si elle avait dû livrer l'argument contraire, qu'ils devraient s'en tenir au plan et faire ce qu'on leur disait, elle aurait été tout aussi convaincante. Et le problème avec Clara, comme il en était venu à l'apprendre au fil du temps, c'était qu'elle était renommée pour changer d'idée.

Malgré cela, il devait avouer que ça lui faisait un bien énorme de battre à plate couture une bande de normaux ineptes. Quel plaisir ce serait que de décrocher toutes les médailles pendant le décathlon et de briser tous les records mondiaux pendant qu'il y était.

Au moment où Clara et lui s'étaient installés pour la nuit, attendant l'alerte matinale qui les enverrait sur le terrain, il n'avait toujours pas décidé de ce qu'il allait faire.

⊙ ⊙ ⊙

Liz Brinn n'arrivait pas à croire à quel point elle était chanceuse. Elle ne se trouvait dans l'État de l'Ouest que depuis peu et déjà, elle avait réussi à obtenir deux billets pour les Jeux d'athlétisme. Et pas seulement deux billets, mais des billets au niveau du *terrain*. On ne parlait que d'elle dans son cercle d'amis. Tous avaient du mal à croire qu'elle les ait obtenus. Une guerre de surenchère se déclencha pour acheter le deuxième billet, qui s'éleva aussi haut que six mille Pièces, une somme énorme qu'elle aurait pu utiliser pour s'acheter tout un placard rempli de nouveaux vêtements. Mais il ne lui était jamais venu à l'esprit de vendre le billet supplémentaire. Elle savait que c'était un coup de chance extraordinaire de pouvoir regarder les Jeux en direct et de près.

— D'où ils viennent? lui demanda Noah quand Liz l'appela par vidéo.

Noah vivait vingt et un immeubles plus loin, et il leur fallait presque une heure pour traverser les passerelles afin de se rencontrer, une chose qu'ils essayaient de faire au moins une fois par jour. Mais elle avait été trop emballée et elle l'avait appelé immédiatement.

— Ça dit que c'est un cadeau du Comité des Jeux d'athlétisme. Je pense qu'ils font ça parfois pour les nouveaux arrivants comme moi.

— Et si c'était une escroquerie? Ce sont peut-être des faux, et nous allons nous faire renvoyer à l'entrée.

— Allez, Noah. Tu sais que ce n'est pas vrai. Contente-toi de profiter de l'occasion. Nous allons aux Jeux d'athlétisme !

Les États étaient très sévères à propos des activités cybercriminelles, même s'il ne s'agissait parfois que d'un mauvais tour. S'ils vous attrapaient à faire de pareilles choses, les Pièces disparaissaient tout simplement de votre compte sans avertissement. Votre emploi pouvait passer d'artiste à laveur de vitres. Ça arrivait. Liz et Noah y allaient et ils seraient assis près du terrain lui-même. Pourtant, ce ne fut qu'au moment où ils se retrouvèrent dans la quatorzième rangée près du terrain que Noah accepta finalement l'idée. Ils se tenaient la main, ce qu'adorait Liz, et Noah se pencha vers elle pour un long baiser chaleureux.

— Je constate que tu apprécies ces billets, dit Liz.

— Je ne peux pas croire que ce soit vrai. C'est incroyable. Ils vont courir juste devant nous.

C'était une matinée d'été parfaite, chaude et douce sous un ciel bleu. Ils tirèrent tous deux leur Tablette de leurs poches et scrutèrent de nouveau la liste des épreuves. Il y aurait d'abord une série de finales masculines de décathlon, puis ce serait le tour des femmes. Liz secoua la tête, renversée par la tournure des événements.

— Je ne m'attendais pas à voir Wade et Clara Quinn aux finales. Je n'avais aucune idée qu'ils avaient un pareil talent.

— Ils font partout les manchettes en ce moment. Tout le monde parle des jumeaux qui viennent de l'extérieur.

Noah parcourait les nouvelles sur les Jeux d'athlétisme tout en parlant.

— Tu les connaissais bien ? ajouta-t-il. Tu penses que tu pourrais obtenir un autographe ?

Liz n'avait absolument aucune idée de la façon de trouver Clara ou Wade et elle ne voulait décidément rien savoir d'eux.

— Franchement, Noah, ce sont deux connards de première catégorie. J'espère qu'ils vont perdre aujourd'hui.

— Vraiment? Tout le monde les adore. Ils paraissent tellement cool.

— Fais-moi confiance là-dessus. Je suis allée à l'école avec eux, et ils traitaient tout le monde comme des moins que rien. Ils ne se soucient de personne d'autre que d'eux-mêmes.

Pendant qu'ils parlaient, un des athlètes commença à courir sur la piste dans leur direction. Des clameurs d'encouragement s'élevèrent de la foule tandis qu'il passait, et l'athlète agita la main en souriant.

— Parlant du loup, dit Noah en se levant puisque tout le monde devant eux faisaient la même chose alors que Clara Quinn approchait.

À la surprise de Liz, Clara tourna vers les estrades et grimpa les quatorze rangées jusqu'où Noah et elle se trouvaient. Noah était assis au bord de la rangée, et quand Clara arriva près de lui, il fut stupéfait.

— Tu es… wow, tu es…

— Grande? dit Clara, mais il y avait davantage.

Dans l'air frais et la lumière matinale, Clara paraissait pleine de vitalité et de puissance. Sa nouvelle coupe de cheveux était plus courte que jamais auparavant. Ses bras étaient noueux, et ses larges épaules projetaient une ombre sur le visage de Noah. Elle mesurait facilement vingt centimètres de plus que lui.

— Tu as coupé tes cheveux, dit Liz, tout à coup éblouie elle aussi devant cette célébrité tandis que les fans se penchaient vers eux de toutes les directions.

Clara passa la main dans sa chevelure blonde et haussa les épaules comme si ça n'avait pas d'importance.

— Ils me dérangeaient, alors je me suis dit, pourquoi pas ? Un nouveau foyer, un nouveau look, n'est-ce pas ?

— Oui, bien sûr, répondit Liz en acquiesçant nerveusement.

Clara était plus grande que nature, d'apparence beaucoup plus intimidante que dans le minuscule monde d'Old Park Hill. Sur la scène mondiale, Clara Quinn se montrait tout à fait à la hauteur. Elle avait ce qu'il fallait.

— En tout cas, je voulais seulement arrêter en passant et vous dire que j'espérais que vous étiez heureux d'avoir ces places, dit Clara. Je vais essayer de ne pas vous faire honte.

Liz avait du mal à en croire ses oreilles.

— *Tu* m'as envoyé les billets ? Mais pourquoi ? Nous n'étions même pas des amies.

— Vraiment ? fit Clara en feignant de s'écraser le nez, ce qui fit éclater de rire tous ceux qui la regardaient. Je pensais que nous l'étions. C'était une erreur de ma part, je suppose.

Avant que Liz puisse trouver une réponse, Clara descendait déjà les marches, apposant son autographe avec son doigt sur les écrans des Tablettes qu'on lui tendait. Tout le monde s'était mis à demander à Liz ce qu'elle savait à propos des jumeaux. *Étaient-ils supercool ? Étaient-ils comme les gens normaux ? Comment avaient-ils réussi à devenir si bons dans ces épreuves en venant de l'extérieur de l'État ?*

Liz ignora la plupart d'entre eux jusqu'à ce que soit annoncée la première épreuve et que tous s'assirent en se concentrant sur les finales masculines des courses qui étaient sur le point d'avoir lieu. Avant que commence la première course, le président de l'État de l'Ouest se leva avec un groupe de dignitaires. Il salua la foule de son siège de loge, qui se trouvait directement vis-à-vis de ceux de Liz et de Noah. Tous se levèrent, saluèrent et commencèrent à chanter.

— Le président est assis juste- là, murmura Noah à l'oreille de Liz, à pratiquement cent mètres de nous. C'est drôlement cool.

Liz se réjouissait d'avoir rendu Noah si heureux et elle était emballée de se trouver là, mais sa meilleure amie lui manquait beaucoup. Si Faith s'était trouvée dans l'État, Liz l'aurait sans aucun doute invitée plutôt que Noah. Faith aurait compris ce qu'elle voulait dire à propos de Clara et Wade. Elles se seraient bien amusées à se moquer d'eux dans leurs dos et à parler du bon vieux temps. Elles auraient beaucoup ri.

Noah passa un bras autour des épaules de Liz tandis que la musique prenait fin et il l'attira contre lui.

— Que le spectacle commence ! dit-il, absolument ravi.

Les premières courses se déroulaient par groupes de sept coureurs. Liz et Noah se trouvaient directement vis-à-vis de la ligne d'arrivée, là où les coureurs étaient au maximum de leur vitesse. C'étaient des superathlètes du plus haut niveau, des gens qui avaient consacré leur existence entière à l'entraînement en vue des Jeux d'athlétisme. Les règles autorisaient un maximum de dix compétitions, et le compte débutait la première année où un compétiteur commençait. Ça n'avait pas d'importance si les athlètes décrochaient pendant quatre ou cinq ans à cause de blessures ou quoi que ce soit ; dix ans après leurs premiers Jeux, ils n'étaient plus admissibles. Il était rare de voir un athlète dépassant la trentaine parce que la plupart d'entre eux commençaient à compétitionner à la fin de leur adolescence.

Quand Wade se rendit rejoindre son peloton au bloc de départ pour le 100 mètres, il salua une fois la foule. Il portait une calotte noire qui lui couvrait toute la tête, un short de course et un haut ajusté. La foule devint folle d'enthousiasme, une réaction qui étonna Liz. Il n'y avait pas si longtemps qu'elle s'était trouvée à l'extérieur, et elle avait toujours eu le sentiment que tout le monde dans l'État les considérait comme des moins que rien. Il restait si peu de gens à l'extérieur, mais l'idée générale, c'était que si on habitait à l'extérieur, on ne faisait pas partie du club. Elle commençait à comprendre qu'en venant vivre dans les États, c'était comme si c'était vous qui les choisissiez plutôt que l'inverse. Quand Wade et Clara avaient intégré l'État de l'Ouest, ils avaient choisi ces gens. Rien d'autre n'avait d'importance. Le fait qu'ils aient eu des débuts si modestes et se soient retrouvés à compétionner dans les finales faisait d'eux des superstars. Ça ne nuisait en rien qu'ils soient si beaux. Wade avait débuté les Jeux avec sa longue chevelure blonde retenue par un large bandana noir. Liz trouvait que ça le faisait ressembler à une fille, mais elle faisait clairement partie de la minorité. Les filles de l'État le dévoraient des yeux, échangeant interminablement des ragots à propos de la jeune vedette sexy qui était apparue par magie en provenance de l'extérieur.

Wade fit les mouvements d'échauffement, puis retira sa calotte, qu'il rangea derrière son bloc de départ. Il s'était rasé la tête pour adopter le style des athlètes, ce qui laissa les filles ébahies dans le stade jusqu'à ce que les caméras fassent des plans rapprochés et que des images de Wade apparaissent sur les écrans géants. Il lança un sourire à la Hollywood, et tous purent voir qu'il avait encore plus belle apparence sans les longues boucles qui les avaient complètement extasiés. Les échanges se firent virulents sur les Tablettes à propos de la coupe de cheveux de Wade, un spectacle ridicule qui menaçait de jeter de l'ombre sur les Jeux d'athlétisme eux-mêmes.

Liz dut bien avouer que les Quinn étaient extrêmement doués en matière de relations publiques. Ils savaient comment encourager une foule. Elle secoua la tête avec un certain désarroi à l'idée que les Quinn prennent une si grande place dans son existence au sein de l'État. Elle pouvait imaginer leurs visages affichés partout dans les passerelles et sur les Tablettes et à l'intérieur des trains à grande vitesse. Ils abandonneraient sans doute le sport pour devenir acteurs et musiciens et s'installeraient dans la vie de Liz comme un cancer auquel elle ne pourrait jamais échapper.

— Épouvantable, dit-elle dans un murmure tandis que les coureurs prenaient place devant leurs blocs de départ.

— Ça va ? demanda Noah.

Liz hocha la tête et sourit. À bien y réfléchir, la chose avait peu d'importance. Faith arriverait bientôt, et toutes deux pourraient se moquer des jumeaux autant qu'elles le voudraient pour le reste de leurs vies.

Le pistolet de départ tonna, et dans les estrades, tout le monde se leva pour mieux voir. Le record mondial pour le sprint de 100 mètres n'atteignait pas sept secondes, alors tous savaient que la course serait terminée en un rien de temps. Les compétiteurs de Wade étaient comme des machines, d'une vitesse et d'une force étonnantes, comme si quelque magie les avait métamorphosés en des surhommes. Mais ce serait là une course que personne n'oublierait pour une autre raison. Elle allait être jouée et rejouée, ralentie et reculée à tout jamais par la suite. Des sites de Tablettes entiers seraient consacrés à ce qui serait rapidement connu comme « la Course ».

Wade Quinn, le jeune homme mystérieux de l'extérieur, qui était apparu de manière si inattendue avec son sourire confiant et sa belle apparence, prit les devants dès le départ. Au moment où les autres athlètes avaient fait deux pas, Wade était déjà à mi-chemin de la ligne d'arrivée. Cela se produisit dans un éclair, comme s'il n'avait pas couru jusque-là, mais y avait été transporté d'une quelconque façon. Pourtant, on verrait plus tard, grâce aux visionnements au ralenti, que ses jambes l'avaient effectivement porté jusqu'à mi-chemin en moins de deux secondes. S'il avait gardé ce rythme, Wade Quinn aurait fracassé le record du 100 mètres en le réduisant de presque la moitié. Mais le ralenti sur ses expressions faciales montrerait aussi qu'il avait semblé s'efforcer de réduire sa cadence. Il ralentit tellement que tous les autres coureurs non seulement le rejoignirent, mais le dépassèrent, ce qui écarta Wade pour de bon de la compétition sans qu'il obtienne une médaille. Malgré cela, tous diraient à partir de ce jour que personne n'avait fait un sprint de 50 mètres dans le double du temps que Wade Quinn l'avait fait. Il y avait une infinité d'hypo-thèses voulant qu'un jour, il reviendrait et battrait le record mondial pour de bon.

Par la suite, Wade se maîtrisa, s'obligeant à finir en milieu de terrain pendant le reste des compétitions. L'idée de perdre alors qu'il aurait pu gagner si facilement lui bri-sait le cœur d'une façon qu'il n'avait jamais connue. Il avait beaucoup de mal à laisser la victoire filer entre ses doigts quand il aurait pu battre aisément chacun de ses concur-rents. Et pourtant, le fait de se laisser aller à utiliser ses pou-voirs au début du 100 mètres sans pratiquement y penser avait constitué pour lui une effrayante révélation. S'il s'était imaginé à la ligne d'arrivée plutôt qu'à mi-chemin, il aurait fracassé le record existant d'une manière si specta-culaire que ça aurait presque certainement entraîné une vaste enquête. Ce n'était pas le genre de situation qu'au-raient apprécié son père et Gretchen.

Tandis qu'il s'éloignait de la piste, complètement vaincu à chaque épreuve à laquelle il avait participé, Wade se dit qu'encore une fois, il avait presque laissé sa sœur le convaincre. Elle avait essayé d'empoisonner son esprit avec l'idée de prendre d'assaut les Jeux d'athlétisme et de battre à plate couture chacun des compétiteurs tristement normaux. Pourquoi devraient-ils rester à ne rien faire ? C'était leur moment de gloire. Ils l'avaient mérité en vivant à l'extérieur avec les Rôdeurs, la racaille et les déchets de l'humanité. Ils méritaient de gagner ! Wade avait laissé ce genre d'idées s'infiltrer en lui. Il les avait intégrées et les avait tournées et retournées dans son esprit. Il se voyait franchir le premier chaque ligne d'arrivée et sauter plus haut que quiconque l'avait fait avant lui. Il pouvait sentir l'enthousiasme de la

foule, la puissance de son admiration. Ces pensées le rendaient heureux. C'étaient des choses qu'il voulait à tout
prix. C'était un miracle qu'il ait pu s'arrêter quand il l'avait
fait, et en vérité, il ne comprenait pas exactement comment
la chose s'était produite. Pas avant qu'il croise Clara ensuite
et qu'elle lui adresse un sourire narquois en se dirigeant
vers la zone des lancers.

— Tu en as fait un peu trop, tu ne crois pas ? lui
demanda-t-elle.

Il comprit immédiatement que ça avait été elle et non lui
qui l'avait ralenti pendant la course. Clara s'était servie de
son propre pouvoir contre lui, le ralentissant alors qu'il avait
si désastreusement perdu la maîtrise de lui-même.

— Écoute, frérot, dit-elle, la main posée au centre d'un
javelot dont elle pointa l'extrémité vers lui. Tu es plus fort
que je ne le suis et tu le seras toujours, mais tu es imprudent. Tu as failli montrer au monde une chose qu'il n'était
pas encore censé voir.

— C'était toi qui disais que nous devrions écraser ces
losers. Qu'est-ce qui est arrivé ? As-tu pris peur ? demanda
Wade.

Il détestait l'idée qu'elle soit intervenue dans la course.
Ça lui paraissait comme une effraction aux règles, une
chose tacite qu'ils n'auraient jamais dû se faire l'un à l'autre.

— Ton problème, c'est que tu n'as aucune maîtrise, dit
Clara en appuyant la pointe du javelot contre sa poitrine.

Une foule de cent cinquante mille personnes les observait en se demandant de quoi ils parlaient avec une telle
intensité et pourquoi Clara pointait un javelot en direction
de son frère.

— Tu ne connais rien à propos de la subtilité, ajouta-t-elle. Tu es un électron libre, et en fin de compte, c'est exactement ce qui pourrait nous faire tuer.

Clara s'éloigna non sans d'abord sourire aux caméras. Elle donna l'impression que ce n'était qu'une inoffensive rivalité entre frère et sœur. Wade était complètement déconcerté, et c'était ainsi que sa sœur le faisait presque toujours sentir !

Une heure plus tard, il allait se trouver encore plus déconcerté. Clara Quinn allait fouler aux pieds la brève et inexplicable lancée de Wade devant ses compétiteurs.

⊙ ⊙ ⊙

Clara ne se trouvait pas seulement plus maligne que son frère. C'était peu dire. Elle se sentait plus futée que pratiquement tout le monde sur la planète. Contrairement à Wade, son attitude bravache consistait tout autant à se montrer plus maligne que les gens qu'à les battre physiquement. Plus tard, il n'y aurait qu'une personne qui affirmerait comprendre toutes les raisons qui avaient sous-tendu sa décision le dernier jour des Jeux d'athlétisme, et c'était Gretchen. Plus que quiconque, elle connaissait la façon dont fonctionnait l'esprit de Clara Quinn.

Contrairement aussi à son frère, Clara n'avait aucune véritable illusion de grandeur quand il s'agissait d'une chose aussi insignifiante que de lancer un javelot ou un marteau. Rien dans l'athlétisme n'avait l'attrait du véritable pouvoir. Au cours des épreuves qui suivirent, Clara Quinn n'afficha qu'une moyenne au lancer du javelot et à la course et demeura sous la moyenne au lancer du marteau. Ce n'étaient pas des résultats étonnamment mauvais pour une nouvelle venue de l'extérieur. En fait, ils étaient quand même assez remarquables. Elle avait obtenu ce pourquoi elle était venue — le respect — et cela lui suffisait pour l'instant.

Il y avait une femme de vingt-cinq ans particulièrement baraquée à qui Clara s'était rudement intéressée dès le début des Jeux. Elle était la seule femme parmi les concurrentes qui était anormalement costaude. Elle était, par rapport à n'importe quel être humain normal, pratiquement une géante.

— Tu es *énorme*, avait dit Clara au moment où elle avait rencontré Fleet Sanders. Sérieusement, tu ressembles à un immeuble.

Fleet mesurait près de deux mètres et pesait une centaine de kilos tout en muscles. Des rumeurs de stéroïdes synthétiques et de dopage sanguin tournaient autour de Fleet comme des guêpes pendant un pique-nique, mais jamais personne n'avait pu prouver quoi que ce soit. Elle détenait plusieurs records mondiaux, surtout dans le lancer du marteau, qu'elle projetait comme une déesse grecque. Selon le contexte, on la décrivait comme masculine, peu attrayante ou « semblable à un ogre ».

— C'est censé être un compliment ? demanda-t-elle à Clara.

— Ici, oui, concéda Clara. Combien tu pèses ? Cent dix ?

Fleet n'était pas certaine si Clara se montrait gentille ou condescendante, mais ça n'avait pas vraiment d'importance. Clara était extrêmement belle, ce qui suffisait pour que Fleet la déteste. Elle était encline à avoir de soudains

débordements de rage, et il y avait quelque chose de particulièrement agaçant à propos d'une jolie fille qui compé-
titionnait contre elle dans une discipline aussi masculine
que le lancer du marteau. Elle poussa Clara des deux mains
à la vitesse d'un boxeur poids léger, la projetant carrément
sur le dos.

— Tu es vraiment rapide pour une fille aussi trapue, dit
Clara en riant et en secouant la tête.

Elle savait qu'elle était cruelle, mais elle ne pouvait s'en
empêcher. Elle détestait les durs à cuire encore davantage
que Faith haïssait les jolies filles. Évidemment, Clara était
elle-même une des pires dures à cuire qu'on ait jamais
vues — c'était une curieuse contradiction que personne ne
comprenait autour d'elle.

Fleet leva une jambe énorme pour en frapper la poitrine
de Clara, mais quand elle amorça son mouvement, elle
tomba malgré elle à la renverse comme si elle avait glissé
sur une peau de banane et s'écrasa brutalement sur le dos.
Clara se retrouva debout en un éclair, se penchant sur elle
avec un sourire sarcastique.

— Amuse-toi bien aujourd'hui, Bertha. C'est une
journée dont tu vas te souvenir.

— Je vais te tuer, dit Fleet en se relevant à une vitesse
inquiétante avant de regarder Clara d'un air furieux.

— J'adorerais te voir essayer, mais on dirait qu'ils t'ap-
pellent. Pourquoi tu n'orienterais pas toute cette rage sur le
lancer du marteau plutôt que de la dépenser sur ma petite
personne?

Fleet soufflait par les narines comme un taureau de
rodéo. Il y avait longtemps qu'elle n'avait pas été aussi
fâchée et, sentant une occasion de faire bon usage de sa

colère, elle marcha directement jusqu'au cercle de lancer du marteau.

— Je vais m'occuper de toi plus tard, dit Fleet en pointant un énorme doigt en direction de Clara.

— Est-ce que je peux compter là-dessus? demanda Clara.

Fleet Sanders regarda ses fans à l'extrémité du terrain. Ils se fichaient du fait que, par sa taille hors de l'ordinaire, elle constituait une aberration de la nature. Ils ignoraient aussi les efforts qu'avaient déployés ses entraîneurs pour faire d'elle une superathlète. Ils ignoraient les milliers d'heures qu'elle avait passées au gymnase à travailler tous les angles possibles qui pourraient lui donner un avantage. Ils ne sauraient jamais qu'elle n'avait pris aucune drogue pour augmenter ses capacités physiques. S'ils avaient pu voir ce qu'avait été pour elle l'école secondaire, ils en auraient compris plus tard, quand elle termina son lancer du marteau, les raisons pour lesquelles elle prévoyait faire tout son possible pour assassiner Clara Quinn avec ses mains nues.

— Profite bien de ce lancer, hurla Clara de la ligne de côté tout près. J'espère que ce n'est pas ton dernier.

Fleet prit le manche du marteau, une épaisse tringle métallique qui disparut dans son poing de gorille. Elle jeta un regard en direction de Clara Quinn, songea à lancer le marteau vers elle et commença à tourner sur elle-même. Dans cette discipline, l'athlète se tient sur un carré de ciment entouré d'un rebord circulaire. L'idée consiste à tourner sur soi-même en tenant la chaîne et le poids à l'extrémité comme un ballon captif au bout d'une cordelette. Fleet Sanders était connue pour faire une rotation parfaite qui lui permettait de projeter son marteau à une distance qui égalait celle de la plupart des hommes. Quand elle entreprit sa dernière rotation, la boule à l'extrémité de la chaîne se déplaçait à une vitesse et avec une force incroyables. Elle lâcha le tout avec un cri, trébucha et faillit tomber hors des limites, mais réussit à garder sa position. À la façon dont elle avait senti le marteau quitter ses mains, elle savait que son lancer allait être excellent et qu'elle allait peut-être établir un nouveau record mondial. Elle songeait à quel point elle en serait heureuse, à la façon dont elle pourrait le clamer au visage de Clara pendant qu'elle l'étranglerait à mort, quand elle vit le marteau changer de trajectoire.

— Non, c'est impossible, dit-elle d'une voix à peine audible.

Le marteau s'écartait dangereusement de sa trajectoire comme s'il avait été entraîné par une puissante rafale de vent. Plus tard, les gens en témoigneraient même si la journée avait été parfaitement calme.

— Oh non, il y avait un grand vent, affirmerait un des spectateurs. On pouvait le sentir dans les estrades. Une rafale comme on en avait jamais vu. J'ai failli voler de mon siège. Elle est survenue, puis est passée en un instant. Pouf! Juste comme ça.

C'était vrai à propos du vent : Clara était suffisamment futée pour y ajouter au moins le début d'une raison pour laquelle un marteau pourrait changer de trajectoire de manière si draconienne. Nonobstant les lois de la physique, l'intervention de Dieu pouvait toujours constituer un bon prétexte. Qui pouvait le dire avec certitude? Le marteau tournait dans l'air au bout d'une chaîne, peut-être qu'un grand coup de vent pouvait l'envoyer voler comme un Frisbee à cinquante mètres de la trajectoire prévue. De toute façon, ce fut le plus long lancer par un homme ou une femme dans toute l'histoire des Jeux d'athlétisme, mais ça n'avait pas d'importance puisque, évidemment, le marteau était complètement sorti des limites.

Les gens qui étaient assis non loin de la victime affirmèrent que le bruit qu'avait fait le marteau en tombant ressemblait à celui d'un arbre brisé en deux. Toutefois, le son d'une boule de fer frappant un crâne était une chose qu'on ne pouvait bien décrire. Et ce qu'il avait fait à la tête semblait sortir d'un film d'horreur. Il n'y eut qu'une seule victime ; personne d'autre ne fut blessé. Mais la personne en question fut réduite en charpie. Il était impossible de déterminer ce qui était malheureusement arrivé.

Le président de l'État de l'Ouest, qui était assis au milieu des estrades, regarda comme tout le monde la chose avec un étonnement horrifié. Il se trouvait directement vis-à-vis de l'endroit où s'était produit le carnage et il avait très bien vu ce qu'on allait plus tard décrire comme la pire tragédie de l'histoire des Jeux d'athlétisme. Il n'allait jamais deviner qu'en fait, le marteau lui était destiné. On avait depuis longtemps prévu qu'il serait le premier de plusieurs représentants de l'État à tomber. Et il aurait été tout à fait impossible de remonter à la source. Personne n'aurait pu lier le marteau volant à la personne qui le maîtrisait en réalité. Si ce n'avait été de la haine croissante qu'éprouvait Clara pour Faith Daniels, elle aurait suivi le plan. Il était vrai qu'elle détestait être dirigée par sa belle-mère, mais c'était Faith qui lui avait fait franchir le pas. Elle aurait fait ce qu'on lui avait dit ; elle aurait tué le président avec la puissance d'un marteau. Il était chanceux de s'en tirer vivant.

Clara ne se soucia pas de regarder la tragédie. Elle se contenta de s'éloigner dans la direction opposée. Elle savait que la nouvelle ne parviendrait jamais à l'extérieur de l'État parce que rien de négatif n'y parvenait. Mais elle avait un plan précis pour diffuser cette information là-bas. Un plan auquel elle réfléchissait au moment où elle se trouva tout à coup devant son frère.

— Bienvenue au club, dit Wade. Il y a une raison pour laquelle tu as décidé d'agir en franc-tireur ? C'est habituellement mon boulot.

— Je me suis dit que je pourrais prendre les choses en main, pour une fois dans ma vie, répondit Clara. C'était l'idée folle de Gretchen d'assassiner le président. Ça aurait mis le monde entier en état d'alerte maximum. Ç'aurait été une erreur.

Wade regarda dans la direction de l'incident, puis au-delà du terrain où on évacuait le président.

— Elle va être furieuse. Tu es prête à ça ?

Les lèvres de Clara se fendirent d'un demi-sourire tandis qu'elle s'éloignait. Elle faisait toujours partie du plan, mais elle était aussi une leader-née. Elle était fatiguée d'obéir aux ordres de Gretchen.

— Je suis prête depuis un bon moment.

Troisième partie

LA SECONDE

PULSATION

Chapitre 17

Jusqu'à quelle profondeur va ce terrier de lapin?

Faith se sentait déprimée, comme si tout ce qu'elle avait appris de Dylan avait trouvé un moyen de s'échapper dans l'air et de s'envoler au loin. Elle s'était sentie ainsi toute la journée, éprouvant une tristesse tragique qui s'amplifiait en elle et lui donnait envie de pleurer. Elle ignorait pourquoi c'était ainsi, mais tandis qu'elle marchait dans l'obscurité vers le vieux centre commercial, elle essaya de réfléchir à toutes les raisons qui pouvaient engendrer sa dépression.

La vie à Old Park Hill était terminée. Elle avait plusieurs fois quitté des écoles auparavant, mais cette fois, c'était différent parce qu'elle savait au plus profond d'elle-même qu'elle en avait terminé pour toujours avec l'école. Finis les salles de classes, les corridors et les enseignants en chair et en os. Fini aussi le désir désespéré du sentiment d'appartenance et de se promener dans des couloirs remplis d'ados pétris d'angoisses existentielles. Alors, c'était là une des raisons qu'elle avait de se sentir le vague à l'âme : c'était la mort terrible et officielle du peu qui lui restait de son enfance.

Elle n'irait plus jamais dans l'école primaire abandonnée, couverte de lierre. Elle ignorait pourquoi elle en
était si certaine, mais elle savait que c'était ainsi. Elle savait
que c'était pitoyable, qu'il s'agissait d'une faiblesse qu'elle
croyait ne jamais pouvoir surmonter, mais elle adorait les
vieux livres illustrés. C'était une des rares choses au monde
qui la faisait se sentir heureuse. Quand elle en avait un
entre les mains, tous ses mauvais sentiments s'envolaient.
Elle avait pu s'évader pendant quelques précieuses minutes
chaque fois, mais c'était terminé.

En approchant de l'échelle menant au toit de l'immeuble
Nordstrom, Faith savait qu'il y avait autre chose qui la rendait triste. Mais ce qui lui manquait réellement, c'était une
personne à qui elle pouvait confier ses secrets. La seule personne à qui elle aurait pu raconter son rêve fou à propos de
Dylan dans lequel ils se baignaient nus, ses jambes envelop-
pant ses hanches. Elle regrettait qu'il n'y ait plus personne à
qui elle pourrait raconter n'importe quoi, une personne qui
ne la jugerait pas, qui ne la rendrait pas nerveuse et dont
elle n'aurait pas peur. Cette personne, c'était Liz. Faith se
surprenait parfois à étendre le bras à la recherche d'une
autre main à tenir, ne trouvant que le vide. Elle s'aperçut à
sa grande surprise que c'était elle et non Liz qui avait besoin
qu'on lui tienne la main. Le fait que ce soit terminé lui bri-
sait le cœur chaque fois qu'elle rencontrait le vide. Au plus
profond d'elle-même, dans cette partie de son cœur qu'elle
essayait d'ignorer, Faith savait qu'elle n'allait pouvoir survivre que si elle continuait à se dire qu'un jour, même si
c'était dans un avenir lointain, elles finiraient par se
retrouver.

La soirée était chaude, alors elle déposa son sac à dos
sur la chaussée fissurée et s'assit sur un rebord de trottoir.

Elle se trouvait derrière l'immeuble à regarder l'espace vide où des camions livraient jadis des boîtes de costumes et de cravates, de robes et de souliers chics. Une silhouette sombre se profila tout à coup dans l'obscurité, se dirigeant lentement vers elle. Elle ne s'y attendait pas, mais comprit tout de même ce que signifiait son arrivée.

— Tu as bien mal choisi ton moment, lui dit Faith.

Elle n'était pas encore prête à se lever et à se mettre à marcher.

— Mes excuses à la reine, fit Clooger d'un ton blagueur en penchant sa tête garnie de dreadlocks.

Il pouvait se montrer sarcastique, mais ça n'arrivait pas souvent. Faith avait oublié à quel point il était énorme et comment était pâle sa peau qui se réfléchissait comme une petite lune contre un ciel noir.

— J'étais censée rencontrer quelqu'un d'autre ici, dit Faith.

Elle avait l'intuition que l'apparition de Clooger faisait partie d'un plan.

— J'ai pour directive de t'emmener. C'est tout ce que je sais.

« C'est Clooger tout craché », songea Faith.

Elle savait que ce moment allait arriver, mais elle ne savait trop quel était le lien entre Dylan et l'arrivée du Rôdeur devant elle, alors elle continua à chercher des réponses.

— Ce sont mes parents qui t'ont envoyé ? Ils ont dit qu'ils allaient communiquer avec moi après la fermeture de l'école.

Clooger regarda en direction de l'école, et son regard se porta sur l'arrière de l'immeuble Nordstrom tout à côté.

— L'école est fermée. On entre en contact avec toi.

— C'est vraiment nécessaire que tu sois tellement mystérieux? Tu ne peux pas simplement me dire ce qui se passe? S'il te plaît, Clooger, donne quelque chose à la pauvre fille errante.

Faith connaissait Clooger depuis un bon moment et elle savait qu'elle lui plaisait. Ses énormes épaules s'affaissaient légèrement, et il évitait de la regarder dans les yeux. Il ne faisait cela qu'avec Faith, et c'était un des rares moments où il laissait tomber sa garde.

— Allez, cher géant, dit Faith en tapotant le trottoir près d'elle. Assieds-toi, et réglons ça.

Clooger sourit, un événement encore plus rare que de voir ses épaules s'affaisser, mais il n'avait aucunement l'intention de s'asseoir pendant qu'il était en fonction.

— Tous ces trucs que tu faisais là-haut, fit Clooger en haussant le menton vers le toit de l'immeuble. C'est pour ça que je suis ici ; pas parce que l'école est fermée.

— Tu es au courant de ça ?

Faith était surprise, mais elle comprit également qu'il n'y avait peut-être pas de conflit d'intérêt après tout. Peut-être Dylan et les Rôdeurs étaient-ils liés. Mais si c'était le cas, Dylan n'en avait jamais soufflé mot.

Clooger ne lui répondit pas, mais il la dévisageait de nouveau, les épaules bien droites comme le soldat qu'il était. Elle avait obtenu de lui tout ce qu'elle allait pouvoir lui soutirer.

— Tu as abandonné ta Tablette ? demanda-t-il tandis que Faith se levait et prenait son sac à dos. C'est important. Nous ne pouvons pas voir surgir cette chose là où nous allons.

— Je l'ai mise où Dylan m'a dit de la mettre.

— Qui est Dylan ? demanda Clooger, mais Faith ne le crut pas une seconde.

— Bel essai, Sasquatch.

— Ouch.

Ils commencèrent à marcher, et Faith leva les yeux vers Clooger. Même si elle était grande, Clooger la dépassait d'une tête. Son manteau le recouvrait de telle façon que tout son corps avait la carrure d'un réfrigérateur.

— Mes parents vont bien ? demanda Faith tout en longeant le trottoir.

Elle n'avait aucune idée d'où ils allaient, mais elle supposait que ce serait une longue marche par une nuit noire. Clooger prit un air impassible et continua de marcher, voulant éviter d'entreprendre une autre conversation, du moins pour le moment. En conséquence, Faith se prit à penser à ses parents davantage qu'à l'habitude. Ce n'était pas qu'elle n'éprouvait pas d'affection pour eux ; elle n'était pas sans cœur à ce point. Mais elle avait toujours été tellement indépendante, tellement déterminée à conquérir le monde toute seule. Il y avait des années qu'elle n'avait ressenti le besoin qu'on prenne soin d'elle. Quand ils étaient venus la voir et lui avaient exposé leur plan, elle en avait fait peu de cas, sachant comme toujours qu'ils seraient là-bas si elle avait besoin d'eux.

— En fait, je pense qu'ils me manquent un peu, dit Faith, sa voix trahissant une joie qu'elle aurait voulu éviter de manifester. Même s'ils sont cinglés, ce sera bien de les revoir.

Clooger se trouva blessé d'une façon à laquelle Faith ne s'attendait pas.

— Tu ne devrais pas parler d'eux de cette manière.

Il tourna à côté de l'immeuble, se dirigeant vers une ruelle qui traversait le centre commercial.

— Tu n'es pas sérieux, dit Faith. C'est impossible que le camp se trouve dans le centre commercial.

— Personne ne s'y serait attendu. C'est comme ça que nous aimons les choses.

Faith avait toujours supposé que ses parents et tous les autres Rôdeurs se cachaient quelque part dans les bois à l'extérieur de la ville, mais plus elle y pensait, plus c'était logique qu'ils se servent d'une structure fortifiée comme un centre commercial vide pour ne pas être vus. Le fait qu'ils se soient trouvés tout près d'où elle vivait pendant tout ce temps lui donna l'impression que ses parents l'avaient vraiment surveillée même si elle n'avait pas cru que c'était le cas.

Clooger s'arrêta devant une porte et sortit de ses nombreuses poches un trousseau de clés.

— Il va y avoir quelques surprises ici. Tu ferais mieux de prendre une profonde inspiration et de te préparer à une longue nuit.

Faith obéit, prenant une immense bouffée d'air et fermant les yeux pendant un moment. Elle n'avait pas vu ses parents depuis presque quatre mois. Ce serait un plaisir que de les revoir. Elle était résolue à ne pas se laisser entraîner dans un conflit à propos de leurs opinions par rapport aux siennes. Elle les laisserait l'étreindre ; ce serait bien.

— Conduis-moi à ton chef, dit-elle, mi-figue, mi-raisin, quand elle ouvrit de nouveau les yeux, et Clooger déverrouilla la porte.

Il lui fit signe d'entrer d'abord, et elle s'enfonça dans les ténèbres.

⊙ ⊙ ⊙

La lampe de poche de Clooger semblait constamment sur le point de s'éteindre, alors l'arrivée de Faith dans le centre commercial se fit dans la semi-obscurité. Ils traversèrent ce qui avait dû être l'immense espace d'un magasin à rayons, où elle pouvait entrevoir des présentoirs à vêtements vides ou renversés. Elle avait l'impression de traverser une forêt de membres de métal qui tentaient de la toucher, des piles de vêtements abandonnés qui la faisaient trébucher.

— Fais attention où tu mets les pieds ici, dit Clooger quand elle posa la main sur son bras pour garder son équilibre. Nous ferions mieux de ne pas laisser de trace.

Le faisceau de sa lampe s'arrêta sur une caisse enregistreuse, et Faith se dit que c'était un objet dépassé et inutile. Elle avait lu à leur propos, mais n'en avait jamais vu une de près et essaya de s'imaginer insérer du papier-monnaie dans un tiroir en échange d'une paire de sous-vêtements. Le monde qui lui vint à l'esprit était bizarre, mais il lui fit penser également à sa mère. Elles s'étaient sans cesse querellées pendant les derniers jours qu'elles avaient passés ensemble.

— Nous n'avons pas toujours eu des Pièces, tu sais. C'est en partie de cette façon qu'ils exercent leur pouvoir sur nous, aimait-elle dire.

— Tu ne comprends simplement pas, répondait Faith. Qui veut garder de l'argent sur lui ? Ça n'a aucun sens. C'est idiot.

— Les Tablettes sont dangereuses. J'essaie seulement de te protéger.

Mais Faith était plus perspicace. Ses parents n'essayaient pas de la protéger. Ils la retenaient. Ils ne touchaient même pas leurs Tablettes et ils cachaient souvent celle de Faith dans la maison pour l'empêcher d'y avoir accès. Ça la fâchait tellement qu'elle leur criait après en leur disant qu'ils ne voyaient plus la réalité et n'étaient plus dans le coup.

— Je me débrouille bien toute seule. Je n'ai pas besoin que vous me disiez quoi faire, affirmait-elle.

Puis elle trouvait sa Tablette et s'échappait dans sa chambre, verrouillant la porte derrière elle jusqu'au matin, au moment où elle pourrait partir pour l'école et être débarrassée d'eux.

Il était venu un moment où leurs idées à propos de la vie étaient si opposées que la situation lui rappelait le très vieux poème qu'elle avait lu à propos de deux voies s'éloignant dans des directions différentes pour ne jamais se rejoindre. Elle toucha le tatouage dissimulé sur sa nuque et se demanda comment elle avait pu se retrouver si loin sur une voie que ses parents refusaient de prendre. Et elle éprouvait une lueur d'espoir que, d'une manière ou d'une autre, malgré les faibles possibilités, leurs chemins se rencontreraient de nouveau.

Faith était tellement plongée dans ses pensées qu'elle fut profondément surprise en voyant apparaître Dylan devant elle, debout près d'un escalier mécanique. Il paraissait heureux de la voir, et elle se surprit à courir vers lui et à l'étreindre. Il passa une main autour de ses épaules — une semi-étreinte qu'elle interpréta comme un signe de confusion de sa part — et elle s'écarta en souriant.

— Tu as finalement décidé de m'inviter chez toi ? demanda-t-elle en regardant autour. C'est grand, mais un peu de décoration ne ferait pas de tort.

Dylan lui retourna son sourire, puis regarda Clooger.

— Je m'en occupe à partir d'ici.

Clooger hocha la tête et sans dire un mot, il tourna les talons et s'éloigna.

— Bye, Clooger, lui cria Faith. Merci d'être venu me chercher.

Clooger agita la main sans se retourner et, quelques secondes plus tard, il disparaissait dans l'obscurité tranquille.

— Il vient me voir de temps en temps, dit Faith en tenant la rampe glissante et en descendant lentement, une marche à la fois. Juste pour s'assurer que je n'ai pas incendié la maison ou que je ne suis pas tombée dans l'escalier.

— C'est un brave homme, fit Dylan.

Il se servit de sa Tablette pour éclairer leur chemin, et son rayon était plus brillant que la lampe de poche défaillante de Clooger.

— Pourquoi tu peux garder ta Tablette et que je dois laisser la mienne derrière?

— Celle-ci a été modifiée. On ne peut pas apporter des appareils de localisation ici.

Faith savait que la plupart des Tablettes comportaient de puissants GPS qui indiquaient à l'État exactement où vous vous trouviez. Il était logique de ne pas apporter une pareille chose dans une cachette secrète, mais ça ne l'empêchait pas de souhaiter avoir la sienne. Se retrouver sans le flux constant de messages, d'émissions, de musique et tellement plus, c'était vraiment comme de se faire couper un membre.

— Je ne m'étais pas rendu compte à quel point ce serait difficile de m'en passer.

— C'est de cette façon qu'ils ont du pouvoir sur nous. Tu sais ça, non?

En l'écoutant, Faith crut entendre ses parents et, pendant un moment, l'idée lui répugna que Dylan put être davantage comme eux que comme elle. La colère s'empara d'elle quand elle songea que Dylan avait probablement passé du temps avec sa mère et son père, qui lui avaient transmis leur folle vision du monde. En arrivant au bas de l'escalier, elle souhaita qu'ils soient plutôt au sommet de l'immeuble qu'en dessous, à faire bouger des objets par la pensée, ensemble dans leur petit univers.

En descendant la dernière marche, Dylan se tourna vers elle et lui prit la main. Faith ressentit un courant électrique traverser son cœur et elle prit conscience que ses sentiments pour ce garçon étaient encore plus forts qu'elle l'avait supposé.

— Écoute, Faith, ça ne va pas être facile. Je veux seulement que tu saches que je suis ici pour toi. Nous allons traverser ça ensemble.

Faith hocha la tête de côté, une chose qu'elle faisait quand elle éprouvait une émotion très précise. Elle appelait ça une émotion mêlée à l'envers et c'était ça. Déconcertée, apeurée, inquiète, désorientée — c'étaient toutes ces choses mélangées en une seule.

— J'ignore ce que mes parents t'ont dit, mais si c'est une quelconque sorte d'intervention tordue, je n'en suis pas. Retournons sur le toit. C'était plus drôle.

— Tu devrais faire la paix avec tes parents, dit Dylan, ce qui eut l'effet contraire de lui faire retirer sa main par colère.

— Tu es la deuxième personne à me dire ça ce soir. Quoi qu'ils te disent, ce n'est pas moi, c'est eux. Nous ne voyons pas les choses de la même façon, et ça ne va pas changer. Puis ça n'a pas beaucoup d'importance.

— OK, répondit Dylan en n'ajoutant rien à propos de ses parents. Tout est sur le point de changer, et rien de ce qui s'en vient ne sera facile. Es-tu sûre de vouloir tout savoir?

— Mets-toi à ma place, dit Faith sans hésiter. J'ai découvert dernièrement que j'ai le pouvoir de faire bouger n'importe quoi juste en y pensant. Tu parles que je veux tout savoir! Quelle question!

Faith éprouvait un sentiment de rébellion qu'elle connaissait bien. Elle ne comprenait pas combien c'était éprouvant pour Dylan, à quel point les choses allaient devenir plus difficiles avant la fin de la nuit ou de quelle façon sa réaction l'éloignait de lui.

— Viens, il y a quelqu'un que tu dois rencontrer, fit Dylan.

Il posa une main ferme au bas du dos de Faith en la guidant vers l'avant. Elle se calma tandis qu'ils marchaient, mais à chaque pas, elle se débattait avec l'idée de revoir ses parents. Elle savait maintenant que ça n'irait pas bien, et cette situation la rendait d'une humeur défensive dont elle avait du mal à se débarrasser.

— Savais-tu que ton entraînement avait débuté le lendemain du départ de tes parents? demanda Dylan.

C'était un sujet qu'il avait voulu aborder auparavant, mais n'en avait pas eu le courage. Comme le temps pressait, il voulait qu'elle l'entende de sa propre bouche et non de celle de Meredith.

— Je ne comprends pas, dit Faith. Tu parles de ce que nous faisions sur le toit de l'immeuble Nordstrom? Cet entraînement?

Dylan acquiesça. Il espérait que quelques petites révélations atténueraient légèrement les coups à venir.

— Ça a commencé le soir après que tes parents furent partis. En fait, si tu veux savoir la vérité, c'est *pour cette raison* qu'ils sont partis.

— Pourquoi je n'aime pas la direction que ça prend ? demanda Faith.

Elle s'arrêta net, craignant le pire. Quelque chose était en marche depuis longtemps, et ses parents en faisaient partie. C'était la dernière chose qu'elle voulait entendre.

— Il a fallu beaucoup de temps pour te trouver, Faith. *Des années.* Et nous manquons de temps. Je savais ce que tu pouvais faire parce que je peux sentir qu'il y a une pulsation quelque part. Je l'ai sentie bien avant notre première rencontre.

— Ça commence à devenir glauque.

Dylan leva les yeux et soupira. Puis, son regard se fixa de nouveau sur Faith comme s'il souhaitait ne pas avoir à lui expliquer les choses.

— La première fois où tu as fait bouger des objets par la pensée, c'était dans ton sommeil. C'est comme ça que ça commence. J'attendais patiemment de sentir que ça se passe et quand c'est arrivé, je t'ai trouvée. C'était il y a quatre mois.

— Quatre mois ? Un instant. Alors tu as fait quoi ? Tu m'as surveillée ? Et mes parents étaient au courant ?

— S'il te plaît, Faith, j'essaie de faire de mon mieux en ce moment. La seule façon d'extirper ce pouvoir de ton subconscient, c'est de t'aider. C'est une chose que je peux faire en observant, en ayant certaines pensées, en me concentrant précisément sur toi. Alors oui, je t'ai observée dormir pendant environ quatre mois.

— D'aaaccord, dit Faith.

C'était une forme de voyeurisme, et Faith ne savait trop ce qu'elle devait éprouver à ce propos.

— Qu'est-ce que mes parents ont à voir avec ça ?

— Attrape ça, lui dit Dylan en lui lançant sa Tablette comme un Frisbee dans l'obscurité.

Faith réagit instinctivement, un éclair traversant son cerveau alors que la Tablette atterrissait dans sa main.

— Si je n'avais pas passé ces mois à te montrer quoi faire pendant que tu dormais, tu n'aurais pas pu faire ça. Et ça n'allait pas marcher si tes parents demeuraient présents. Ne me demande pas pourquoi parce que j'ignore la réponse. Je sais seulement que c'est plus rapide si tu es isolée. Je veux dire *vraiment* isolée, pas juste seule. Comme je te l'ai dit, le temps pressait. Ils ont compris ce qui était en jeu.

— Pourquoi tu ne m'as rien révélé de tout ça plus tôt ? demanda Faith.

Elle se sentait manipulée, avait l'impression qu'on se servait d'elle.

Dylan ne pouvait lui dire la vérité. Elle était possiblement la personne la plus importante sur la planète, mais il ignorait comment elle pourrait réagir à une pareille nouvelle. Il décida d'arrêter pendant qu'il dirigeait encore la conversation.

— Évite de reprocher quoi que ce soit à tes parents. Tu vas souhaiter ne pas l'avoir fait.

— Arrête de prendre leur parti. Tu ne les connais même pas.

Ce n'était pas tout à fait vrai, et Faith le savait. Dylan avait côtoyé ses parents pendant ces quatre derniers mois, les écoutant répéter sans cesse à quel point les Tablettes étaient dangereuses et comment les États étaient mauvais, et quoi d'autre encore. Ça la rendait furieuse, mais elle décida de n'en rien montrer. Ce serait plus satisfaisant d'utiliser sa colère contre ses parents quand elle les verrait.

— Ouvre la voie, Prince charmant, dit Faith d'un ton sarcastique en lui rendant sa Tablette.

Ils recommencèrent à marcher sans se parler cette fois. Dylan craignait d'avoir commis une autre erreur, et Faith se concentrait sur tout ce qu'elle allait dire à ses parents quand elle en aurait l'occasion. Ils arrivèrent devant une porte que Dylan ouvrit avec une carte magnétique et se retrouvèrent devant un autre escalier.

— La personne que tu vas rencontrer... elle va tout te dire, fit Dylan tandis qu'ils descendaient ensemble l'escalier abrupt. Je t'avertis tout de suite : elle peut être un peu froide, mais elle est comme ça. Ne le prends pas contre toi. La bonne nouvelle, c'est qu'elle est de notre côté.

— Je ne savais pas qu'il y avait des côtés, dit Faith.

Elle aurait voulu poser des questions sur cette mystérieuse personne, mais décida de n'en rien faire pour le moment. Elle songeait à tout ce temps que Dylan avait passé à la regarder dormir la nuit et à l'attitude maussade et distante qu'il avait eue à l'école. Et que lui avaient dit ses parents ? Elle ne voulait même pas y penser. Au bas de l'escalier, une dernière porte était ouverte.

— Elle savait que nous arrivions ; normalement, cette porte est verrouillée. Elle en possède la seule clé.

— Jusqu'à quelle profondeur va ce terrier de lapin[7] ? demanda Faith en se demandant de nouveau si tout ce qui

---

7. N.d.T.: Allusion au terrier de lapin dans *Alice au pays des merveilles*.

s'était produit au cours du dernier mois n'était qu'un rêve complexe généré par un psychocode.

Elle voyait qu'il y avait de la lumière à l'intérieur. Le plafond était plus bas qu'elle l'aurait souhaité, mais en tournant un coin vers la droite, l'espace se fit plus vaste. Le plafond était plus élevé, et la pièce était immense. Ils se trouvaient dans un sous-sol aux murs de béton avec des anciennes ampoules électriques pendant de poutres apparentes. À l'autre bout de la pièce, assise sur une chaise rouge à haut dossier, se trouvait une femme. Il y avait autour d'elle trois chaises pliantes de métal disposées en demi-cercle. Elles étaient toutes vides.

— Je dois partir, fit Dylan. Je vais revenir te chercher.

— Attends. Tu me laisses ici ? Avec *elle* ?

Faith aurait voulu l'agripper par son blouson de cuir et l'obliger à rester, mais ce n'était pas dans sa nature d'être faible. Elle irait jusqu'au bout et, si la situation se détériorait, elle balancerait à travers le mur la personne assise dans la chaise rouge. Elle fit des yeux le tour de la grande pièce vide faiblement éclairée en essayant d'évaluer la situation. Quand elle se retourna, Dylan était parti.

— Viens t'asseoir, lui dit une voix.

C'était évidemment la femme. Faith était résolue à trouver les réponses à ses questions et s'il fallait parler à cette personne pour y parvenir, elle allait s'asseoir sur une des chaises et l'écouter.

Et c'est ce qu'elle fit.

Chapitre 18

Je t'ai apporté ça

Il y avait sur une des chaises pliantes une pomme verte et, sur une autre, une enveloppe scellée avec de la cire. Il ne restait donc qu'une chaise inoccupée que Faith regarda pendant un long moment avant de la tirer bruyamment vers elle sur le plancher de béton et de s'y asseoir.

— Votre chaise semble plus confortable que la mienne.

Faith avait pris la parole en premier parce que la femme, pour une quelconque raison, semblait heureuse de laisser s'établir un silence gênant. Qui qu'elle soit, elle ne ressemblait à personne que Faith ait déjà rencontré. Son visage était à la fois délicat et menaçant : une peau si mince que Faith pouvait voir les veines de son front, des yeux bleus qui ne se détournaient jamais de leur cible, des cheveux foncés retenus par une mince bande de tissu noir. Ses lèvres étaient pâles mais pulpeuses, et quand elle parlait, pratiquement rien d'autre ne bougeait. Ni son regard, ni ses mains, ni son nez parfaitement droit. Seuls ses minces sourcils trahissaient ses sentiments, et lorsqu'elle entendit Faith émettre un commentaire sur sa chaise, ils se soulevèrent soit d'étonnement, soit d'inquiétude.

— Aimerais-tu changer de place avec moi ? demanda la femme.

— Qui êtes-vous et pourquoi vivez-vous dans un sous-sol ? demanda Faith.

Elle n'allait pas se laisser leurrer ou intimider.

— Alors, nous allons rester où nous sommes. Bien. Je m'appelle Meredith. Est-ce que Dylan ne t'a *rien* dit ?

Meredith se pencha légèrement vers l'arrière sur sa chaise et croisa ses longues jambes.

— Il m'a dit certaines choses, mais pas assez. Il m'a dit que vous m'en diriez plus.

Meredith continuait de fixer Faith. Elle semblait essayer de prendre une décision sur une chose qui était difficile à dire.

— Je vis sous terre parce que j'y suis en sécurité. Aussi, je suis une troll.

Faith se trouva bouche bée. Elle crut que Meredith blaguait, mais c'était impossible.

— Tu devrais me voir sans ces souliers. *Des sabots.* C'est horrible.

Faith ne put s'empêcher de sourire.

— Vous êtes différente de ce à quoi je m'attendais.

Meredith se pencha légèrement vers l'avant. Elle avait cette façon de bouger lentement qui fit en sorte que Faith se demanda si elle était faite en plâtre.

— Dylan m'a dit que tu apprenais vite. J'aimerais voir ça de mes propres yeux, si ça te va.

Faith n'aimait pas l'idée d'être mise à l'épreuve, mais au fond d'elle-même, elle mourait d'envie de montrer à Meredith à quel point elle était puissante. Elle songeait à ce qu'elle pourrait mouvoir dans la pièce — les chaises, la pomme, l'enveloppe, Meredith — quand Meredith se déplaça à une vitesse que Faith avait rarement vue auparavant. Elle était assise sur la chaise rouge et, en un clin d'œil, elle n'était plus là. Avant que Faith puisse tourner la tête pour la chercher, la chaise s'envola dans les airs, se balançant au-dessus de sa tête pendant un moment comme si elle se demandait si elle allait lui tomber dessus ou non, puis en un éclair, elle disparut. Faith se retrouva à fixer des yeux un mur de béton vide et deux chaises pliantes, une avec l'enveloppe et l'autre avec la pomme verte.

— Peux-tu ramener la chaise où elle était ? Commençons là.

Faith tourna vivement la tête et aperçut Meredith à l'extrémité de la pièce. Elle se tenait debout près de la chaise rouge.

— N'y pense pas trop. Ramène-la seulement là pour moi. J'apprécierais.

Faith imagina la chaise rouge voler à travers la pièce et se retrouver où elle était. La chaise ne bougea pas. Elle restait là comme si elle était vissée au plancher.

— Un instant. Il y a quelque chose qui ne va pas. D'habitude, ça fonctionne.

Faith se concentra de toutes ses forces, plissant les yeux tandis qu'elle mettait toute sa volonté à faire bouger la chaise rouge. Quand rien ne se produisit, elle devint irritée et détourna les yeux de Meredith juste à temps pour voir la pomme s'envoler. Elle entendit le bruit mat, quand la femme l'attrapa à l'autre bout de la pièce.

Meredith tendit le bras, la pomme en équilibre sur la paume de sa main.

— Essayons plutôt ça.

Faith ne se donna pas la peine de se retourner. Elle savait que la pomme était arrivée dans la main de Meredith et espérait pouvoir lui faire quelque chose. Elle pensa à la pomme, le cœur rempli d'émotions, puis elle sentit la pomme lui frôler la tête, s'écraser contre le mur de béton et éclater en morceaux.

— Tu essayais de faire ça, ou c'était un accident ? demanda calmement Meredith.

Faith avait l'impression qu'elle échouait l'épreuve et se servit de son esprit pour essayer de faire bouger la chaise rouge à nouveau. Cette fois, elle sentit la vive douleur dans son cou qui la fit se plier en deux. Quand elle eut récupéré, Meredith et la chaise rouge avaient repris leur place.

— Ça va. Le rouge représente un problème courant au début. Tu n'as pas à t'en faire. Pas encore, en tout cas.

— Alors vous êtes comme moi, dit Faith, à la fois intriguée et apeurée.

De toute évidence, la femme devant elle était beaucoup plus douée qu'elle le deviendrait sans doute jamais.

Meredith ignora la question.

— La science est une chose délicate, particulièrement quand les gens sont pressés. Normalement, il y a des règles, des règlements, beaucoup de paperasserie. Les traces écrites sont extrêmement utiles quand on peut en obtenir.

— Je vais supposer que vous me dites ça pour une raison.

— Il y a eu un moment dans l'histoire, poursuivit Meredith, où il n'y avait pas de temps pour les règles, pour les réglementations, pour *quoi que ce soit* qui pourrait ralentir le progrès. Tu sais de quoi je parle, n'est-ce pas ?

— Dylan et moi en avons discuté. Il m'a dit que j'avais tort sur certains points. J'ai demandé lesquels, mais il n'a pas voulu me répondre. Apparemment, ça dépasse son échelon de rémunération.

— Ça m'encourage de voir que tu as encore ton sens de l'humour, dit Meredith, même si Faith était pratiquement certaine de ne pas réussir à le conserver pendant le reste de leur conversation.

— On a donné à Hotspur Chance le pouvoir de faire des choses qui n'auraient dû être permises à personne. Alors, pars de là, aucune règle, et imagine ce qui pourrait arriver. Alors, tu dois toujours te souvenir que Chance n'était pas un homme ordinaire. Au dire de tous, il était la personne la plus intelligente qui ait jamais vécu. C'est important parce que ça les rend, lui et ses motivations, impossibles à connaître. Même si on doublait le quotient intellectuel des gens les plus intelligents sur terre, ils ne seraient que des idiots par rapport à Hotspur Chance. Et quand on se met à penser de cette façon, on en vient à imaginer une certaine qualité qui se rapproche du divin.

— Vous voulez dire qu'il se prenait pour Dieu ?

Faith savait qu'elle avait entendu parler de ça dans un de ses nombreux cours, même si elle n'aurait pu dire exactement lequel.

— Non, répondit Meredith. Je veux dire qu'il est, en un sens, comme un dieu pour nous, que nous le voulions ou non. Il comprenait l'univers, notre monde, nos corps, nos esprits, tout cela de diverses façons qui dépassaient de loin ce que nous savons à propos de nous-mêmes, ce qui, d'une certaine manière, pouvait remettre en question nos principes.

Faith avait l'impression que Meredith abordait évasivement toutes sortes de choses qu'elle ne voulait pas vraiment dire ou ne voulait pas qu'elle comprenne toute seule. C'était extrêmement énervant qu'elle ne se contente pas de simplement dire ce qu'elle avait en tête. D'une manière ou d'une autre, Faith n'obtenait pas ce qu'elle voulait savoir et elle décida de jouer le jeu.

— Tout le monde vénérait le sol sous les pas de Hotspur Chance, mais il détenait le pouvoir ultime de faire tout ce qu'il voulait, dit Faith. Il a rassemblé en un seul endroit les gens les plus intelligents au monde et annulé toutes les règles qui avaient été instaurées à propos des travaux touchant l'ADN, les cellules, la reproduction, les armes, les tests sur les humains, tout ça, tout ce à quoi il pouvait penser. Absolument toutes les règles. Aucune documentation, aucune autorité supérieure à la sienne et un accès illimité aux ressources. Il obtenait tout ce qu'il désirait sans qu'on ne lui pose de questions.

La réponse plut à Meredith. Elle progressait.

— Et c'est comme ça que les États ont vu le jour, conclut Faith.

Elle réfléchit au reste de sa réponse avant de l'exprimer.

— Est-ce que Hotspur Chance m'a faite comme ça?

— La façon dont nous sommes arrivés à toi est un peu plus compliquée que ça, mais oui. Lui et ses associés ont sauvé le monde, un noble but, mais ce faisant, ils ont ouvert la porte à certaines autres choses.

— À quoi ils ont ouvert la porte?

— Ils ont d'abord découvert la pulsation et, en prenant conscience de son pouvoir dévastateur, ils ont mis en quarantaine les gens qui l'avaient. Ils étaient douze. Tu peux probablement deviner qui en faisait partie.

— Hotspur Chance.

Meredith hocha lentement la tête.

— Ils n'étaient pas seulement capables de déplacer les objets par la pensée ; ils étaient également violents. On ne sait pas pourquoi c'était ainsi, mais une semaine plus tard, un seul d'entre eux était encore en vie.

— Hotspur Chance, dit Faith.

Le nom de cet homme commençait à ressembler à un mantra dans sa bouche.

— Il a été le premier à découvrir la seconde pulsation, celle qui pouvait déplacer les objets, mais également les laisser immobiles. Dylan t'a expliqué ça, n'est-ce pas ?

Faith acquiesça.

— Il l'a aussi. Rien ne le blesse. Il était déçu que je ne l'aie pas acquise.

L'expression sur le visage de Meredith indiquait qu'elle aussi était déçue.

— Ensuite, nous ne connaissons que deux choses qui se sont produites : les plans concernant les États ont été élaborés avec force détail sur une période étonnamment brève, et le premier Intel a été créé.

— Je n'ai jamais entendu ce mot. *Intel* ? dit Faith.

Elle se souvint d'avoir entendu Dylan dire quelque chose à propos d'un mouvement d'intelligence. Les deux choses semblaient liées, mais elle décida de ne pas le mentionner.

— Rappelle-toi : pas de règles, pas de règlements, dit Meredith. C'était un environnement où tout était permis.

Meredith se tut pendant un moment, ses yeux fixés sur Faith.

— Hotspur Chance a trouvé un moyen de relier son propre ADN à tout le monde. Ils étaient ses hôtes. Il avait besoin de plus d'intelligence et vite. On a appelé ces gens des « Intels ».

— C'est horrible, dit Faith. Il était comme un parasite. Combien de gens a-t-il infectés ?

— Intéressant choix de mots, répondit Meredith. Je préfère penser à eux comme demeurant ce qu'ils étaient, mais beaucoup plus intelligents. Et souviens-toi que sans les Intels, il n'y aurait pas d'États. Parfois, il faut quelque chose de terrible pour remédier à un grand nombre de problèmes.

Meredith regarda l'enveloppe sur la chaise, puis ses yeux se posèrent de nouveau sur Faith. Elle savait que ce serait une conversation difficile parce que le contenu de l'enveloppe avait le pouvoir de changer à tout jamais la vie de Faith.

— Dans quelques instants, deux personnes vont s'asseoir sur ces chaises. Ensuite, ça deviendra plus difficile. Es-tu prête ?

Faith savait que ses parents allaient pénétrer dans la pièce et lui rabattre les oreilles de leurs idées bizarres. Elle essaya de se dire que c'était bien. Elle ne les avait pas vus depuis quatre mois, et en son for intérieur, ils lui manquaient vraiment. Elle aurait seulement souhaité que les circonstances aient été différentes. Elle avait l'impression que ses parents avaient mis tout cela en mouvement sans le lui dire. Maintenant, ils l'avaient piégée dans un sous-sol avec l'aide de cette folle de Meredith.

— Prends l'enveloppe. Garde-la pour plus tard, dit Meredith.

— Avant que vous les fassiez entrer, j'ai une question, dit Faith en se penchant pour prendre l'enveloppe qu'elle tint dans sa main.

Meredith ne montrait aucun signe de vouloir répondre, alors Faith poursuivit.

— Combien il y a de gens comme nous ?

Meredith abaissa légèrement le menton en souriant doucement.

— J'ignore combien ils en ont.

— Ils ? Qu'est-ce que vous voulez dire par là ?

Meredith ignora la question.

— C'est compliqué.

— Saviez-vous qu'il était impossible d'obtenir une réponse directe de votre part ?

— C'est ce qu'on m'a dit.

Faith entendit la porte s'ouvrir à l'autre extrémité de la pièce. C'était une lourde porte dont le grincement se répercutait d'une manière énervante dans l'immense espace vide. Elle ne pouvait se décider à se retourner et à regarder approcher ses parents. Alors, elle ferma les yeux et se rappela de tirer le plus possible parti de la situation. Elle était résolue à ne pas provoquer une querelle, même si elle se sentait manipulée ou rabaissée. Elle n'allait pas faire en sorte qu'ils se sentent coupables de l'avoir abandonnée. Elle allait se réconforter en sachant qu'ils l'aimaient à leur propre façon. Elle n'allait pas commettre la même erreur qu'avec Liz parce que personne ne pouvait vraiment savoir quand quelqu'un serait transféré en un clin d'œil dans l'État de l'Ouest et ne serait plus jamais revu à l'extérieur.

Faith ouvrit les yeux et se leva. Elle pouvait sentir ses parents s'approcher et, adoptant une expression courageuse, elle se tourna dans leur direction, les bras tendus.

— Maman? Papa? fit-elle, mais, même dans la semi-obscurité, elle comprit que ce n'était pas sa mère et son père qui se dirigeaient vers elle; c'était Dylan et Hawk.

Ils ne prononcèrent pas une parole pendant qu'ils s'assoyaient de chaque côté de Faith. Hawk tenait dans une main un sac de tissu, qu'il déposa sur le plancher près de lui.

— Où sont mes parents? demanda Faith.

Elle adressa un bref sourire à Hawk. Elle était heureuse, mais déconcertée de le voir.

— Continue, dit Meredith, mais ferme d'abord la porte. Et verrouille-la.

Dylan ne regarda pas la porte par laquelle ils étaient entrés tandis que Faith l'entendait se refermer, le pêne se mettant en place avec un bruit sec. Elle s'aperçut tout à coup que la porte était rouge, un détail qui lui avait semblé sans importance jusqu'à ce moment.

— Le soir où tu étais avec Wade Quinn, commença Dylan sans détourner les yeux de Faith, il t'a donné deux psychocodes parce qu'il ne voulait pas que tu te souviennes de ce qui était arrivé. Il y avait dans l'immeuble une équipe de Rôdeurs qui observaient tout en s'assurant que tu étais en sécurité. Certains d'entre eux avaient la première pulsation, et un parmi eux a accidentellement fait bouger quelque chose.

— OK, dit Faith. Qu'est-ce que ça a à voir avec mes parents.

— Ils faisaient partie de ce groupe de Rôdeurs. Ils étaient là le soir où Wade et toi êtes entrés dans l'immeuble.

La première pensée qui lui traversa l'esprit fut :

« Oh non, ils l'ont vu abuser de moi. C'est terrible. »

— Je ne suis pas le seul à avoir la seconde pulsation, poursuivit Dylan. Wade l'a aussi. Il savait que les Rôdeurs étaient là.

Faith imagina dans un éclair les Rôdeurs projetés contre les murs, leurs cerveaux fracassés sur les casiers. Elle secoua la tête, et l'image disparut.

— Ne le dis pas, fit-elle en touchant l'endroit secret de son cou où se trouvait le tatouage représentant l'aigle meurtri.

— Wade Quinn a tué les dix Rôdeurs ce soir-là, dit Meredith, qui ne voulait ou ne pouvait laisser Dylan révéler la pire partie de l'histoire. Deux de ces Rôdeurs étaient tes parents.

Les mains de Faith se mirent à trembler pendant qu'elle fixait le plancher. L'enveloppe lui tomba des mains, et elle leva les yeux vers Hawk, qui refusait de croiser son regard. Il était si chétif et si jeune, comme un petit frère qu'elle voulait protéger. Et pourtant, elle ne pouvait songer à autre chose qu'à la façon dont elle aurait souhaité le projeter sur le mur.

— Je sais que c'est difficile, continua Meredith. Mais essaie de maîtriser ta fureur. Ne la laisse pas prendre le dessus sur toi. Tu vas seulement le regretter.

Faith serra les poings et essaya de s'éclaircir les idées. Ses parents étaient morts. Wade Quinn les avait tués. C'était lui qu'elle devait punir et non Hawk. Hawk était son ami. Elle le regarda. Il avait enfoui sa main dans le sac qu'il avait apporté, et elle vit l'inquiétude sur son visage. Il tenait quelque chose qu'elle ne devait pas voir.

— Ils avaient accepté les risques, dit Meredith, et ils ne sont pas morts en vain. L'enveloppe vient d'eux.

— Je suis désolé, fit Dylan. Ça n'était pas censé se passer de cette façon.

Faith était tellement en colère qu'elle ne savait quoi dire. Elle aurait voulu s'en prendre violemment à tout le monde dans la pièce pour avoir entraîné ses parents dans des situations qu'ils ne comprenaient pas. Elle aurait voulu retirer tout ce qu'elle avait éprouvé pour ses parents. Elle croyait avoir l'occasion de leur parler et de réparer la situation, de dire ce qu'elle aurait dû dire, mais elle n'en aurait jamais la possibilité maintenant.

— Elle est encore assez calme, dit Meredith. Il vaut mieux en finir.

— Arrêtez de m'embrouiller! s'écria Faith. Je vous déteste!

— Tu es sur le point de me détester encore plus, dit Meredith, et pour la première fois, Faith entendit une certaine compassion dans sa voix. Hawk a reçu un message de l'intérieur de l'État aujourd'hui. Ton amie Liz nous a quittés aussi. Je ne vais pas enrober ça parce que tu vas finir par le découvrir, et c'est mieux si tu l'apprends dans un endroit sécuritaire. Elle a été frappée par un marteau pendant les Jeux. Il a été lancé par une femme sans rapport connu avec notre… *situation*.

Ça ne pouvait être vrai. C'était trop de douleurs en trop peu de temps. Et pourtant, Faith éprouvait tant d'émotions violentes qu'elle ne pouvait atteindre l'endroit en elle où le remords attendait. Elle regarda Hawk prendre une large bande de tissu rouge dans le sac qu'il avait apporté.

— Est-ce que Clara Quinn était sur le terrain, quand c'est arrivé? demanda Faith.

Meredith et Dylan ne répondirent pas pendant qu'ils observaient Hawk se draper les épaules du tissu rouge comme d'une chaude couverture.

— Dites-moi! hurla Faith.

Elle se leva, et la chaise vola dans les airs derrière elle, virevoltant à travers la pièce pour s'écraser contre le mur.

— Est-ce qu'elle était sur le terrain?

Dylan se leva et alla se placer entre Faith et Hawk.

— Oui, elle y était.

C'était tout ce que Faith avait besoin d'entendre. Tout à coup, elle sut la vérité. Liz n'avait aucune valeur stratégique dans la partie qui se jouait, quelle qu'elle soit. C'était à Faith que Clara essayait de faire du mal, et à personne d'autre.

— Alors Wade Quinn a tué mes parents, et Clara Quinn a tué ma meilleure amie. C'est ça?

— Dylan? fit Meredith.

Sa voix trahissait la peur, et Faith voulait absolument en tirer parti.

— Tout le monde dans cette pièce est de ton côté, dit Dylan. Nous voulons tous la même chose que toi.

— Et qu'est-ce que c'est? demanda Faith.

La chaise de Dylan pencha vers l'avant, puis s'envola brusquement dans les airs, ses pattes se tordant et se tournant vers Meredith. Celle-ci leva une main, et la chaise changea de direction et alla se frapper contre le mur.

— Tu ferais mieux de reprendre la maîtrise de la situation, Dylan, dit Meredith, sinon tu pourrais être le seul qui sorte d'ici vivant.

Faith ne voulait pas bouger. Elle essaya de garder sa position, mais elle se rapprochait de Dylan et elle ne pouvait s'en empêcher.

— Fiche-moi la paix ! Ne me touche pas ! cria-t-elle.

Mais avant qu'elle puisse l'en empêcher, Dylan l'enveloppait de ses bras. Toute la rage qui l'habitait tentait de s'évacuer pendant qu'elle luttait pour se libérer, mais il n'y avait rien au monde qui aurait pu faire en sorte que Dylan Gilmore la laisse aller. Il la tenait fermement pendant qu'elle donnait des coups de pied, hurlait et essayait de le blesser de toutes les manières possibles. Quand elle se détendit finalement dans ses bras, toute sa fureur se transforma en regret et en tristesse ; elle murmura à son oreille une chose que lui seul put entendre.

— C'est ma faute. Ils sont tous morts à cause de moi.

Dylan savait que ce n'était pas vrai, et il la serra encore davantage, murmurant encore et encore :

— Ce n'est pas vrai. Ce n'est pas vrai. Ce n'est pas vrai.

Plusieurs minutes s'écoulèrent.

— Lâche-la, dit Meredith. C'est fini.

Meredith comprenait mieux que quiconque à quoi ressemblait la fin d'un accès de fureur sous l'emprise de la pulsation. Elle en avait vécu des masses. Dylan relâcha lentement Faith. Quand elle tourna les yeux vers Hawk, il avait toujours le tissu rouge sur ses épaules, mais il l'enleva, le remit dans le sac et y prit autre chose.

— Je t'ai apporté ça, dit-il d'une voix douce.

Il lui tendit son bien le plus précieux, *The Sneetches*, qu'il avait pris dans l'ancienne école primaire le soir où il y était allé avec Faith et Liz.

Faith tendit la main et songea à Liz, à quel point elle aimait s'asseoir et lire pendant des heures dans la bibliothèque abandonnée. Elle serra le livre contre sa poitrine et essaya d'imaginer un monde dans lequel Liz et ses parents n'existaient pas.

Meredith prit une profonde respiration et décida que plus personne n'était en danger dans la pièce.

— Nous arrivons maintenant à un autre de ces malheureux moments, commença-t-elle, où le temps n'existe pas.

Faith éprouva une sorte de soulagement triste à l'idée de mettre de côté la douleur d'avoir à démêler tous ses sentiments. Cette guerre dans laquelle elle s'était empêtrée malgré elle lui faisait au moins cette petite faveur.

— Il y a des gens qui veulent détruire tout ce que les États cherchent à créer, dit Meredith. Tout ce que nous avons hérité de bien de la part de Hotspur Chance, ce *sont* les États. On peut lui en vouloir pour d'autres raisons, mais pas pour ça. Rien n'est parfait, mais sans les États, l'humanité serait dans un bien pire état, et la situation s'aggraverait de plus en plus. Ils représentent une brillante invention, et il faut les protéger à tout prix.

— C'est notre boulot de les protéger, dit Hawk.

— Sans vouloir t'offenser, dit Faith, qu'est-ce que tu as à voir dans tout ça?

Dylan prit un air penaud, comme s'il avait caché un secret à Faith.

— C'est un Intel de troisième génération. Il y en a très peu comme lui.

— Pourquoi je ne suis pas surprise ? demanda Faith.

Tout un tas de questions tourbillonnaient dans son esprit sur la façon dont c'était possible, mais elle était pratiquement certaine que, le moment venu, ils lui diraient comment Hawk était devenu le garçon le plus intelligent sur terre.

— Faith, dit Meredith en tendant le bras pour lui prendre la main.

Faith s'étonna qu'elle soit si douce et se mit tout à coup à pleurer, incapable d'endiguer le flot de ses larmes.

— Si nous pouvons trouver ta seconde pulsation, nous pourrons renverser la situation. Elle est en toi — Dylan la sent. Mais à quelle profondeur ? Toi, Dylan et Hawk, vous pourriez empêcher qu'une terrible catastrophe se produise.

Faith comprenait. Elle n'avait qu'une seule pulsation. Si un marteau la frappait à la tête, le nombre de fois où elle aurait pu en lancer n'aurait aucune importance. Elle mourrait. Dans une vraie confrontation, il n'y avait que la seconde pulsation qui comptait, et quelque part en elle, elle en possédait une.

— Prends l'enveloppe et lis-la plus tard, dit Meredith en la faisant se soulever du sol et en la laissant flotter dans l'air devant Faith. Elle vient de tes parents.

— Est-ce que je peux aller m'asseoir sur le toit, s'il vous plaît ? demanda Faith. Je n'en peux plus d'être ici. J'ai besoin de réfléchir. Seule.

Meredith jeta un coup d'œil à Dylan pour être rassurée.

« Est-ce qu'on peut lui faire confiance pour qu'elle ne fasse rien de stupide ? S'est-elle suffisamment calmée ? »

— Promets-moi que tu n'iras nulle part ailleurs, fit Dylan. Seulement sur le toit, et tu ne voles pas. Je viendrai te rejoindre dans une heure, et nous partirons.

— Partir ? demanda Faith.

Meredith était convaincue du bien-fondé de lui accorder une heure, mais c'était la limite. Clooger rassemblait déjà les autres Rôdeurs pour leur long voyage vers le sud.

— Nous ne pouvons plus rester ici, et de toute façon, il n'y a pas de raison d'y rester. Nous avons besoin de temps pour nous entraîner dans un endroit où personne ne pourra nous trouver.

Faith entendit la porte rouge se déverrouiller et elle commença à partir. Tout ce qu'elle venait d'apprendre la faisait suffoquer, et elle ne voulait que passer du temps seule.

— Tu pourrais prendre ça aussi, dit Hawk en sortant de son sac la Tablette de Faith. La fonction de localisation est éteinte maintenant, alors on ne peut pas te trouver. Et j'ai fait quelques autres ajustements. Par exemple, tu peux avoir accès à plus d'émissions maintenant. Malheureusement, c'est terminé pour les jeans gratuits.

— Cette chose allait vraiment me manquer, dit Faith. Merci.

Quelques secondes plus tard, Faith avait franchi la porte, grimpé le vieil escalier mécanique et était sortie dans l'air frais de la nuit.

Quand ils se retrouvèrent seuls dans la pièce du sous-sol, Meredith se tourna vers Hawk. C'était en lui qu'elle avait le plus confiance parce qu'il était un Intel. Il était dix fois plus futé que Dylan et elle-même réunis.

— Si nous n'arrivons pas à faire surgir sa seconde pulsation, la guerre est terminée avant même d'avoir débuté.

Hawk semblait effectuer des calculs dans sa tête tandis que ses yeux dansaient de droite à gauche.

— Je pensais que le livre y parviendrait. J'ai dû rater ma synchronisation d'une nanoseconde.

— Il est difficile de cibler des sentiments, dit Meredith. Tu devrais la suivre et t'assurer qu'elle ne cherche pas à s'attirer des ennuis. Elle est plus imprévisible que la plupart des gens.

— Et plus puissante, ajouta Dylan. Elle se situe dans une autre catégorie.

Meredith fixa la porte ouverte pendant un long moment avant de dire ce que tous savaient.

— Sans elle, nous n'avons aucune chance.

Chapitre 19

La seconde pulsation

Faith plaça le livre sur la table de bois sur laquelle Dylan et elle avaient tant travaillé. Contrairement à la Tablette, qui se glissait facilement dans sa poche arrière et où elle pouvait trouver tout le divertissement dont elle avait besoin, le livre représentait un fardeau à transporter. Elle avait suivi les directives en se servant de l'escalier d'incendie pour monter jusqu'au toit, mais elle se sentait encore trop proche des autres personnes. Elle avait besoin d'une vraie solitude, du genre qu'elle ne pouvait obtenir qu'en montant encore plus haut.

La lueur orange provenant de l'État était puissante et claire tandis que Faith volait tout droit vers le ciel, de plus en plus haut, propulsée par ses propres pensées. Elle savait qu'il ne faudrait pas davantage qu'une petite erreur pour se retrouver avec une jambe brisée ou pire au moment où elle déciderait de redescendre, mais elle s'en fichait. Elle avait besoin d'un endroit où être seule — vraiment seule — et plus elle montait, plus son monde devenait isolé. Qu'est-ce qu'elle ne donnerait pas pour avoir une seconde pulsation ? Ainsi, elle pourrait voler directement jusqu'à l'État, trouver

Clara et Wade Quinn et les torturer toute la nuit. Elle se permit de s'imaginer saisir un bus et le laisser tomber sur la tête de Wade Quinn. Elle eut l'idée brillante et inutile de balancer Clara à travers un mur de brique.

— Je suis désolée de ne pas avoir été là pour vous protéger, dit Faith, ses paroles tombant comme des pétales dans un ciel vide.

Elle disait cela à sa mère, à son père et à sa meilleure amie. Elle resta suspendue dans l'air, songeant au prix qu'elle avait eu à payer, et pour quelle raison ? Elle n'avait pas demandé d'être ainsi. Elle n'avait pas demandé à Dylan de se tenir devant sa fenêtre et d'envahir ses rêves. Personne n'avait pris la peine de lui expliquer quoi que ce soit jusqu'à ce qu'il soit trop tard. Ils allaient l'intégrer à leur petite armée, que ça lui plaise ou non.

Faith hurla plus fort qu'elle ne l'avait jamais fait de sa vie. Le ciel avala chaque son avant qu'il atteigne le sol. Elle aurait pu s'apitoyer sur elle-même pendant une autre heure si elle en avait eu la chance, mais le fait de hurler avait évacué toute pensée de son esprit. Elle commença à tomber et, ayant peu d'expérience avec le poids de son corps en chute libre, elle paniqua. Ses bras et ses jambes s'agitaient dans tous les sens, la faisant tournoyer d'un côté et de l'autre en s'approchant de plus en plus du sol. Le sommet de l'immeuble qu'elle allait bientôt frapper était suffisamment sombre pour qu'elle ne puisse voir à quel point elle était près de le heurter. Et pendant un sinistre moment, elle songea à laisser la chose se produire. Ce serait moins douloureux. En une fraction de seconde, tout serait fini. Finis les regrets à propos de la façon dont elle avait échoué, finie la culpabilité à propos des relations brisées qu'elle avait volontairement choisi de ne pas réparer. Finie la colère à propos de l'injustice de tout ça.

Cette nuit-là, trois idées l'empêchèrent de mourir.

La foi.

La signification de son nom, Faith, la hantait comme un fantôme venu d'outre-tombe, volant dans les airs autour d'elle. Il y avait quelque chose de l'autre côté de la mort. Ce n'était pas le néant. Elle n'avait pas envie de passer une éternité dans laquelle tout le monde se sentirait désolé qu'elle soit morte de manière si tragique.

L'espoir.

Tandis qu'elle plongeait vers la mort, elle vit le visage de Dylan de la façon dont il la regardait parfois, et elle ne pouvait s'imaginer l'abandonner. Quelque chose en elle lui disait que Dylan pourrait guérir toutes les terribles blessures qu'elle endurait. Et elle vit aussi le visage de Hawk. Il ne pourrait jamais remplacer Liz, mais il avait cette qualité intangible de pouvoir la rendre à l'aise en sa présence. Elle pouvait demeurer dans une pièce pendant dix heures et être simplement avec Hawk. Il était facile à vivre, et elle avait besoin de ça. Il pouvait la soutenir à travers le champ de mines des émotions à travers lesquelles elle naviguait quotidiennement.

Et finalement, il y avait ce feu en elle qui menaçait de l'engloutir.

La vengeance.

Pour le meilleur ou pour le pire, la raison qui l'empêcherait de se tuer, c'était la vengeance. Elle allait détruire les Quinn ou mourir en essayant. Ce fut cette chose qui lui éclaircit les idées et ralentit sa chute. La vengeance lui fit arrêter de s'agiter, l'aida à se concentrer et la fit s'arrêter brusquement à quelques centimètres avant qu'elle plonge la tête la première dans le toit du magasin de vêtements.

Elle se rendit immédiatement à la table et prit *The Sneetches*, puis s'assit sur le rebord de l'immeuble en laissant pendre ses jambes tandis qu'elle regardait la lumière orangée de l'État. Elle ouvrit le livre, puis lut lentement chaque page, savourant chaque mot comme si chacun devait être son dernier. En tournant les pages, elle les arrachait une à une, les lançant dans les airs et les regardant descendre en flottant comme des ailes brisées plongeant dans l'abysse. Quand toutes les pages se furent envolées et qu'il ne resta que le dos du livre, elle sentit l'inutilité de ce qu'elle venait de faire et dit adieu à son enfance.

La foi, l'espoir et la vengeance.

Ces mots allaient devenir son mantra. Ils la mèneraient dans une guerre qu'elle n'avait pas choisie et ne comprenait pas. Sa tristesse ferait place à une mission passionnée. Elle n'avait pas la force de lire la lettre rangée dans sa poche. Elle devrait attendre son tour pour malmener son cœur. Elle en avait eu assez pour une soirée.

Alors qu'elle parvenait à dompter ses émotions, elle sentit une vibration dans sa poche. Quelqu'un essayait de la trouver, et même si elle n'y était pas prête, elle ne pensait pas que c'était une bonne idée de disparaître. Si Dylan, Meredith ou Hawk essayaient de la localiser, ce serait plus simple de leur répondre. Ça pourrait lui laisser un peu plus de temps pour être seule.

Elle prit sa Tablette sans se donner la peine de l'agrandir et lut le message.

Je suis revenue pour toi. Finissons ce que nous avons commencé. Old Park Hill.

Le message n'était pas signé, mais ce n'était pas nécessaire. Faith savait exactement qui c'était. Clara Quinn était de retour. Elle n'avait aucune idée de la façon dont elle avait pu sortir de l'État après y être entrée, mais ça n'avait aucune importance. Clara était à l'école, et toutes deux avaient un compte à régler. L'esprit de Faith était si débordant de rage et de confusion qu'elle ne songea même pas à quel point ce qu'elle s'apprêtait à faire était dangereux.

Elle laissa sa Tablette sur le rebord de l'immeuble avec le dos du livre et plongea vers le sol.

⊙ ⊙ ⊙

— Qu'est-ce que tu veux dire, elle n'est pas là ?

Debout dans le centre commercial parmi un groupe de Rôdeurs qui faisaient leurs bagages, Dylan n'en croyait pas ses oreilles. Hawk y était aussi, occupé à taper quelque code sur sa Tablette. Il se mit immédiatement à la recherche d'autres Tablettes dans les environs.

— J'ai cherché alentour et sur le toit. Elle n'est pas là, dit Clooger.

Il aperçut quelque chose le long du rebord à l'autre extrémité du toit et s'envola dans cette direction à la vitesse de l'éclair, une chose qu'il faisait rarement. Il était comme tous les Rôdeurs — il avait une seule pulsation et non deux —, mais il préférait les armes de guerre tradition-nelles. Il choisirait n'importe quand de lancer une grenade plutôt que de balancer une auto à travers un stationnement. Il adorait les explosions.

— Tu as trouvé quelque chose, Hawk ? demanda Dylan en espérant que Faith avait emporté sa Tablette.

Il détestait laisser Hawk le faire, mais il n'avait pas tout dit à Faith à propos de la localisation. Effectivement, l'État ne pouvait plus retracer la Tablette de Faith, mais ça ne signifiait pas que Hawk ne pouvait pas la situer à tout moment.

— Sa Tablette est sur le toit, dit Hawk en levant les yeux. Est-ce qu'elle pourrait l'avoir laissée là ?

L'idée d'aller n'importe où sans sa Tablette lui était si étrangère qu'il avait du mal à la comprendre.

— J'ai trouvé la Tablette, dit Clooger, mais pas Faith. Elle l'a laissée là.

Dylan avait un mauvais pressentiment. Il n'aurait jamais dû la laisser partir seule dans l'état où elle était. Plus que quiconque — encore plus que Faith elle-même —, Dylan comprenait le pouvoir indompté de ses émotions. Ne pouvant se fier qu'à une seule pulsation, elle risquait de se faire tuer de mille façons différentes.

— Vérifie les messages, dit Hawk. Elle s'en est servie il y a environ onze minutes.

Clooger fit courir ses doigts sur l'écran, mais Faith avait verrouillé sa Tablette avec l'empreinte de son pouce. Il n'y avait aucun moyen d'y accéder sans elle.

— Elle est verrouillée. Vous voulez que je rapporte la Tablette ou que je continue à chercher Faith ?

— Continue à la chercher. Je te rejoins dans moins de trente secondes, répondit Dylan avant de se tourner vers Hawk. Combien de temps ?

Hawk tapait furieusement sur son clavier, inscrivant toute une série de commandes qui contourneraient les mesures de sécurité de Faith.

— Trois minutes maximum.

— Appelle-moi quand tu auras quelque chose.

Dylan franchit la porte en un éclair et s'envola à travers le stationnement. Il essaya d'imaginer qui aurait pu lui envoyer un message. Qui omettait-il? Avait-elle d'autres amis à l'extérieur?

Quand il rejoignit Clooger sur le toit, il se sentit découragé.

— Elle a laissé ça aussi, dit Clooger en lui tendant le dos du livre. Tous deux levèrent les yeux vers le ciel en essayant de ne pas imaginer le pire.

— Probablement qu'elle est seulement en train de se promener, dit Clooger. De s'éclaircir les idées. Elle avait beaucoup de choses à absorber en une seule fois.

— Où est-ce qu'elle irait? demanda Dylan, même s'il savait que Clooger n'en avait aucune idée.

Puis, il eut une intuition qui lui sembla avoir une certaine logique.

— Reste ici au cas où elle reviendrait, ajouta-t-il.

Dylan courut vers l'autre extrémité de l'immeuble, fit un dernier pas sur le rebord et bondit dans les airs en direction de l'ancienne école primaire. Elle avait détruit un livre; peut-être qu'elle tirerait un certain réconfort en s'entourant d'autres livres. Il ne lui fallut qu'une minute pour se retrouver devant l'immeuble recouvert de lierre. Il y avait à côté du terrain de jeux de gros rochers sur lesquels les enfants s'amusaient à grimper, et en en saisissant un avec son esprit, il le lança contre la porte, qui fut pulvérisée. Il avait déjà franchi le seuil et se trouvait dans la bibliothèque abandonnée avant que le rocher vienne s'arrêter dans le bureau du directeur.

— Faith? appela-t-il.

Il faisait sombre, alors il régla sa Tablette pour s'en servir comme lampe torche et la tint devant lui. Faith n'y était pas, et son absence l'enragea tellement qu'il hurla son nom encore en envoyant voler tous les livres des étagères par la seule force de ses émotions.

— Faith ! Où es-tu ?

Le bruit des pages qui se déchiraient et des livres qui s'entrechoquaient envahissait la pièce. Dylan se tenait au centre de cette tempête de livres, les bras écartés, déversant sa colère sur les inutiles artefacts du passé.

— Dylan, où es-tu ?

La petite voix de Hawk lui parvint de la Tablette à travers ce maelström. Tous les livres tombèrent brusquement sur le sol, un tapis de pages entourant Dylan pendant qu'il répondait.

— À l'ancienne école primaire. Tu as des nouvelles ?

— Elle est revenue, Dylan. C'est ma faute. Je ne pensais même pas…

— Un instant. Qui est revenu ? De quoi tu parles ?

Il y eut un bref silence, puis il entendit un soupir de frustration à l'autre bout.

— Clara Quinn. Elle est revenue, et je pense qu'elle sait peut-être la vérité à propos de Faith.

Dylan sentit son sang se glacer dans ses veines. Si Clara était au courant, Faith n'avait aucune chance.

— Où est-elle ?

— À Old Park Hill. En tout cas, c'est ce que le message disait.

Dylan se déplaçait à toute vitesse, mais même s'il y mettait toute son énergie, il lui faudrait quelques minutes pour atteindre l'école.

— Reste là et attends.

Dylan changea de fréquence pour communiquer avec Clooger.

— Old Park Hill. Emmène tout le monde.

Clooger n'hésita pas une seconde.

— Je vais rassembler l'équipe, et nous y serons aussi rapidement que possible.

— Hawk, hurla Dylan en changeant de nouveau de fréquence, qu'est-ce qu'il y a là-bas ?

Tous les Rôdeurs qui avaient fait leurs bagages se dirigèrent vers la porte, laissant Hawk seul dans un coin. Il envoya un message à Meredith au sous-sol lui disant de ne pas bouger, et il commença à regarder sur son écran tous les objets utilisables près d'Old Park Hill.

— Il y a plein de pupitres et de chaises. Tu peux t'en servir pour détourner son attention, mais ils ne vont pas faire beaucoup de dommages.

— Qu'est-ce que nous avons qui soit plus lourd ? demanda Dylan.

Il regardait le sol en volant, à la recherche d'objets lourds qu'il pourrait apporter avec lui. Il y avait une limite à ce qu'il pouvait transporter pendant qu'il utilisait tellement d'énergie mentale pour voler et parler à Hawk, mais il pensa pouvoir saisir au moins une chose.

— Quatre gros arbres, mais il va te falloir travailler un peu, dit Hawk. Attends...

Il se tut un moment, ne sachant trop s'il devait mentionner l'idée qu'il venait d'avoir.

— Hawk, s'il y a quelque chose dont nous pouvons nous servir, dis-le, fit Dylan. Ce n'est pas le temps de prendre des précautions.

Hawk reçut un message de Meredith pendant qu'il continuait à parcourir la zone autour de l'école en cherchant des objets qui pourraient servir d'armes.

Protégez-la à tout prix.

C'était tout ce que Hawk avait besoin d'entendre.

— J'ai repéré six camionnettes d'État toutes à quelques kilomètres de l'école. Quatre sont arrêtées pour la nuit, et les deux autres sont sur le pilotage automatique.

Dylan se trouvait maintenant à une trentaine de secondes de l'école, et l'idée de Hawk semblait prometteuse mais risquée.

— Ça va être le chaos complet si les États se rendent compte de ce qui se passe, dit Dylan.

Ils allaient bien assez tôt découvrir la vérité à propos de la première et de la seconde pulsation, mais il valait mieux que ce soit le plus tard possible.

— Je parie que je peux couper la connexion avec les camionnettes, dit Hawk. Elles donneront l'impression d'avoir subi un bris électronique. Des gens vont s'interroger, mais je ne vois rien qui puisse faire autant l'affaire que ces camionnettes. Elles ont une taille et un poids parfaits. Tu peux vraiment les projeter de toutes tes forces.

Dylan prit sa décision pendant qu'il atterrissait parmi les arbres aux abords de l'école.

— Dis à Clooger de les apporter en venant. Dis-lui de les laisser sur le terrain de football. Une à la ligne de cinquante verges, et les autres à dix verges d'intervalle en plein milieu du terrain. C'est compris?

— Ouais, compris.

Hawk ne prit pas la peine d'envoyer un message à Clooger à propos des camionnettes. S'il pouvait court-circuiter leur surveillance, il serait en mesure de les diriger à partir de sa Tablette. Il pourrait les conduire sur le terrain de football d'une manière moins risquée que si Clooger et sa bande de Rôdeurs les transportaient.

Alors que Dylan s'approchait des portes principales d'Old Park Hill, un étonnant silence régnait. Le monde entier était devenu tranquille. Puis, comme le bruit d'un pistolet de départ dans la course de sa vie, il entendit un arbre s'abattre sur le sol.

☉ ☉ ☉

Faith put au moins porter le premier coup. Elle avait bondi sur le toit long et plat de l'école et marchait d'un pas rageur. Quand elle atteignit le rebord donnant sur la cour, elle regarda en bas et vit Clara Quinn assise sur un banc, regardant de l'autre côté, comme si elle n'avait absolument rien à craindre. Il y avait trois grands arbres dans la cour, leurs sommets dépassant le toit, de même que quelques bancs ici et là et des sentiers de béton s'étalant comme un X dans cet espace. Les murs de l'école s'élevaient autour de la cour, et Faith trouva que l'endroit ressemblait à une immense arène de boxe.

Elle savait que ce serait sa seule possibilité d'infliger quelques dommages et, l'espérait-elle, équilibrer les chances. Elle eut une idée de la façon d'y parvenir, quand elle regarda attentivement le plus gros des arbres. Il mesurait plus d'un mètre à sa base, et son poids suffirait pour tenir contre terre une adolescente suffisamment longtemps pour lui hurler au visage.

Elle songea à l'arbre et à toutes ses racines invisibles sous le sol. Elle se concentra de toutes ses forces sur cet arbre, lui ordonna de se déplacer beaucoup plus vite qu'il ne le ferait s'il tombait simplement. Il faudrait qu'il se déplace plus rapidement que Clara pourrait y réagir. Il y avait dans l'esprit de Faith quelque chose comme la gâchette d'un pistolet, une méthode que Dylan lui avait enseignée lui permettant de bouger les choses. Elle pouvait charger son esprit avec une idée de ce qu'elle voulait faire, puis la retenir là jusqu'à ce qu'elle appuie sur la gâchette et déclenche tout.

Bang.

Clara leva les yeux juste à temps pour voir le côté d'un arbre lui frapper le visage. Elle essaya de s'écarter, mais les objets naturels, les choses encore vivantes, avaient sur elle un effet étonnamment puissant. Sans même le savoir, Faith avait bien choisi son arbre. Il n'allait pas blesser Clara — c'était pratiquement impossible —, mais il allait présenter un léger problème. Au moment où il se retrouva complètement sur le sol, Clara était coincée dessous, le haut de son corps d'un côté et le bas de l'autre. C'était horrible, comme si tout entre les deux avait été écrasé et que seuls demeuraient la tête et les pieds. Quand elle leva les yeux, Faith était debout sur l'arbre et la fixait d'un air furieux.

— As-tu tué Liz? demanda-t-elle.

Elle voulait entendre Clara l'avouer avant d'arracher une des branches les plus pointues de l'arbre et la lui enfoncer dans la tête.

— Je ne rate jamais ma cible, dit Clara en souriant malgré sa position délicate.

Elle n'était pas heureuse de se faire parler comme à une enfant, mais elle était patiente. Ce serait plus drôle si elle étirait la chose un peu.

— Et je ciblais effectivement Liz, ajouta-t-elle. Tu aurais dû voir le sang. Wow.

Faith était tellement furieuse que la tête lui tournait. Il y avait une immense fenêtre vitrée qui courait le long du mur le plus éloigné de la cour, et en y réfléchissant, Faith arma une fois de plus le pistolet.

Bang.

La fenêtre éclata, non pas en petits éclats, mais en longues sections de verre irrégulières. Elles volèrent haut dans les airs, puis retombèrent en direction de Clara. Parvenues à quelques centimètres de son visage, elles s'arrêtèrent. Dix morceaux de verre, de plus d'un mètre de long et acérés comme des rasoirs, se retournèrent en direction de Faith.

— Tu veux vraiment m'assassiner, n'est-ce pas? fit Clara avec un calme olympien. Le problème avec une pareille idée, c'est qu'elle est stupide. *Toi*, tu es stupide. Tu n'as aucune idée de ce que tu es en train de faire. Je pourrais te tuer en un clin d'œil. Ça ne te fait pas peur?

Faith ignorait la sensation que pourraient provoquer des éclats de verre à travers son corps, son visage, ses jambes, mais elle était pratiquement certaine qu'elle sentirait la douleur avant de mourir. Une minuscule partie d'elle avait l'impression qu'elle le méritait, alors qu'une autre était horrifiée à l'idée de mourir aux mains de Clara Quinn. Elle se concentra de toutes ses forces en essayant d'éloigner les éclats de verre.

— Tu es plus forte que je m'y attendais, dit Clara.

Elle avait libéré un de ses bras, qu'elle tenait dans l'air en le faisant remuer. Le verre bougea de manière menaçante au rythme de ses mouvements.

— Qui t'a appris ces choses ? demanda-t-elle.

Faith commença à comprendre une chose qui ne lui était pas venue à l'esprit jusqu'à ce moment. Si Dylan, Meredith, Clooger et Hawk étaient d'un côté, qui était de l'autre ?

— Dis-le-moi ! cria Clara.

Elle aimait naviguer entre la douceur et la rage, une attitude qui décontenançait ses ennemis.

— Qui t'a dit de te servir d'un arbre ? ajouta-t-elle d'une voix tranquille.

Faith avait choisi comme arme un objet vivant et elle avait coincé la fille la plus puissante sur terre. Si elle avait jeté son dévolu sur autre chose — un énorme rocher ou une pile de pupitres —, Clara les aurait fait éclater comme des allumettes. C'était tout à fait par hasard qu'elle avait choisi l'arbre. Ou peut-être que non ? Peut-être qu'elle pouvait deviner les pensées de Clara d'une manière que ni l'une ni l'autre ne comprenait encore. Peut-être que l'arbre avait su qu'il pourrait avoir une utilité dans un monde où le bien et le mal s'affrontaient. Quoi qu'il en soit, elle savait que c'était vrai : chaque seconde pulsation possédait une faiblesse dans la bataille. Pour Clara, c'étaient des objets vivants utilisés comme armes contre elle. Il en était de même pour son jumeau, Wade. Une balle de fusil ne leur ferait rien, mais un arbre récemment tombé, encore vivant et rempli de sève, avait le pouvoir de les rendre vulnérables.

Les éclats de verre commencèrent à vibrer et à se fendre dans l'air en de plus petits morceaux. Avant que Clara puisse comprendre ce qui arrivait, ils se transformèrent en particules de poussière et s'envolèrent comme si un grand vent avait soufflé pour les emporter. Dylan atterrit sur l'arbre près de Faith, la prit dans ses bras et la transporta sur le toit.

— Reste ici. Clooger devrait arriver d'un moment à l'autre.

— NON ! Je ne vais pas rester à l'écart pendant que tu me sauves. Je peux faire ça.

Dylan posa une main sur chacune de ses épaules.

— Non, tu ne peux pas. En ce moment, notre seule chance, c'est de nous débarrasser d'elle avant qu'elle te tue. Reste ici. Je suis sérieux.

Il recula d'un pas, puis s'envola de l'immeuble et atterrit où Faith s'était tenue sur l'arbre, au-dessus de Clara. Elle sourit tristement.

— Alors tu en es un aussi, dit-elle en présumant qu'il n'avait que la première pulsation, qu'il n'était qu'un obstacle encombrant comme Faith, et ceci compliquait les choses. Ce n'est pas étonnant que tu m'aies plu dès le départ. Tu dégages une certaine énergie. J'aurais dû le savoir.

Dylan était étonné qu'elle n'ait pas fait bouger l'arbre. Elle n'était pas du type à rester par terre.

— Je n'ai aucune raison de me battre contre toi, déclara Dylan. Nous allons partir et nous ne reviendrons pas.

— Je pense que nous savons tous les deux qu'il est trop tard pour ça. J'aurais aimé que ça se passe autrement. J'avais vraiment de l'affection pour toi, Dylan Gilmore.

Clooger atterrit sur le toit de l'immeuble avec neuf autres Rôdeurs, et ils se placèrent en cercle autour de Faith en attendant des directives.

— Va-t'en, Faith! cria Dylan. Laisse-nous nous occuper de ça.

Mais elle ne pouvait s'empêcher de demeurer où elle était.

— J'ai aussi emmené du renfort, dit Clara. Le mien est meilleur.

Dans un bruit de tonnerre, l'arbre se fendit en deux, envoyant voler des éclats dans toutes les directions au moment où Dylan sautait sur le sol. Wade Quinn s'approchait sur un des sentiers en soulevant les dalles de béton devant lui. Chacune mesurait un mètre de large, presque deux de long et quinze centimètres d'épaisseur. Elles se soulevaient comme un serpent, repoussant Dylan dans les airs et sur le toit pendant qu'il s'éloignait pour se mettre à couvert.

— C'est vraiment l'enfer de trouver un homme dans ces circonstances, dit Clara en époussetant ses vêtements pendant qu'elle allait rejoindre son frère.

Wade regardait vers le toit, où Clooger se tenait avec ses hommes.

— Il est temps de se farcir quelques Rôdeurs.

Clooger dégoupilla trois grenades et les lança dans la cour. Les explosions créèrent une diversion dont il avait besoin pendant laquelle Dylan se libéra des dalles de béton et, d'un violent coup de pied, il frappa Wade au ventre. Celui-ci se trouva projeté à travers une vitre et atterrit sur le plancher à l'intérieur de l'école. Il fallait que Dylan éloigne Clara et Wade de Faith. Il saisit Clara avant qu'elle ait le temps de comprendre ce qui lui arrivait et la projeta dans le même couloir que son frère.

— Baissez-vous ! cria Clooger en levant les mains au-dessus de sa tête alors que les pupitres commençaient à surgir de la fenêtre par laquelle Wade et Clara étaient entrés.

Les Rôdeurs se servirent tous de leurs pouvoirs pour contenir l'assaut imminent pendant que Faith se tenait au milieu d'eux, se demandant ce qui se passait en bas. Elle prit un énorme risque en s'envolant d'une trentaine de mètres dans les airs et, quand elle regarda en bas, elle vit les projecteurs sur le terrain de football. Six camionnettes blanches se garaient le long du champ, et elle n'avait aucune idée pourquoi. D'où elle se trouvait, elle pouvait apercevoir une chose que Clooger et les autres Rôdeurs ne pouvaient voir : Wade et Clara avaient saisi les dalles de béton et les lançaient comme des boomerangs. Ils décrivaient un grand arc en se dirigeant tout droit vers le toit de l'école.

— Clooger ! hurla-t-elle, mais il y avait tant de bruit et elle se trouvait si haut qu'il ne pouvait l'entendre.

Elle parcourut des yeux le sol de la cour et choisit une partie d'un arbre qu'elle avait déjà fait tomber. La saisissant avec son esprit, elle se mit à tomber du ciel en battant des bras et des jambes, comme si l'effort avait court-circuité son système.

— Clooger ! hurla-t-elle encore, et cette fois, il leva briè-vement les yeux. Sur ta gauche !

Au moment où elle cria, les trois premières dalles se fra-cassèrent contre l'arbre qu'elle venait de bouger. Il tomba du ciel et frappa le coin de l'école, mais trois autres dalles arri-vaient à toute vitesse.

— Dégagez! ordonna Clooger, et le groupe de Rôdeurs se dispersa dans toutes les directions.

Les dalles explosèrent sur le toit, se brisant en morceaux de la taille d'une brique. Un de ceux-ci s'abattit sur un des Rôdeurs, et il tomba du ciel, atterrissant durement sur la pelouse à l'extérieur de l'école. Faith n'aurait pu dire s'il était vivant ou mort, mais elle regarda Dylan se propulser dans l'air, suivi de près par Clara et Wade.

Dylan savait le risque qu'il courait. Il devait éloigner le plus possible les jumeaux. Personne dans sa bande n'avait une seconde pulsation, alors il était le seul à pouvoir affronter les Quinn sur un pied d'égalité et survivre pour le raconter.

— Clooger, fous le camp de là! Maintenant!

— Nous ne trouvons pas Faith, répondit Clooger. Elle est partie.

Dylan espéra contre tout espoir que Faith avait été assez futée pour s'enfuir.

— Rassemble tes hommes et va-t'en! cria Dylan dans sa Tablette.

Il n'allait pas avoir un massacre sur la conscience, même si ça signifiait mettre Faith en danger. Neuf Rôdeurs, y compris Clooger, quittèrent la scène et s'éparpillèrent au loin. S'ils avaient vu où avait atterri le Rôdeur abattu, ils auraient également trouvé Faith. Elle était à son côté et lui tenait la tête d'une main.

— Tout va bien, lui dit-elle.

Mais l'homme respirait difficilement, le sang coulant d'une lacération à sa tempe jusque dans sa barbe.

— Ne meurs pas. Ne me fais pas ça! cria Faith.

Elle ne pouvait supporter l'idée qu'une autre personne meure. Elle appela à l'aide, mais il n'y avait personne.

— Ils disent que tu es l'autre, fit l'homme en crachant du sang. Deux par deux. C'est ce qu'ils disent.

Faith ne comprit pas.

— Arrange-toi seulement pour rester en vie, s'il te plaît. Ne me meurs pas dans mes bras.

Elle tendit la main pour prendre sa Tablette, mais elle n'était pas là. Elle scruta en vain le ciel pour y trouver de l'aide. Non seulement n'avait-elle pas réussi à battre Clara Quinn, mais elle avait fait en sorte qu'un autre Rôdeur soit blessé et attiré Dylan dans le gâchis qu'elle avait provoqué.

— Regarde-moi, dit l'homme.

Les yeux de Faith étaient remplis de larmes, mais elle obéit. Ceux de l'homme exprimaient une pure gentillesse. Entourés de ses longs cheveux et de sa barbe, ils attiraient l'attention plus que toute autre chose. Il porta la main à son cœur et se tapota la poitrine.

— Tes parents t'aimaient, dit-il. Ça leur a brisé le cœur de t'abandonner.

— Ne fais pas ça ! s'exclama Faith, mais rien de ce qu'elle désirait ne pouvait changer la situation.

La respiration de l'homme devenait de plus en plus difficile. Faith entendait à peine les paroles qu'il prononçait. Il réussit à prendre une autre respiration, sourit, puis ajouta :

— Je vais leur dire que tu en valais la peine.

Il ferma les yeux, puis expira.

Faith n'avait pas imaginé que tout cela allait se produire quand elle était partie confronter Clara. Elle avait imaginé un héroïque combat à mort entre elles seules. Mais elle s'était complètement fourvoyée. Comment la situation avait-elle dégénéré si rapidement ? Elle prit une respiration, s'essuya les yeux et essaya de réfléchir.

« Qu'est-ce que je peux faire ? Bon sang, qu'est-ce que je pourrais donc faire ? »

Elle toucha le tatouage sur son cou et souhaita pouvoir sentir la douleur fulgurante de l'aiguille.

Puis, en un éclair, elle sut la réponse.

☉ ☉ ☉

Dylan se tenait à l'affût contre un des murs extérieurs de l'école. Clara et Wade avaient tous deux une seconde pulsation, ce qui les rendait plus qu'invincibles. Ils formaient à eux seuls une armée que rien ne pouvait arrêter. Dylan connaissait l'ampleur de leurs pouvoirs de perception. Si quiconque là-bas à l'intérieur du centre commercial faisait bouger une cuillère ne serait-ce que de quelques centimètres sur une table, Wade et Clara pourraient le sentir. Ils réduiraient l'endroit en pièces jusqu'à ce qu'ils trouvent l'origine du mouvement.

Dylan savait plus que quiconque à quel point les enjeux étaient devenus importants. Il ne pouvait à lui seul sauver les États, et ils devaient à tout prix être protégés. Si les États et les autres endroits semblables existaient partout dans le monde, c'était pour une raison : une planète fragile ne pouvait subvenir aux besoins de l'humanité sans eux. Il était impossible de revenir à une situation où les gens étaient éparpillés partout sur la terre. Il n'y avait plus d'infrastructure qui puisse soutenir une pareille dispersion. Et il y avait une autre raison pour laquelle on devait protéger les États :

quatre-vingt-dix pour cent de l'humanité y résidait. Si un État s'effondrait, il y aurait des millions de victimes. Dylan aurait besoin de Meredith et des Rôdeurs. Mais plus encore, il aurait besoin de Hawk et de Faith, et tous les deux étaient sérieusement en danger. Si Clara et Wade découvraient le campement à l'intérieur du centre commercial, la situation prendrait une sale tournure. Il se retrouverait seul à devoir affronter leur colère. Ce n'était pas une perspective attrayante non plus qu'une bataille qu'il pouvait remporter. Il devait tenir Clara et Wade le plus loin possible du centre commercial, et la meilleure façon d'y parvenir était de les attirer grâce à la pulsation.

Il regarda dans la direction du terrain de football, puis s'envola dans les airs comme s'il avait été projeté par un canon. Les jumeaux sentirent immédiatement sa présence, se lançant à sa poursuite de deux coins différents du campus d'Old Park Hill. Dylan était pratiquement certain que tous deux savaient déjà qu'il avait une seconde pulsation, mais ils allaient découvrir à quel point leur ennemi était puissant. Il s'aligna sur le poteau de but, puis s'arrêta, se laissant flotter dans l'air tandis qu'il tournait le dos au terrain et faisait face à la colère des Quinn. Sous lui, le terrain était plongé dans l'obscurité, alors les camionnettes étaient invisibles. Son secret était encore à l'abri au moment où ils s'arrêtèrent brusquement, suspendus dans les airs à trois mètres de Dylan.

— Je vais me faire un plaisir de t'envoyer dans les buts, dit Wade.

Il s'était toujours senti menacé par Dylan. Le fait que ce dernier ait passé du temps avec Faith Daniels, la seule fille qu'il ait réellement aimée, lui donnait envie de lui arracher les membres un à un.

— J'ai entendu dire que les Jeux ont connu un grand succès, mais pas pour toi, fit Dylan.

Wade éclata de rire.

— Ces clowns n'en valaient pas la peine, et tu le sais.

— Pourquoi tu ne te joins pas à nous ? demanda Clara.

Elle s'imaginait aux côtés de Dylan, conquérant le monde avec lui. C'était un fantasme beaucoup plus agréable que de faire la même chose avec son frère.

— Tu n'as pas intérêt à te retrouver du mauvais côté de ce qui s'en vient. Nous ferions bon usage de quelqu'un comme toi.

Dylan sourit à demi dans l'obscurité.

— Tuer des Rôdeurs, c'est un passe-temps pour vous. Je pense que nous aurions un petit conflit d'intérêt là-dessus.

Wade pouvait sentir la passion qu'éprouvait Clara pour Dylan, et ça le rendait furieux. Dylan s'était emparé de Faith et s'était rangé du côté des déchets de l'humanité, mais l'aptitude qu'il avait à faire palpiter le cœur de Clara rendait les choses encore plus difficiles pour lui, et c'est cette situation qui le poussa à agir. Le poteau de but commença à vibrer derrière Dylan, puis le côté qui s'enfonçait dans la terre se libéra et tournoya dans l'air. Son extrémité pointue se tourna vers le dos de Dylan et partit comme une flèche. Dylan fit une pirouette arrière dans les airs, puis se stabilisa tout en reculant, ses longs cheveux se ramassant sur son visage, poussés par le vent.

— Apparemment, nous n'avons pas d'avenir ensemble, dit-il en faisant lever la première des six camionnettes blanches derrière lui.

Il faisait noir, mais Clara sentit qu'il y avait un problème et alluma les projecteurs autour du terrain avec une série de bruits secs. Dylan s'écarta, et la première camionnette fila au-dessus de son épaule droite, frappant directement Clara et accrochant les jambes de Wade. Celui-ci virevolta follement, heurta durement le sol et roula sur lui-même pour se retrouver debout.

Il souriait.

— Je sens qu'on va bien s'amuser.

La camionnette écrasa Clara contre le sol, mais elle se retrouva debout en quelques secondes, la colère montant en elle. Quand elle se retourna, la deuxième camionnette était déjà dans les airs et l'écrasait de nouveau contre le sol. C'étaient des coups durs, mais Clara semblait se renforcer à chaque fois.

— Maintenant tu commences à me mettre en colère, dit-elle.

Le fait que Dylan ait une seconde pulsation ne lui traversa pas l'esprit. Elle ne croyait pas que ce soit possible. Elle savait que certains Rôdeurs et d'autres personnes comme Faith avaient la première pulsation — ils étaient rares, mais ils existaient. C'étaient des obstacles qu'elle prenait plaisir à abattre. En réalité, ils étaient incroyablement faibles. À quoi pouvait servir d'attraper un réfrigérateur et de le lancer ? Si vous ne pouviez prendre un coup, ça n'avait pas d'importance. En fin de compte, vous perdiez toujours.

Dylan souleva deux autres camionnettes et les guida vers leurs cibles. Wade ne put réagir à temps, et cette fois, la camionnette le projeta dans les estrades. Clara leva une main et força la suivante à modifier sa trajectoire. Elle la fit s'envoler directement dans les airs et la tint là, en équilibre.

— C'est ta dernière chance, Dylan Gilmore. Si tu te joins à nous, je ne te ferai pas de mal.

— Je pense que je vais prendre le risque de me passer de vous, répondit Dylan.

Clara fut ébahie quand il dirigea la camionnette flottant dans les airs et qu'il la projeta à une vitesse invraisemblable sur son frère, qui récupérait à peine du coup qu'il venait de recevoir.

— Derrière toi! cria Wade juste avant que le poteau de but qui reposait sur le sol derrière Clara la frappe au bas du dos.

Il filait à une telle vitesse qu'il lui fit arquer le dos comme une nouille, les deux pointes frappant le sol et s'enfonçant dans la terre jusqu'à ce qu'elle se retrouve coincée sur le terrain de football.

Clara détestait le goût de la terre. Elle releva son visage couvert d'herbe et de poussière et éprouva la désagréable sensation que ses pouvoirs avaient été légèrement mis à l'épreuve. Il faudrait bien davantage qu'un morceau de gazon pour venir à bout de Clara Quinn, mais elle s'était suffisamment amusée. Si c'était ainsi que Dylan voulait que ce soit, alors son souhait allait se réaliser.

— Tu as eu ta chance, dit-elle en repoussant le poteau de but hors du sol avec son esprit.

Il vola par-dessus l'école et alla s'écraser contre un immeuble au loin. Elle essuya une tache de ce qui lui parut être de la boue sur son front, mais quand elle regarda sa main sous la lumière des projecteurs, elle s'aperçut qu'il s'agissait de boue mêlée à son propre sang. Jamais personne n'avait fait saigner Clara Quinn. La chose l'effraya, mais plus encore, elle la fit se concentrer sur la tâche à accomplir.

Elle était suffisamment intelligente pour comprendre que Dylan tirait parti de sa faiblesse : un impact assez violent contre un objet vivant, comme une pelouse, pouvait provoquer des dommages.

Elle tira du sol par la pensée un des grands lampadaires du stade, en tourna l'extrémité de bois pourri vers Dylan et fit feu. Les étincelles fusèrent du projecteur, et quand l'arme frappa Dylan à la poitrine en l'envoyant virevolter, elle s'étonna de sa réaction. Elle sentit son cœur devenir sec et fragile, comme une fleur morte sur une chaussée brûlante. Elle le regarda gisant dans l'herbe, immobile, et souhaita qu'il ne soit pas un faible et inutile détenteur d'une première pulsation.

Elle fut surprise de voir son vœu se réaliser.

Dylan se releva. Imperturbable, il tira du sol deux autres lampadaires, leurs fils électriques projetant des étincelles dans le ciel sombre, et les balança violemment dans sa direction. Elle les évita, mais à peine, et comprit tout à coup l'incroyable vérité.

— Tu as une seconde pulsation ?

— Impossible ! cria Wade.

L'idée qu'une personne qu'il détestait autant que Dylan puisse posséder le même niveau de puissance que lui était une réalité avec laquelle Wade ne pouvait composer. Il concentra toute son énergie sur une des camionnettes écrasées, la souleva et la projeta à une vitesse inégalée jusque-là. Dylan essaya de s'écarter, mais Wade la détourna dans la même direction. La porte heurta solidement le haut du corps de Dylan, l'envoyant tournoyer dans les airs et rouler à travers le terrain. Il se releva en une fraction de seconde, secouant l'herbe de son épaisse chevelure et maintenant sa position. Il avait sur le visage un air de résolution tranquille tandis qu'il essuyait une tache de boue et d'herbe sur son épaule.

— Je déteste porter un t-shirt sale. Ça me rend fou.

Clara secoua lentement la tête, puis regarda Dylan à l'autre bout du terrain comme s'il était un fantôme auquel elle avait du mal à croire.

— Je pensais que nous étions les seuls.

— Je crois que tu avais tort, répondit Dylan.

Clara éprouvait un tourbillon d'émotions, même si elle ne s'était jamais fiée à elles autant qu'à son intelligence. Elle adorait l'idée que Dylan soit comme elle. Son pouvoir décuplait son attrait. Il n'était pas son égal, mais presque, et cela faisait en sorte qu'il était plus difficile de lui résister. Malgré tout, cette découverte fit surgir une autre émotion en elle. La peur. Elle ne l'avait jamais ressentie auparavant et détestait la sensation. La passion, c'était bien, mais seulement si elle était en vie pour en profiter.

Wade attaquait Dylan en même temps que Clara, et cela représentait un énorme problème pour lui. Il pouvait combattre un des deux d'égal à égal et faire finalement match nul, mais deux, c'était une autre histoire. Ils finiraient par trouver son point faible, peut-être par hasard, et sa seconde pulsation le lâcherait. Il savait que c'était un combat qu'il ne pouvait remporter, mais il allait rendre les coups autant qu'il le pourrait avant qu'il soit trop tard. Il lança le reste des camionnettes en essayant de créer une diversion pour pouvoir s'échapper, mais Wade et Clara saisissaient tous les objets qu'ils pouvaient trouver. Dylan repoussait des parties d'estrades, divers morceaux de camionnettes qui s'étaient détachés, des véhicules entiers, des tuiles de toit projetées comme des étoiles métalliques de ninja — tout ce qui n'était pas fermement ancré se dirigeait vers lui. Il recevait des coups de tous côtés pendant qu'il reculait contre le mur du gymnase, immobilisé, toute une série interminable d'objets frappant chaque partie de son corps. Il essaya surtout de se protéger contre les pierres et les rochers, les esquivant pour qu'ils ne l'atteignent pas. Tout le reste pouvait aller ; il pouvait recevoir des coups toute la journée, mais la pierre représentait son point faible. Comme les objets vivants pour Clara et Wade Quinn, un rocher pouvait avoir un effet particulièrement dévastateur sur Dylan Gilmore. Et un rocher vraiment énorme pouvait surpasser la puissance de sa seconde pulsation. Il regarda une des camionnettes rater sa cible de trois mètres et creuser un trou à travers le mur de blocs de béton. À ce moment, un bloc de la taille d'une porte de voiture se détacha du mur, virevoltant follement jusqu'à ce qu'il frappe carrément Dylan dans la poitrine. Ses oreilles bourdonnèrent, et sa vision s'embrouilla tandis qu'il culbutait cul par-dessus tête le long du mur du gymnase. Quand il s'arrêta, la porte reposait sur lui, le grand morceau de béton touchant sa peau à travers son t-shirt déchiré. Il sentit le poids comme des charbons ardents, arrachant de son cœur la seconde pulsation. La plaque de ciment lui semblait peser mille kilos.

— Dylan !

Il connaissait cette voix et se mit immédiatement en état d'alerte maximum, scrutant le ciel pour tenter de voir où elle se trouvait. Quelques secondes plus tard, le bloc de pierre qui reposait comme du plomb sur sa poitrine s'envola dans les airs, tourna vivement sur lui-même et frôla la tête de Clara en allant s'écraser dans les estrades.

— On dirait que quelqu'un est revenu, dit Clara en suivant le regard de Dylan. Et celle-là, je sais qu'elle n'a pas de seconde pulsation.

Elle était absolument ravie à l'idée de tuer Faith Daniels. Rien n'aurait pu lui donner autant de plaisir. Le problème, c'était qu'elle n'arrivait pas à la voir. Elle était là-haut, mais Clara ne pouvait rien discerner dans l'obscurité au-delà des projecteurs restants.

— Allez, viens, viens, où que tu sois, fit-elle d'un ton aguichant.

Elle cessa de projeter des objets vers Dylan, mais Wade n'avait pas perdu le rythme. Il continua à plaquer Dylan contre le mur, saisissant les objets les plus lourds qu'il pouvait trouver et les projetant sans arrêt sur lui.

— Laisse-le ! hurla Faith dans le ciel au-dessus d'eux.

Elle vint se placer directement à la verticale de Clara et de Wade.

— Non, Faith ! Tu ne peux pas les tuer, hurla Dylan. Sauve-toi. Maintenant !

Un pneu de camionnette enfonça ce qu'il restait du mur du gymnase près de la tête de Dylan, et il esquiva les morceaux de roche qui s'envolaient, mais il ne pouvait tous les éviter. Sa seconde pulsation s'affaiblissait. Il le sentait jusque dans ses pieds.

Clara tourna son attention vers les projecteurs, qu'elle fit pivoter lentement vers le ciel. Tout ce qui se trouvait sur le terrain s'assombrit, mais le ciel s'éclaira brillamment. Ce qu'elle vit la déconcerta, tout comme Wade, quand il leva les yeux.

— J'ai dit, laisse-le ! cria Faith.

Ils ne voyaient que des parties de son corps parce qu'un immense objet se tenait suspendu dans le ciel entre eux et Faith. Clara éprouva une étrange sensation dans ses entrailles, le sentiment que quelque chose n'allait pas, et elle regarda Wade.

— Vas-y ! hurla-t-elle, mais Wade, confus et furieux, ne bougea pas.

Clara s'envola comme une flèche alors qu'un filet plus vaste que le terrain de football commençait à tomber du ciel. Dylan se trouvait suffisamment loin pour pouvoir s'envoler sur le côté du gymnase, à l'abri du sort qui attendait Wade et Clara au milieu du terrain.

Faith était revenue en volant de l'ancienne école primaire. Elle avait utilisé toute son énergie pour déraciner l'immense enchevêtrement de lierres sur les murs du vieil immeuble. Le filet qui s'abattit sur Clara et Wade Quinn était vert et débordant de vie. Clara s'y empêtra la première, sentant ses forces l'abandonner comme jamais auparavant. Quand il atteignit le sol, Wade essaya de courir, mais en vain. Il avait la même vulnérabilité que sa sœur.

Dylan savait que le filet ne les retiendrait pas longtemps, mais il espérait disposer d'assez de temps. Il vola jusqu'à Faith, haut dans les airs, et lui prit la main.

— Pas mal, dit-il en la tirant doucement.

Elle paraissait moins triste, davantage elle-même. Il aurait été sage de s'éloigner des Quinn aussi rapidement que possible, compte tenu surtout des projecteurs pointés vers eux.

Clara n'essayait pas de se libérer de l'enchevêtrement de lierres sur le sol. Elle concentrait toute son énergie sur une seule tâche. Elle fixa son regard sur Faith, qu'elle pouvait vaguement distinguer à travers les végétaux qui la retenaient. Elle ferma les yeux en songeant seulement au marteau qui reposait par terre dans le gymnase. Elle pouvait le sentir se mettre à bouger pendant que Dylan et Faith commençaient lentement à s'éloigner. Bientôt, il franchirait l'immense trou dans le mur de béton et il s'envolerait dans le ciel.

— Nous devons nous presser, fit Dylan. Tous les autres sont déjà partis.

— Partis ? Où ?

Elle serra la main de Dylan et sentit sa puissance le long de son bras jusqu'à son cou. Quand il se tourna vers elle, elle ne souhaita rien de plus au monde que de sentir ses lèvres sur les siennes pour réparer tous les morceaux brisés de sa vie.

Mais ça ne devait pas arriver. Elle ferma les yeux, se penchant vers lui tandis qu'ils volaient à travers le ciel, puis sentit tout à coup un choc sur sa nuque qui lui fit voir un million d'étoiles. La douleur était profonde, cuisante, mais quand elle s'évanouit, Faith comprit la paix qu'il y avait à ne rien éprouver du tout.

Chapitre 20

Matin glorieux

Personne, pas même les habitants des États, ne s'intéressait à la côte californienne. C'était un endroit où régnait un extraordinaire chaos et une terrible détresse. Et à moins que vous ne soyez un Intel comme Hawk, il était impossible d'y capter un signal pour les Tablettes. Des chats et des chiens sauvages sillonnaient les rues de Valencia, une ville qui avait été située à soixante-cinq kilomètres de la côte. En ce moment, elle offrait une magnifique vue sur l'océan, et personne ne croyait que ça durerait éternellement. Ce n'était qu'une question de temps avant qu'elle s'effondre aussi dans le Pacifique.

Cette ville avait précisément été choisie pour cette raison. Un endroit qui existait mais peut-être pas pour longtemps avait un certain attrait pour les chefs d'une rébellion. Des immeubles abandonnés bordaient les rues comme des cercueils vides. Ces gens avaient besoin de temps. Du temps pour se préparer, pour planifier, pour acquérir des aptitudes qu'ils n'avaient pas encore.

— Nous avons au moins quatre mois, dit Hawk, qui avait calculé le temps qu'il faudrait à l'océan implacable pour avaler leur planque. C'est suffisant?

— Ouais, ça devrait l'être, répondit Dylan.

Au cours des deux premières semaines, il avait été plus tranquille qu'à l'habitude, mais maintenant, il se demanda à voix haute comment allaient les parents de Hawk.

— Je suis content de les avoir emmenés avec nous. Ils vont bien aujourd'hui?

Hawk haussa les épaules. Ses parents étaient des Intels de deuxième génération, deux des derniers survivants de leur espèce. Ils étaient en partie eux-mêmes, en partie Hotspur Chance, et ils perdaient lentement l'esprit.

— Je ne pense pas qu'ils vont partir quand nous allons le faire, dit-il.

Après avoir été recruté et avoir parlé seul avec Meredith, il avait compris qu'une fois amorcée la véritable spirale descendante de ses parents, ce n'était qu'une question de mois et non d'années avant qu'ils ne meurent. Parfois, il avait du mal à croire que peu auparavant, ils semblaient ne rien faire d'autre que lire à longueur de journée en silence. Maintenant, ils ressemblaient davantage à des idiots savants, fixant des objets pendant des heures, ne parlant presque jamais, tapant des trucs inintelligibles sur leurs Tablettes. L'idée qu'il pourrait finir de la même façon s'il vivait aussi longtemps était une chose à laquelle il préférait ne pas penser à moins d'y être obligé.

— Désolé d'entendre ça, répondit Dylan maladroitement, ne sachant pas comment réconforter son jeune ami.

Hawk était plus intelligent que Dylan ne pouvait jamais espérer le devenir. Il était difficile de dire de quelle façon il composait avec certains traumatismes affectifs. C'était Dylan qui avait pris plusieurs fois la Tablette de Hawk, la passant chaque fois à Meredith pour qu'elle puisse constater la situation par elle-même. Après avoir parcouru plusieurs fois le contenu de la Tablette de Hawk, elle avait acquis la certitude qu'il était un Intel, peut-être le plus jeune de son espèce. Et elle avait su également qu'une personne de son intelligence leur serait nécessaire pour avoir une quelconque chance de vaincre ce qui les attendait.

Hawk secoua les épaules, une réaction qui devenait de plus en plus courante à mesure qu'il grandissait. Dans un proche avenir, on compterait beaucoup sur lui pour accomplir des tâches que personne ne pouvait réaliser. Il savait que parfois, il valait mieux ne rien répondre. C'était certainement vrai quand la question concernait ses parents.

— Et elle ? demanda Dylan.

Il avait passé une autre nuit à regarder dormir Faith. Il s'y était habitué pendant les longs mois du début de son entraînement et il avait pris plaisir à l'observer pendant autant d'heures qu'elle restait au lit. Maintenant, il souhaitait seulement qu'elle se réveille.

— Pour autant que je sache, elle ne perd pas ses fonctions cérébrales, dit Hawk, qui surveillait ses signes vitaux depuis leur arrivée dix jours plus tôt. Mais elle ne peut pas rester comme ça à tout jamais. Il faut qu'elle se réveille très bientôt.

— Et c'est quand, très bientôt ? demanda Dylan.

Hawk haussa les épaules. C'était une des questions auxquelles il ne pouvait répondre.

Dylan jeta un coup d'œil dans le coin de la chambre et éprouva un pincement au cœur. La boule et la chaîne gisaient en tas sur le plancher de tuile. Le fait de les regarder lui rappelait comment il n'avait pas pu la protéger. Hawk suivit son regard.

— Quel couple de salopards.

— Tu l'as dit, répliqua Dylan, et il ne put s'empêcher de sourire.

— Ne les laissons pas gagner, dit Hawk, puis il sortit en laissant Dylan et Faith seuls dans la pièce.

Dylan passa l'heure suivante à essayer de la réveiller. Il le fit en se concentrant sur elle, en levant son pied du lit avec son esprit, en la tenant dans ses bras dans un état d'apesanteur onirique.

— Allez, Faith. Je ne peux pas le faire sans toi. Je n'y arriverai pas.

À eux trois — Hawk, Faith et lui —, il se pourrait qu'ils aient une chance. Wade était dangereux et imprévisible, et il avait la seconde pulsation. Quand le temps viendrait, il faudrait à Dylan toute son énergie, et il n'était pas encore prêt. Wade allait devenir plus fort ; il en était sûr. Dylan devrait le devenir aussi, mais c'était Clara qui constituait le vrai problème.

— Nous n'arriverons pas à les arrêter sans Faith. Pas avec Clara à leurs côtés.

Meredith était entrée dans la pièce, ou presque. Elle se tenait debout dans l'embrasure de la porte et regardait son fils.

— Je sais, répondit Dylan. Clara Quinn est la seule à posséder les trois.

Meredith fronça les sourcils, sa peau translucide se plissant en de petites rides serrées aux coins de sa bouche.

— Elle a la première et la seconde pulsation, et elle est une Intel, tout cela en une seule personne. Je ne pense pas que Clara sache à quel point elle est puissante.

Clara Quinn. Tout ça dans une seule jeune fille remarquablement belle. Il était impossible de l'arrêter sans avoir l'intelligence de Hawk et une autre seconde pulsation. Et la seule autre seconde pulsation dont ils pouvaient espérer tirer parti, c'était celle de Faith. Elle avait les caractéristiques; elle était suffisamment jeune et elle avait été minutieusement entraînée. Dylan la tint dans ses bras et souhaita une chose dont il commençait à croire qu'elle était impossible à obtenir.

— Nous pourrions les retenir, dit-il.

Sa mère pouvait être froide; c'était une chose qu'il savait à propos d'elle. Mais elle pouvait tous les former comme personne d'autre ne le pourrait. Et elle l'aimait plus que tout au monde, certainement plus que son père ne l'avait fait.

— C'est vrai, répondit Meredith, mais en fin de compte, ils vont l'emporter. Et c'est ce que veut André. C'est ce que *Gretchen* veut. Et ils obtiennent généralement ce qu'ils veulent à moins qu'intervienne quelqu'un de plus fort.

— Tu ne penses pas que je puisse le faire?

— Non, je ne le pense pas. Désolée, champion, tu n'existes qu'en un seul exemplaire, et ce n'est pas suffisant.

Il se sentait blessé du fait qu'elle ne croie pas suffisamment en lui pour penser qu'il pourrait accomplir la tâche, mais il savait également qu'elle disait la vérité. C'était un simple calcul que même Wade pouvait faire. Ils étaient deux, et lui était seul. Il ne pourrait jamais y arriver seul.

— La séance d'entraînement commence dans une heure, dit Meredith. Tu ferais mieux de manger quelque chose. Clooger fait des gaufres, et nous avons trouvé une énorme planque de café à l'ancien Trader Joe's. Qui aurait cru qu'on puisse laisser derrière une denrée aussi précieuse?

Le café et les gaufres semblaient une bonne idée, mais Dylan ne suivit pas Meredith. Il pourrait manger plus tard parce qu'à la façon dont Clooger cuisinait, il était certain qu'il y aurait des restes.

— S'il te plaît, Faith.

Il ne savait quoi dire d'autre. Il l'avait entraînée dans ce gâchis, et maintenant, elle était pratiquement sans vie dans ses bras. Elle lui avait sauvé la vie sur le terrain de football d'Old Park Hill. Si ça n'avait été d'elle, il serait encore coincé sous une plaque de béton, sa seconde pulsation perdue à jamais. La seule chose qui bougeait, c'était sa poitrine. En haut, en bas. En haut, en bas. Lentement et régulièrement, comme si elle se reposait en prévision d'une chose qui allait exiger d'elle toute son énergie.

Dylan la laissa aller, et elle flotta au-dessus du lit. Il avait trouvé des draps jaunes immaculés au Bed Bath & Beyond déserté. Leur couleur lui paraissait gaie comme les marguerites qu'elle dessinait parfois, et il s'était dit qu'ils seraient frais contre sa peau. Il la fit descendre sur les draps, laissant doucement reposer sa tête sur l'oreiller. Il avait attendu tout ce temps pour l'embrasser parce que cette idée lui faisait terriblement peur. Il lui semblait que ce serait soit un baiser d'adieu, soit un baiser qui la réveillerait. Il savait que c'était stupide, mais c'était ce qu'il ressentait. L'embrasser serait un geste grave.

Il avait seize ans et il n'avait jamais été amoureux. En regardant Faith, il se rendait compte à quel point il avait besoin d'elle non pas seulement parce qu'ils n'avaient aucune chance sans elle. Il avait besoin d'elle pour continuer à respirer. Chaque jour où elle était inconsciente lui donnait l'impression sinistre de passer la journée à travers un brouillard, son cœur lourd comme le marteau.

— Je vais t'embrasser maintenant, dit-il.

Il en avait assez. Au moins, il pourrait le faire pendant qu'elle était vivante et dans un état qui lui permettrait de dire : « C'est dégoûtant ! Dégage, loser. »

Il se pencha sur elle, effleura la peau douce de son bras. Sa main descendit jusqu'à la sienne qu'il avait gardée douce en y appliquant une lotion à demi durcie qu'il avait trouvée au Bath & Body Works. Il pencha l'oreille contre sa bouche et sentit le souffle lent qui s'échappait par vagues de son nez. Il pouvait sentir l'air aller et venir, comme les marées qui allaient bientôt recouvrir la pièce même où ils se trouvaient.

Il toucha son visage avec la paume de sa main, le tournant légèrement dans sa direction. Il était incroyablement doux, et Dylan se demanda si le tremblement de ses doigts pourrait la réveiller. Il posa ses lèvres sur les siennes, puis augmenta la pression. Les secondes passèrent, et Faith ne bougea pas. Il s'écarta, puis essaya de nouveau. Il n'allait pas s'arrêter jusqu'à ce qu'elle bouge ou fasse un quelconque signe. Si c'était ce qu'il fallait, il allait y passer toute la journée. Mais ça aussi c'était idiot. Le fait de savoir qu'il ne pouvait pas passer la journée à son chevet à l'embrasser lui paraissait une sorte d'insulte. C'était doux-amer. Il se sentit vibrer d'excitation parce qu'il embrassait la fille qu'il aimait. Mais elle ne bougeait pas, et cela ruinait tout.

Il s'écarta très lentement, absorbant la déception dans toute sa profondeur, mais alors il comprit que c'était la main de Faith et non la sienne qui exerçait une pression sur sa paume. Elle lui tenait la main, et non le contraire. Il regarda son visage, y vit l'ombre du début d'un sourire et l'embrassa de nouveau.

Faith demeura immobile quelques instants de plus. Était-elle réveillée et profitait-elle du moment, ou s'était-il agi des mouvements inconscients d'une fille dans un coma ? À ce moment, elle repoussa Dylan et prit une profonde respiration, ses yeux écarquillés par un savoir qu'elle ne pouvait exprimer. Sa respiration se stabilisa, et elle parla en un murmure rauque.

— Je l'ai sentie.

— Désolé, je... je suis désolé, balbutia Dylan.

Il était fou de joie qu'elle soit réveillée tout en étant gêné de l'avoir embrassée pendant qu'elle était inconsciente.

Faith sourit, largement cette fois, et l'attira en agrippant son t-shirt blanc à col en V, et ce fut elle qui l'embrassa. Quand leurs lèvres se séparèrent, elle répéta :

— Je l'ai sentie.

— Je l'ai sentie aussi.

Faith secoua lentement la tête. Elle ne parlait pas de la sensation de ses lèvres contre les siennes. Elle parlait d'autre chose. Tout à coup, Dylan comprit ce que c'était.

— Tu as senti une seconde pulsation. Tu en es sûre ?

Faith acquiesça, sourit, l'attira contre elle et l'enlaça.

— Prends-moi encore dans tes bras, dit-elle. J'aime quand tu me tiens.

Dylan la souleva du lit en souhaitant qu'elle pèse davantage. Elle aurait besoin de temps pour regagner ses forces.

— Mes baisers sont assez renversants, dit Dylan. Tu es sûre que tu as senti une seconde pulsation. Ç'aurait pu être moi.

Faith songea à ce que signifiait une seconde pulsation : rien ne pouvait plus lui arriver qui puisse lui faire du mal. Elle fixa les yeux de Dylan et se demanda si un baiser en faisait partie. Elle lui saisit la main et la plaça sur son cou, pressant fermement ses doigts contre la veine sous son menton. Puis, elle songea à la seconde pulsation qui devenait plus forte en elle. Dylan sentit la première, forte et régulière, et juste derrière, l'ombre d'une pulsation, plus douce mais clairement présente.

— Meredith va être ravie, dit-il.

— Ne le lui disons pas tout de suite. On peut retourner au lit ?

Dylan ferma la porte de la pièce avec son esprit et laissa Faith flotter librement devant lui, puis il la déposa doucement sur le petit lit. Il se tourna et s'étendit près d'elle, et Faith posa les doigts sur son cou, à la recherche d'un pouls.

Une époque de perturbation arrivait. Elle allait mettre à l'épreuve leur dévotion et les pousser jusqu'aux dernières limites de leurs forces. Mais pour l'instant, ils étaient tout seuls, songeant seulement l'un à l'autre au milieu d'un monde dévasté.

⊙ ⊙ ⊙

Une semaine plus tard, Faith était assise au bord du même lit par un matin ensoleillé. Elle n'était pas seule pendant que l'aiguille s'enfonçait en elle encore et encore. Glory avait déjà fait deux fois le tour de son bras, et maintenant, elles en étaient arrivées à la partie la plus difficile.

Faith était heureuse que Glory fasse partie de sa bande, heureuse qu'elle ait suivi les Rôdeurs.

— Nous approchons de la chaîne, dit Glory. C'est cette partie qui va faire le plus mal.

L'aiguille faisait entendre son ronronnement, effectuant son travail sur le poignet de Faith côté paume. C'était une zone sensible, comme la peau de ses mollets.

— Tout ça fait mal, Glory. C'est pourquoi je le fais.

— Si tu n'arrêtes pas de dire de pareilles choses, je vais l'enfoncer encore plus et te faire vraiment du mal.

Sans même s'en rendre compte complètement, Faith avait découvert sa propre faiblesse. Le fait que l'aiguille puisse même pénétrer sa peau représentait un mystère. Elle avait une seconde pulsation. Cela aurait dû la protéger de quoi que ce soit qui puisse lui faire du mal, mais l'aiguille entrait et sortait, et les innombrables petites douleurs étaient réelles. Elle se demanda si, en fin de compte, l'extrémité acérée d'un couteau pourrait trouver son chemin jusqu'à son cœur.

— Les deux autres tatouages, tu les avais fait faire pour des raisons différentes, n'est-ce pas ? demanda Glory.

C'était la première fois qu'elle tatouait une partie complètement apparente du corps de Faith. Une chaîne entourait l'avant-bras de Faith, sur laquelle s'entremêlaient des lierres. Elles en étaient à la partie lourde du marteau, la boule de métal. Glory continuait d'appliquer la couleur noire, faisant courir l'aiguille en cercles et essuyant le trop-plein d'encre.

— Pourquoi tu n'es pas allée dans l'État ? demanda Faith en ignorant la question de Glory.

Celle-ci avait sa propre histoire, mais ce serait pour une autre fois.

— Ils ne sauraient pas quoi faire de moi là-bas.

Faith rit doucement tout en grimaçant pendant que Glory maniait l'aiguille. Elle s'arrêta un moment, éteignit l'appareil, puis regarda Faith.

— Si tu dois porter ce marteau, tu ferais mieux d'être prête à t'en servir.

— Je suis prête, dit Faith en étendant le bras et en fermant le poing, sentant la douleur persistante de l'aiguille le long de sa peau. Et je sais à quoi il va servir.

— À quoi ? demanda Glory même si elle connaissait la réponse.

— C'est pour tuer. Le marteau sert à tuer.

La pensée de pouvoir recevoir autant de coups que Clara Quinn pourrait lui en assener était enivrante.

Ensuite, toutes deux se turent, écoutant le son de l'appareil pendant que Glory appliquait le tatouage.

Une heure plus tard, le bras de Faith était entouré d'un bandage, et elle marchait. Le Six Flags n'était pas loin, et elle se sentit triste en regardant les rails des montagnes russes. L'eau battait la grève à ses pieds jusqu'à ce qu'elle arrive au parcours qu'elle cherchait. Il s'appelait l'Apocalypse, et c'était une vieille relique en bois qui avait un jour emballé les adolescents pendant des fins de semaine californiennes inondées de soleil. Maintenant, il tombait en morceau. Une section entière s'était effondrée, mais le sommet du parcours demeurait intact. Elle s'envola et alla s'asseoir sur le rail de métal, laissant ses jambes pendre dans l'air par-dessus le rebord.

Elle songea brièvement à jeter la lettre sans la lire. Quel bien pourrait-elle retirer en réveillant les sentiments avec lesquels elle ne voulait pas composer. Elle guérissait, devenait plus forte. Elle n'avait jamais trouvé utile de revenir en arrière, mais en fin de compte, elle ne put pas l'éviter. C'était pour elle une question d'honneur que de lire au moins ce que ses parents lui avaient laissé, peu importe à quel point elle pourrait en souffrir. Alors, elle déchira l'enveloppe qu'elle enfouit dans sa poche et déplia la feuille. Elle lut rapidement pour en finir le plus vite possible.

Faith,

Sais-tu pourquoi nous t'avons donné ce nom ? C'était parce que nous croyions contre vents et marées que tu irais bien. Tu étais notre heureux accident. Nous n'aurions pas décidé de faire naître un enfant dans le monde où nous vivions. Mais quand tu es arrivée, nous t'adorions. Nous ne voulions rien d'autre que de te garder en sécurité et te rendre heureuse.

Ça n'est pas arrivé, et nous en sommes extrêmement désolés. Nous savions ce que nous étions et nous savions ce qui allait se produire ; et nous t'avons tu ces choses aussi longtemps que nous l'avons pu. Peut-être n'aurions-nous pas dû, mais nous l'avons fait. C'est une chose avec laquelle nous devrons vivre.

Au moment où tu lis ces lignes, tu sais presque tout ce que nous t'aurions dit si nous avions eu le courage de prononcer les paroles. Mais au cas où tu ne saurais pas tout, sache ceci : un mal terrible existe en ce monde. Il vient pour détruire. Nous ne sommes pas assez forts pour l'arrêter, mais il viendra un temps où tu le pourras. Trouve l'amour parce que l'amour dans un monde en perdition te réconfortera. Accroche-toi à l'espoir ; il te soutiendra. Aie la foi parce qu'en bout de ligne, elle te sauvera. Rappelle-toi toujours de ces choses.

Avec tout notre amour,
Maman et papa

Faith replia la lettre et découvrit avec un peu d'étonnement qu'elle ne pleurait pas. Elle avait déjà tant pleuré pour tant de choses qu'elle n'avait plus de larmes. Elle regarda l'océan et songea à ses parents et à Liz. Elle pensa au monde dévasté dans lequel elle était née et à tous les mystères qu'elle ne comprenait pas.

Alors, elle laissa tomber la lettre, la regardant se replier et flotter dans le vent tandis qu'elle était entraînée vers le large par le pouvoir de ses propres pensées.

Le passé était derrière elle, et elle sentit une force nouvelle l'envahir. L'avenir serait un combat.

— Qu'il vienne, dit-elle.

Puis elle vola jusque chez elle.

Épilogue

La prison

— Ça ne se déroule pas exactement comme prévu.

André savait qu'il y aurait des risques, mais il n'aurait pu imaginer que sa fille puisse lui désobéir de cette façon. Il s'était laissé croire qu'elle était prête, mais elle ne l'était pas.

— Je vais m'occuper de Clara, dit Gretchen. Tu dois t'assurer que Wade sera prêt quand nous aurons besoin de lui.

— Je déteste devoir nous regrouper. Je ne trouve pas ça raisonnable.

Gretchen n'en était pas si sûre.

— Ils n'étaient pas prêts. Ça aurait été catastrophique si nous avions déclenché les choses maintenant. Le choix qu'elle a fait nous a aidés à voir ça.

André devait avouer que Gretchen avait raison. Malgré cela, il n'avait jamais aimé se cacher et il l'avait beaucoup trop fait ces derniers temps. Ce qu'il aurait vraiment voulu, c'était jeter par terre quelques immeubles, vraiment semer le chaos. Le fait d'infliger des dommages à l'État de l'Ouest figurait au sommet de sa liste de priorités. Il voulait que le monde soit comme avant les États et il comprenait que cet objectif exigerait un certain degré de brutalité.

Gretchen lui toucha la main en regardant ses tempes qui commençaient à grisonner. Elle comprenait ses motivations et le passé compliqué qu'ils avaient partagé.

— La patience est une vertu, dit-elle. Ce ne sera plus long maintenant.

Wade et Clara arrivèrent par une porte à l'autre bout des installations. Tous deux avaient une démarche assurée qui renseigna immédiatement Gretchen sur ce qu'elle désirait savoir.

— Au moins, nous comprenons de quoi ils sont capables. Cette question est maintenant résolue.

— Je suis d'accord.

André tapa un message sur sa Tablette et attendit. Il se tenait debout avec Gretchen sur le plancher de béton d'une prison abandonnée. Un long couloir flanqué de cellules s'étirait devant eux.

Au moment où Wade et Clara arrivèrent devant eux, la passerelle qui encerclait l'espace était remplie de gens. Tout à coup, ils sautèrent par-dessus la rambarde, planant de concert, comme une armée, jusqu'au plancher. Faith, Dylan et Hawk avaient leurs Rôdeurs à première pulsation pour une partie de l'aide dont ils allaient avoir besoin, mais les Quinn auraient aussi de l'aide au cours du combat à venir. Tout plein d'aide.

André parcourut son équipe des yeux et sourit, puis dit en un sourd grognement :

— Mettons-nous à l'ouvrage.

Ne manquez pas la suite
de l'enlevante série Pulsation dans
TREMBLEMENT.

Chapitre 1

Départ en avion à réaction

Bien avant que Faith Daniels et Dylan Gilmore se soient rencontrés aux limites irrégulières du monde chaotique de l'extérieur, une femme gisait seule sur son lit, songeant à quitter la personne qu'elle aimait. L'idée ressemblait à celle qu'elle avait eue longtemps auparavant, et elle en était surprise parce que, vraiment, au cours de toutes les années écoulées entre les deux, elle ne lui avait jamais traversé l'esprit.

« Qu'adviendrait-il de moi si je quittais cet endroit et ces gens ? »

Mais une fois l'idée apparue et rebondissant sur les parois fragiles de son esprit comme une abeille piégée dans un sac de toile, elle sut que le temps passé avec ces gens approchait de sa fin. Elle en conclut sans l'ombre d'une émotion que c'était la grossesse. C'était ce qui l'avait menée à cette abeille agitée dans sa tête : un geste qui ferait davantage que piquer si son imagination se laissait aller à y céder. Le temps venu, il répandrait beaucoup de sang.

Étrangement, c'était cette même idée qui, une dizaine d'années plus tôt, l'avait conduite à Hotspur Chance au départ. C'était à une époque de sa vie au cours de laquelle elle possédait deux qualités essentielles : elle était tout à la fois impitoyablement intelligente et déplorablement imprudente. Elle ne partageait pas l'avis de ses parents à propos de ce que l'avenir leur réservait, non seulement pour eux, mais pour tous les gens. Et quand elle discutait avec ses collègues, elle émettait ses opinions avec audace et vigueur. En fin de compte, personne n'avait plus voulu argumenter avec elle et, après un certain temps, elle était devenue plus ou moins solitaire. Alors qu'elle serrait un billet dans sa main et essayait d'imaginer ce que ce serait de voler dans les airs, son intelligence hors du commun et son manque d'expérience étaient sur le point de lui causer de graves problèmes.

À cette époque, il y avait encore un petit nombre d'avions qui volaient entre les aéroports, et elle s'était retrouvée à fredonner une très ancienne et mélancolique chanson tandis qu'elle volait loin du lieu de sa naissance et de ses parents. La chanson concernait une fille, ou du moins le croyait-elle, qui partait sur un avion à réaction et espérait que celui qu'elle aimait serait toujours là si jamais elle revenait.

Elle savait que c'était une chanson d'amour et elle s'était apitoyée sur son sort, car elle ne laissait personne en partant. Malgré toute son intelligence, elle n'avait pas réussi à attirer la bonne personne au bon moment. L'amour était comme un écrin de velours verrouillé au moyen d'une combinaison indéchiffrable. Cet aspect essentiel de la vie d'adulte lui avait complètement échappé et avait engendré chez elle une sorte de tristesse frémissante dont elle ne parvenait pas à se débarrasser.

Elle avait essuyé ses larmes dans l'aéroport presque vide et avait tenté de se concentrer sur le fait que dans un monde devenu fou, elle avait au moins été choisie, et non pas par le premier venu, mais par l'homme qui avait imaginé les États et qui, de l'avis de tous, était en bonne voie de sauver la planète. Malgré ce qu'elle avait espéré, il ne l'attendait pas à la barrière quand elle était arrivée. Quelqu'un d'autre était présent. Il avait à peu près son âge, une chevelure noire et il affichait un grand sourire gêné.

— Je suis tellement heureux que vous ayez décidé de vous joindre à nous, vraiment. Vous serez tellement ravie.

Ils s'étaient présentés, puis avaient échangé des plaisanteries, et il l'avait escortée jusqu'à une camionnette blanche du type de celle qui prenait habituellement à son bord ceux qui voulaient entrer dans l'État de l'Ouest. De plus en plus de gens arrivaient dans les États en laissant simplement tout derrière eux, sans se retourner. Et il n'y avait pas de place dans les États pour un camion de déménagement rempli d'effets personnels. Cela faisait partie de l'entente avec les États : venez comme vous êtes, apportez votre Tablette, abandonnez tout le reste. Ses propres parents avaient parlé de partir, et elle s'était soudainement rendu compte tandis qu'elle se tenait à l'extérieur, sur l'asphalte fissuré, qu'elle pourrait ne jamais les revoir. Elle pourrait retourner chez elle et découvrir qu'eux aussi avaient quitté le monde extérieur sans elle.

La camionnette blanche l'avait déposée dans le désert, où le jeune homme au sourire radieux lui avait ouvert la porte, lui touchant doucement le coude en pointant un doigt en direction d'un immeuble bas complètement isolé. La chaleur du désert lui avait coupé le souffle, comme si elle venait de pénétrer dans un sauna, et elle avait espéré que l'immeuble était climatisé. Elle n'oublierait jamais à quel point la couleur blanche de la camionnette était éclatante par rapport à l'étendue sablonneuse infinie au moment où elle s'éloignait et la laissait derrière.

— Il n'y a aucune règle ici. Vous ne pouvez imaginer comment il est, ce qu'il a accompli.

— Je ne sais pas. J'ai une imagination assez fertile, avait-elle répondu.

— Pas à ce point.

Et il s'était trouvé qu'il avait raison. Hotspur Chance, l'homme qui avait résolu le problème du réchauffement climatique et conçu les États avait tourné son attention vers la biologie et l'esprit humains. Quand une personne aussi brillante que Chance commençait à jouer avec l'ADN, les résultats ne pouvaient qu'être renversants.